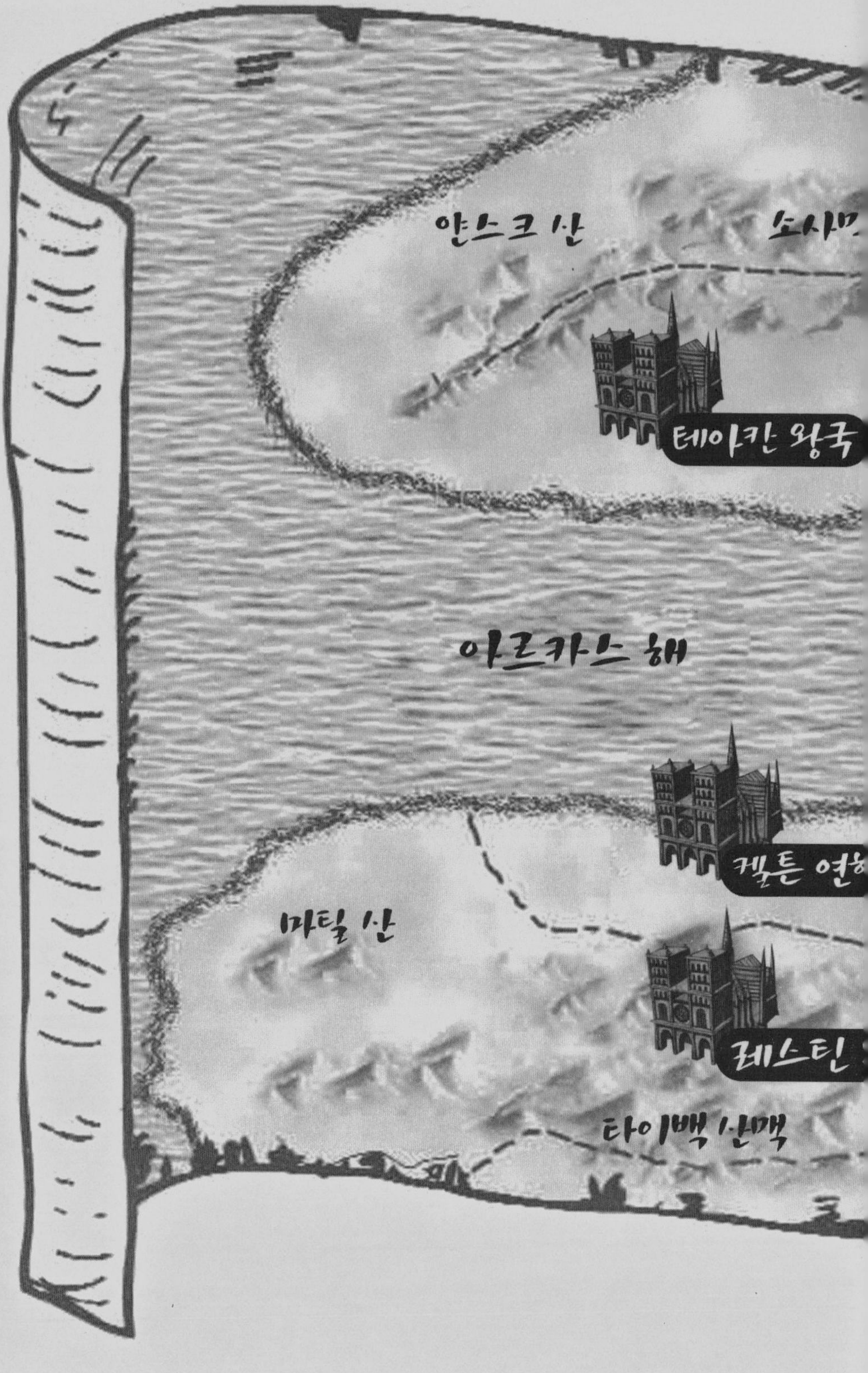
얀스크 산
테이칸 왕국
아르카스 해
켈튼
마틸 산
레스틴
타이백 산맥

아린이야기
Arin's Story

아린 이야기 4

박신애 판타지 장편 소설

초판 1쇄 찍은 날 § 2001년 2월 10일
초판 2쇄 펴낸 날 § 2008년 10월 7일

지은이 § 박신애
펴낸이 § 서경석
펴낸곳 § 도서출판 청어람
편집 § 문혜영

등록번호 § 제1081-1-89호
등록일자 § 1999. 5. 31
어람번호 § 제1-0072호

주소 § 경기도 부천시 원미구 심곡동 163-2 서경B/D 3F ㈜420-010
전화 § 032-656-4452 팩스 § 032-656-4453
e-mail § eoram99@chollian.net

값 7,500원

ISBN 89-5505-022-4 (SET) / ISBN 89-5505-054-2 04810

박신애 판타지 장편 소설

아린이야기
Arin's Story

제4권-행복

도서출판

청어
람

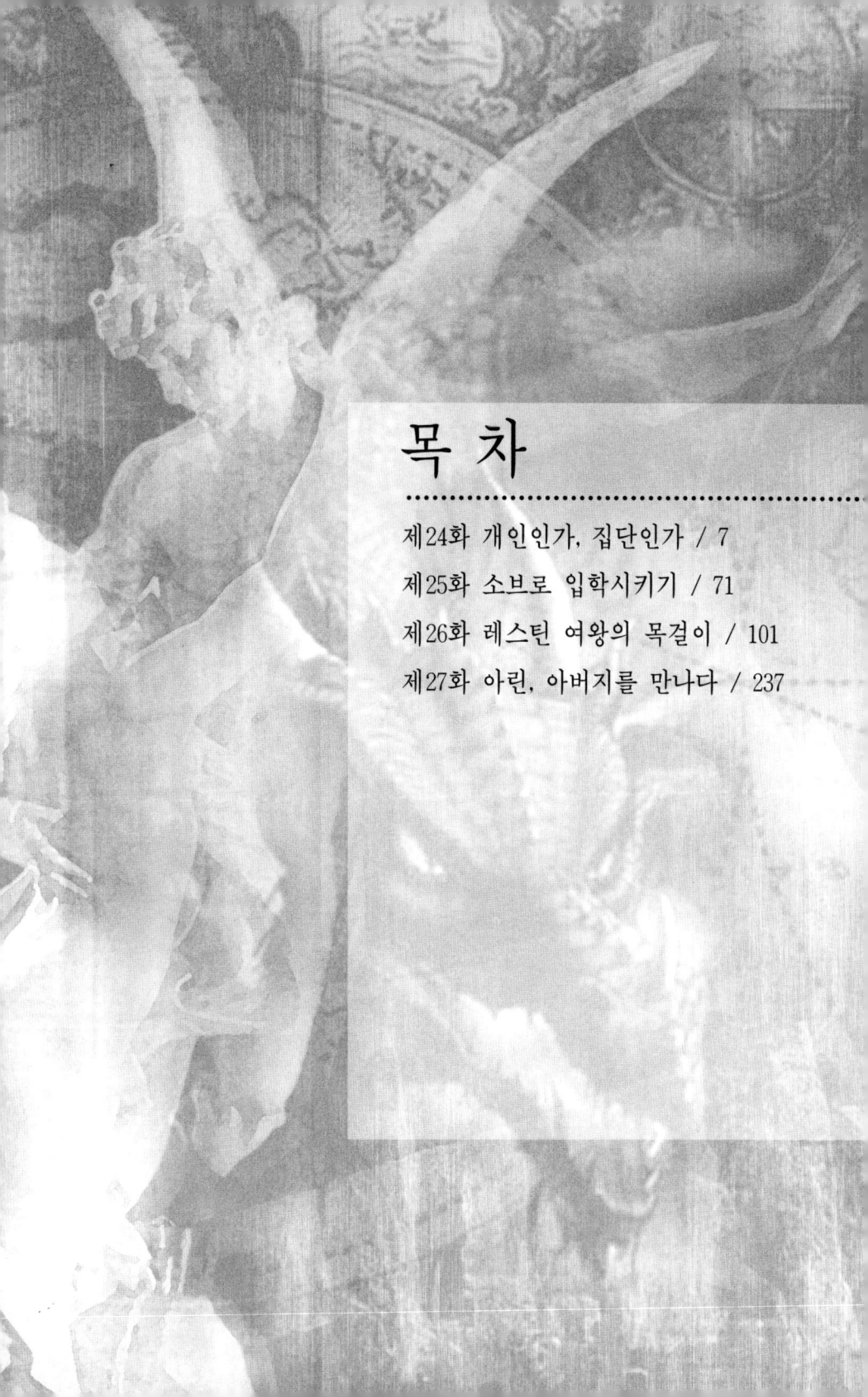

목 차

제24화

개인인가, 집단인가

개인인가, 집단인가

아린, 난 말야. 이곳 사람들이 당장이라도 우릴 잡아서 넘길 줄 알았어.

몇몇 개인 때문에 집단을 위험하게 할 수는 없으니까.

세레나와 헤어지고 나서 며칠……. 우리는 아직까지 어떤 숲을 빠져나오지 못하고 헤매고 있었다. 이렇게 된 데에는 다 사정이 있었다.

이유인즉슨, 우리 일행의 혹 덩어리인 소브로 때문이었다.

세레나의 성에서 빠져나온 우리는 여관에서 머물고 있던 소브로를 데리고 그 마을에서 빠져나왔다. 그리고 3일 동안 말을 달려 어떤 숲에 도착했는데, 그 숲에 들어선 지 얼마 되지 않아 고블린 떼를 만나게 되었다.

당연히 나와 세이몬, 그리고 류미르는 각자 말에서 내려 자신들의 실력을 남김없이 발휘했는데, 문제는 그때 우리 중 누구 하나 소브로에게 신경을 쓰고 있지 않았다는 거였다.

우리가 고블린들을 일방적이다시피 때려눕히고 있는 동안 소브로를 태운 말이 놀라서 숲 속을 뛰어 들어가는 것을 전혀 모르고 있었다. 나중에 고블린이 도망치고 나서야 소브로와 말이 함께 사라졌다는 것을 알았다.

그나마 다행이었던 것은 류미르가 정령들의 도움을 받아 빠른 시간 안에 소브로를 찾을 수 있었다는 거였다. 그렇지 않았다면 우리는 몇 날 며칠을 소브로를 찾아 이 숲 속을 헤매고 다녔을지도 모르고, 또 그동안 소브로가 어떤 위험한 상황에 닥치게 되었을지도 모르는 일이었다.

몇 시간 동안 숲을 헤집고 나간 끝에 말에서 굴러 떨어져 기절해 있는 소브로를 발견할 수 있었고, 그와 멀리 떨어지지 않은 곳에 자신의 주인을 바닥에 내팽개쳐 놓고는 느긋하게 풀을 뜯어먹고 있는 말을 발견할 수 있었다.

물론 소브로의 상처야 내 치유 마법으로 낫게 할 수 있었지만 우리도 고블린과 싸운 후 그를 찾아 몇 시간 동안 숲을 헤치고 다니는 바람에 많이 지친 상태여서 그날은 그곳에서 야영하기로 했었다.

그리고 다음날 우리는 실프를 불러 이곳에서 가장 가까운 인간이 만들어놓은 길을 가르쳐 달라고 부탁했었다. 그런데 운이 없게도 우리가 있는 곳과 가장 가까운 곳의 길은 우리가 있던 곳에서부터 반나절은 걸어야 겨우 도착할 수 있는 곳에 있었다. 그래도 일단 길이라도 찾았으니 이 길로 가면 사람들을 만날 수 있을 거란 희망을 가지고 그 길을 따라 걸었는데, 방향을 잘못 잡았는지 한참을 쭉 따라 걷자 그 길의 흔적이 점점 사라지더니, 결국 어느 숲 속의 작은 공터에서 길이 사라져 버렸다.

숲 속이라 날이 금방 어두워졌으므로 우리가 그 공터에 도착할 때 즈음에는 벌써 해가 질 것처럼 어둑어둑해졌기에 어쩔 수 없이 우리는 더 이상 움직이지 않고 그냥 그 자리에서 야영을 했다.

이렇게 숲 속을 헤매며 이틀을 보낸 뒤 깨어난 아침, 이번에야말로 제대로 길을 찾을 수 있으리란 희망을 가슴에 품고 우리는 우리가 왔던 방향의 반대 방향으로 길을 더듬어 출발했다.

그래도 그나마 지금까지의 노력이 헛되지는 않았는지 해가 중천에 떠오를 무렵 우리는 숲 속에서 들려오는 어떤 사람의 기합 소리와 그 기합 소리에 맞추어 리듬을 타며 들려오는 어떤 소리를 들을 수 있었다.

"하앗~!"

타악!

"이얍~!"

타악!

"아뵤오~!"

타악!

"누군지는 모르겠지만 기합 소리를 참 많이 알고 있군."

자리에 서서 가만히 귀를 기울여 들려오는 소리를 듣고 있던 류미르가 피식 웃으며 중얼거렸다.

"어떻게 매번 기합 소리가, 그것도 저렇게 골고루 바뀔 수 있지? 저것도 재주야."

나도 류미르의 말에 동감하며 소리를 죽여 킥킥 웃었다.

우리는 기합 소리가 들리는 쪽으로 걸어갔고 얼마 지나지 않아 그 독특한 기합 소리를 발하는 사람을 발견할 수 있었다.

이제 겨우 20대를 넘어 보이는 젊은 청년이었는데 피부가 온통 햇빛에 그을려 까무잡잡했고 이런 노동에 익숙해 있는지 넓은 어깨에 근육이 잘 발달되어 있는 몸을 하고 있었다.

그는 자신의 앞에 서 있는 굵은 나무의 밑둥을 손에 들고 있던 커다란 도끼로 내려치고 있었다.

"웃차~!"

타악!

"아하, 그 소리가 나무를 찍는 소리였군."

그 모습을 보고 세이몬이 알았다는 듯 고개를 끄덕였다.

"나무꾼인가 봐요."

소브로도 그의 모습을 보더니 낮게 속삭였다.

"어찌 됐든, 사람을 찾아서 다행이야. 내가 가서 말을 걸어볼게."

류미르는 자신의 말고삐를 옆에 있던 세이몬에게 건네고는 앞에서 나무를 찍고 있는 청년을 향해 조심스럽게 다가갔다. 그리고는 한 열 발자국 떨어진 곳에서 멈춰 서서는 그를 조심스럽게 불렀다.

"저~"

그러나 너무 작은 목소리로 불렀는지 그 남자는 자신의 일에 열중할 뿐 뒤돌아보지도 않았다.

"저기요~"

류미르가 조금 더 소리를 높여 그를 부르자 그제야 도끼를 위로 치켜들던 그의 행동이 멈칫했다.

어리둥절한 표정의 그가 뒤를 돌아보며 류미르를 바라본 순간 눈이 커지면서 입이 벌어졌다.

"안녕하세요?"

류미르는 그제야 자신을 돌아보는 그를 향해 그의 트레이드 마크라 할 수 있는 미소를 띠고 정중하게 인사했다. 그러자 인사를 받는 그 남자가 눈에 띄게 당황하면서 얼굴까지 빨개진 채로 허겁지겁 말을 더듬으며 말했다.

"아, 아니, 저기… 에, 그러니까? 아, 안녕하세요? 아하하하……."

그제야 우리는 그의 얼굴을 제대로 볼 수 있었는데 전형적인 시골 청년의 모습, 투박하지만 순박해 보이는 평범한 얼굴이었다.

"저기요, 제 일행이 길을 잃어서 그러는데… 혹시 마을로 가는 길을 가르쳐 주실 수 있겠는지요?"

류미르가 조심스럽게 말을 마치자 그 청년은 황급히 고개를 세차게 끄덕였다.

"아, 예, 물론입니다."

"다행이다. 정말 감사합니다."

류미르가 다시 방긋 웃으며 인사를 하자 제 색을 찾아가던 그 청년의 얼굴이 벌게지며 말을 더듬었다.

"아니, 뭘요……. 이 정도 가지고… 하하하."

그리고는 연신 뒤통수를 긁적대는 것이었다.

그의 행동이 좀 이상해 보여 류미르는 얼굴에 의아함을 띠었지만 곧 무시해 버리고 우리를 향해 손짓했다.

류미르의 손짓에 따라 앞으로 나온 우리를 바라본 청년의 눈이 다시 한 번 커다래지며 불가항력인 듯 저절로 입이 벌어졌다.

"하.하.하……."

"왜 그러는 거야?"

그의 모습이 의아한 세이몬이 나를 향해 물었지만 나도 모르기 때문에 설명해 줄 수가 없었다.

"나도 몰라."

그때 류미르가 그에게 우리를 소개하는 말이 들려왔다.

"제 일행입니다."

그러자 그 청년은 황급히 고개를 숙이며 우리에게 인사했다.

"아이고, 이렇게 아름다우신 숙녀 분들을 한꺼번에 세 분이나 만나뵐 수 있다니, 오늘이 내 생일도 아닌데……"

그는 그 뒤에도 뭐라고 더 말을 했지만 나는 더 이상 들을 수 없었다. 그리고 곧 입술 사이로 비져 나오는 웃음을 참기 위해 얼른 손으로 입을 틀어막았다.

옆을 슬쩍 보니 소브로도 땅에 주저앉아 주먹으로 입 안을 틀어막고 있었지만 그의 눈은 웃고 있었다.

그리고 세이몬과 류미르는 뭐 썹은 표정으로 서로를 마주 보며 중얼거렸다.

"숙녀 분들?"

성격이 제일 급한 세이몬이 청년에게 달려들어 멱살을 움켜쥐었다.

"짜샤, 네 눈에는 우리가 여자로 보이냐? 엉?"

갑작스레 멱살이 잡혀진 청년은 세이몬이 얼굴을 들이대자, 더욱더 빨개진 얼굴로 어쩔 줄 몰라 하며 두 손을 바둥대면서 말을 더듬거렸다.

"아니, 저… 그게… 그러니까……"

"똑바로 말 못해? 다시 한 번 말해 봐. 우리가 누구라고?"

"나, 남자 분……"

"알겠어? 우린 남자야. 다시 한 번 여자라고 지껄였다간 죽을 줄 알아!"

세이몬은 거기까지 말하고 멱살을 잡고 있던 손을 풀고 그를 내동댕이쳤다.

청년은 땅바닥에 나동그라지면서도 아직까지 상황 판단이 안 되었는지 어리둥절한 표정이었다.

"이게 도대체……."

그러나 그는 더 이상 말을 잇지 못했다. 그의 앞으로 류미르가 다가오면서 싸늘한 표정으로 바라보고 있었기 때문이다.

"마을로 가는 길이 어디지요?"

청년은 대답을 못하고 멍한 얼굴로 류미르만 쳐다보고 있다가 다시 한 번 살벌한 류미르의 눈빛을 받자 벌떡 몸을 일으켰다.

"저, 저를 따라오시지요."

그 청년은 자신의 주위에 흩어져 있는 통나무들을 주섬주섬 주워서 한곳에 모으더니, 그중에서 자신이 들고 갈 수 있을 만큼 밧줄로 묶어 등에 짊어졌다.

"자, 이쪽으로……."

그리고 자신의 도끼를 손에 들고는 앞장서서 걸어갔다.

우리는 그의 뒤를 따라 쫄레쫄레 걸어갔는데 소브로는 아무래도 아까 그 청년이 찍다 만 나무가 맘에 걸렸는지 발걸음을 빨리하여 그 청년의 옆으로 가더니 가만히 속삭였다.

"저… 아까 그 나무 그냥 놔두고 가도 돼요?"

청년은 소브로의 말을 듣고 그쪽으로 고개를 돌리더니 갑자기 무척이나 놀란 얼굴이 되어 제자리에 멈춰 섰다.

"어?"

"무슨 일이죠?"

청년의 바로 뒤에서 쫓아가던 류미르가 제일 먼저 물었다.

그러자 청년이 류미르에게 손가락으로 소브로를 가리키면서 물었다.

"저, 이 아이도 일행입니까?"

그의 엉뚱한 질문에 류미르는 크게 당황했다.

"아까 일행을 소개할 때 같이 있지 않았습니까?"

"에? 그랬나요? 난 못 봤는데?"

그제야 나는 그 청년이 우리들을 바라보며 '숙녀 분들'이라고 말한 것이 생각났다.

아마 우리들의 미모(?)에 너무 놀란 나머지 평소에도 눈에 잘 띄지 않던 소브로를 아예 보지 못했었나 보다. 류미르도 그 사실을 눈치 챘는지 한숨을 푹 쉬고는 대답해 주었다.

"그 아이도 저희 일행입니다."

그리고는 시무룩해 있는 소브로에게 다가가 머리를 쓱쓱 쓰다듬어 주었다.

청년도 소브로가 시무룩해 있자 뜨끔했는지 굉장히 미안한 표정으로 사과했다.

"아, 미안. 정말 미안해. 아까는 내가 너무 정신이 없다 보니… 정말 미안해. 너무 맘 쓰지 말아라."

"괜찮아요, 익숙해졌는걸요……."

소브로의 기운없는 대답에 청년은 더욱더 미안해서 어쩔 줄 몰라 했다. 그러더니 아까 소브로의 질문이 생각났는지 다급하게 화제를 돌렸다.

"아, 그런데 아까 나한테 뭐 묻지 않았니?"

"그거요? 아까 아저씨가 찍다 만 나무요. 그냥 두고 가도 괜찮은 거예요, 아저씨?"

소브로는 아직도 골이 났는지 척 보기에도 아직 결혼하기 전의 총각임이 분명한데도 불구하고 청년에게 아저씨라고 부르며 되물었다.

그러자 그 청년은 얼굴이 붉어지면서 무척 당황해했다.

"아, 아저씨?"

그러나 그는 곧 소브로의 눈에 어려 있는 심술기를 알아차리고는 다시 본래의 얼굴색으로 돌아왔다. 그리고 약간은 장난기가 배어 있는 목소리로 말했다.

"아, 이봐. 난 아직 결혼 안 했다고. 아저씨가 뭐야, 아저씨가. 앞날이 창창한 총각한테……."

"그럼 뭐라고 불러요?"

"형이라고 해."

그러나 소브로는 여전히 툴툴거리며 대답했다.

"친한 사람도 아니고 오늘 처음 만났는데 어떻게 형이라고 불러요?"

"그런가? 에… 그럼 그냥 이름 불러라. 아저씨라고 불리는 것보다는 그게 낫겠다."

"이름이 뭔데요?"

"응? 아아, 내가 아직 내 이름도 말해 주지 않았구나? 내 이름은 말야……."

그러나 우리는 그의 이름을 들을 수 없었다.

갑자기 옆쪽에서 거의 열 마리쯤 되어 보이는 '놀'이라는 몬스터들이 튀어나왔기 때문이었다.

이 '놀'들은 사람의 몸을 가지고 있지만 머리 모양은 하이에나 같이 생겼고, 무지 야비한 놈들이어서 만만해 보이는 사람 일행이면 필요성을 떠나 무조건 공격하고 보는 놈들이었다.

게다가 욕심 또한 많아서 자신들에게 필요없는 물건이라도 무조건 뺏으려 들었는데, 이들에게 습격당하기만 하면 동전 한 닢 남겨놓지 않았고, 심지어 입고 있는 옷도 빼앗아 갔다. 이들은 떼를 지어 서식했고 제법 상하의 계급도 갖추고 있는 데다 지능도 제법 높아 창이나 칼 등을 지니고 다녔으며 인간의 말을 할 줄도 알았다. 그러나 의리라고는 눈곱만큼도 없는 놈들이라서 자신들이 불리한 상황에 놓이면 동료고 뭐고 다 내팽개치고 제일 먼저 도망가는 놈들이었다.

그런 놈들이 열 마리쯤 튀어나와서 우리 주위를 에워쌌다. 그리고 그들 중 한 놈이 우리에게 말을 걸었다.

"크크크, 인간? 가진 것 다 내놔."

그러자 청년은 천천히 자신의 등에 짊어졌던 통나무들을 묶었던 밧줄을 끄르면서 우리에게 낮게 속삭였다.

"제가 외치면 무조건 저를 따라 힘껏 뛰십시오. 그리고 지금은 어쩔 수 없으니 말은 포기하셔야 합니다."

아마 그 청년은 우리를 힘도 못 쓰는 유약한 사람들로 생각하고 있었던 것 같다. 하긴 사람들은 우리의 겉모습만 보고 힘이 없는 걸로 착각하니까…….

어쨌든 나는 이곳에서 일부러 나서기는 싫었기에 류미르와 세이몬보고 그 청년이 시키는 대로 하라는 뜻의 눈짓을 보냈고, 그런 내 눈짓을 알아차리고 그들은 알았다고 미미하게 고개를 끄덕거렸다.

청년은 이제 다 끌러낸 통나무 다발을 천천히 앞으로 내놓는 척하더니 순식간에 우리 뒤쪽에 포진해 있던 너덧 놈의 놀에게 던져 버렸다. 그리고 자신은 도끼를 들고 우리 앞을 가로막고 있는 녀석들에게 달려들어 후려쳐, 한 놈이 쓰러지고 다른 놈들이 비켜서자 우리를 향해 외쳤다.

"뛰엇!"

그리고 한 손에는 도끼를 들고 다른 한 손으로 소브로의 팔뚝을 부여잡고는 냅다 앞쪽으로 뛰었다.

우리도 그가 시키는 대로 말고삐는 던져 버리고 냅다 뛰었다.

뒤를 슬쩍 돌아보니까 놀 몇 놈은 사방으로 달려가려고 발버둥치는 말들을 붙잡으려고 이리 뛰고 저리 뛰었지만 나머지 너덧 놈들은 곧 정신을 차리고 우리 뒤를 쫓아왔다.

점점 그놈들과의 거리가 가까워지자 세이몬이 달리면서 나에게 물었다.

"그냥 이대로 놔둘 거야?"

"응, 지금은 가만히 있어봐. 저 청년이 뭔가 생각이 있는 것 같으니까."

세이몬은 더 이상 뭐라고 하지 않고 조금 더 속력을 내어 앞으로 달렸다.

그때 갑자기 청년이 전방을 향하여 소리쳤다.

"도와줘~ 놈들이 따라온다아아아~"

그러자 갑자기 우리가 달려가는 방향 쪽에서 이에 호응하는 대답이 들려오더니 얼마 지나지 않아 그쪽에서부터 장정 대여섯 명이 저마다 각자 무기를 들고 뛰어나왔다.

"이쪽이야. 빨리~!"

그들이 가까이 다가오자 우리를 데리고 온 청년은 소브로를 재빨리 뒤쪽으로 밀어 보내고는 자신은 양손으로 도끼를 강하게 부여잡고 놀의 정면으로 나섰다. 그리고 그 뒤로는 전방에서 갑자기 뛰어나온 장정들이 저마다 가지고 온 무기들을 부여잡고 버티고

섰다.

새로이 사람들이 더 나타나자 우리 뒤를 쫓아오던 놈들은 그 자리에서 멈췄고, 우리의 수가 자신들의 수보다 훨씬 더 많다는 것을 깨닫자 뒤로 돌아 그대로 도망쳐 버렸다.

그제야 청년을 위시한 대여섯 명의 장정들은 안도의 한숨을 내쉬고는 부여잡고 있던 무기들을 내렸다. 그때 그들 중 우리를 데리고 왔던 청년과 또래로 보이는 다른 청년 한 명이 우리를 데리고 왔던 청년의 뒤로 다가가서는 그의 뒤통수를 인정사정없이 힘껏 후려쳤다.

퍽!

갑작스레 일격을 맞은 그 청년은 한번 크게 휘청하더니 얼른 몸의 중심을 잡고 한 손으로 머리를 감싸 쥐고는 눈물이 그렁그렁 맺힌 얼굴로 자신을 때린 청년을 돌아보았다.

"이게 무슨 짓이야, 켄!"

그러자 켄이라고 불린 청년이 눈을 부라리며 다시 주먹을 들어 보였다.

"무슨 짓이냐고? 야, 임마! 그러는 너야말로 이게 무슨 짓이야? 아무리 간덩이가 부었어도 그렇지. 혼자 마을을 벗어나다니, 죽고 싶어 환장했어, 알리?"

그리고 들어 보인 주먹을 그대로 알리라고 불린 청년의 복부를 향해 뻗었다. 그러나 이번에는 알리도 가만히 있지 않고 곧바로 두 손을 교차한 상태로 자신의 복부를 막았다.

"어쭈? 막았어?"

켄은 자신의 공격이 막히자 또다시 주먹을 들어 후려칠 기세로 알리를 노려보았다.

그러나 그가 공격을 하기 전에 어떤 건장해 보이는 중년의 남자가 나서서 그를 말렸다.

"둘 다 그만 해라. 우선은 마을로 돌아가도록 하자."

그리고 그 중년 남자는 몸을 돌리다가 한쪽 구석에 얌전히 서 있는 우리를 보고 멈칫하더니 다시 알리를 바라보았다.

"알리, 이분들은?"

"아, 예, 숲에서 만난 분들인데요, 길을 잃었다고 해서 모시고 왔어요."

알리의 소개 비슷한 말에 우리 모두는 그 중년 남자를 향해 고개를 꾸벅 숙여 보였다.

그러자 그 중년 남자는 여러 가지 감정이 섞인 복잡다단한 표정으로 고개를 끄덕여 답례를 하더니 우리에게 말했다.

"어쨌든, 여기까지 오셨으니 마을로 같이 가시지요."

그 중년 남자가 앞장을 서자 다른 장정들은 우릴 둘러싸다시피 하여 마을로 데리고 갔다.

그런데 그 마을은 마을이라기보다는 요새 같았다.

약 50여 호 정도 있는 마을이었는데 그 마을 주변에는 통나무를 잘라 만든 사람 키보다 더 큰 튼튼해 보이는 방어책이 있었고, 그 바로 뒤쪽에는 몇 미터 간격마다 화톳불을 피울 수 있는 큰 화로들이 놓여 있었다. 그리고 마을 중앙에는 3m는 되어 보이는 탑에 큰 종이 달려 있었다.

그 종은 우리가 마을을 들어서자마자 요란한 소리로 울렸고, 그 종소리를 듣고 마을 사람들이 여기저기에서 튀어나와 모여들었다.

그런데 이상한 건 마을 구석구석에서 나온 사람들 대부분이 여자이거나 아니면 어린아이, 그리고 가끔 군데군데 노인이 섞여 있을 뿐 장정들은 보기 힘들었다.

그때 마을 사람들 중 몸집이 좋고, 나이가 지긋해 보이는 아주머니가 튀어나오더니 중년 남자에게 다가가서 물었다.

"알리는 찾았어요?"

"아아……."

중년 남자는 대답 비스무리한 음성을 내면서 턱으로 알리를 가리켰다. 그러자 그 아주머니는 시선을 돌려 알리를 바라보자마자 그에게 달려들어 그녀의 굵은 팔뚝 속에 그의 목을 가두어 버렸다.

"이노무 시키!!"

"우아악~ 잘못했어요. 아줌마! 사람 살려~!! 켄, 좀 말려봐아아~!!"

알리는 그녀에게 목을 졸리기 시작하자 두 팔을 허공에서 휘저으며 비명을 질러댔다. 그러나 마을 사람들은 그 모습을 웃으며 바라보기만 할 뿐 아무도 그들을 말리지 않는 걸 보면 아마 그 여인은 알리란 청년과 무척 친밀한 사이고 그가 사라져서 걱정을 많이 한 것 같았다.

한참을 목을 조르고 알리를 뒤흔들던 아주머니가 마지막으로 그의 머리를 한 방 때린 뒤에야 겨우 그를 놔주자, 그는 몸을 가누지 못하고 휘청이며 땅바닥에 털썩 주저앉았다.

"에고~ 살았다."

그 모습을 본 알리 친구인 켄이 낄낄 웃으며 손을 내밀었다.

"낄낄낄, 그 정도인 게 다행인 줄 알아. 엄마가 네가 없어진 걸 아시고 얼마나 난리치신 줄 알아? 오죽했으면 우리가 너를 찾으러 나섰을까?"

그러나 그 켄이라는 청년은 더 이상 웃질 못했다. 그의 엄마라고 불린 아주머니가 그의 등 뒤로 슬그머니 다가가 등짝을 한 대 후려갈긴 것이었다.

"앗! 따거~"

켄은 그 한 대를 맞더니 펄쩍 뛰면서 양손을 등 뒤로 돌려 맞은 부분을 쓰다듬으려고 안간힘을 썼다. 하지만 그의 손은 맞은 부위 근처에도 닿지 않아 그는 계속 엉뚱한 부위만 문질러 댈 뿐이었다. 그러나 그의 시련은 거기서 끝나지 않았다.

"이노무 자슥이 엄마를 말하는 것 좀 봐."

그 중년 여인은 등짝을 갈기는 것만으로는 성이 안 찼는지 곧이어 켄의 한쪽 귀를 휘어잡았다.

"아야야야… 잘못했어요, 엄마. 잘못했다니까요오오~! 다신 안 그럴게요!!"

그제야 그 중년 여인은 그러면 그렇지 하는 얼굴로 켄의 귀를 놓아준 뒤 손을 탁탁 털었다.

켄은 눈물이 그렁그렁 맺힌 얼굴로 엄마에게 잡혀 수난을 당한 귀를 부여잡고 투덜투덜댔다.

"으휴, 다 큰 아들에게 이게 무슨 짓이람……. 에휴, 내 신세야~"

그의 말을 들었는지 켄의 엄마가 다시 그를 살벌한 시선으로 노려보자 그는 '합' 하고 입을 다물더니 다시 배시시 웃으며 엄마에게 매달렸다.

"헤헤헤, 엄마. 엄마처럼 이 세상에서 가장 멋지고 훌륭하신 엄마가 또 있을까? 아, 그건 그렇고, 알리가 누굴 데리고 왔는지 보세요. 아주 아름다운……."

그러나 불쌍한 켄은 더 이상 말을 잇지 못했다. 그가 무슨 말을 하려는지 깨달은 알리가 황급히 켄의 입을 손으로 틀어막은 것이었다. 그리고 그는 어색하게 실실 웃으면서 말을 이었다.

"하하하, 아줌마. 사실은요, 숲에서 나무를 하고 있는데 저 남자. 분들을 만났지 뭐예요? 여행 중에 이 숲으로 들어왔다가 길을 잃고 헤매셨대요."

알리가 말하는 것이 평소 그의 말투가 아니었는지 켄의 어머니는 의아한 표정으로 고개를 갸웃하며 우리를 돌아보더니 휙 소리가 날 정도로 다시 알리에게로 시선을 돌렸다.

"남자?"

"예! 남.자.요."

알리는 크게 고개를 끄덕이면서 남자라는 말에 힘을 주어 또박또박 말했다. 그러자 그 순간 주위에 몰린 사람들 사이로 웅성거림이 퍼져 나갔다.

"남자래."

"남자래요."

"남자였어?"

"남잔가 봐."

"아닌 줄 알았는데……."

"어머, 나두."

"정말 잘생겼다."

"잘생기면 뭐 해? 비리비리해 보이는구만."

사람들의 수군거림이 더욱더 커지자 중년 남자가 갑자기 크게 헛기침을 해서 사람들을 조용히 시켰다. 그리고 그는 사람들이 조용해지자 만족스러운 얼굴로 모인 사람들을 한번 둘러보더니 우리에게로 다가왔다.

"난 이 마을의 부촌장 마리오라고 하네. 아까는 경황이 없어서 소개를 못했지. 이해해 주기를 바라네."

그가 씩씩하게 한 손을 내밀며 자신의 소개를 하자 류미르가 우리의 대표로 나서서 그의 손을 마주 잡았다.

"물론 이해합니다. 이렇게 도와주신 것만 해도 감사한걸요. 저는 류미르라고 합니다. 이쪽은 제 동생들인 아힌, 세이몬, 그리고 소브로라고 합니다."

류미르의 소개에 따라 우리는 그 중년 남자에게 꾸벅 고개를 숙여 보였다.

"형제들이었나? 하긴, 한눈에 척 봐도 형제임을 확실히 알겠군. 그런데 저 소년도 친형제인가?"

중년 남자가 우리를 둘러보던 눈길이 소브로에게 가서 멎자, 소브로의 얼굴이 붉어지며 밑으로 내려갔다.

그 모습을 본 류미르는 쓴웃음을 짓다가 다시 마리오에게 고개를 돌려 예의 바르게 대답했다.

"친형제는 아니고 아는 사이입니다. 사정이 있어서 같이 동행 중입니다."

그러자 중년 남자는 역시… 란 표정으로 소브로를 바라보며 고개를 끄덕였다. 그리고는 다시 류미르를 바라보았다.

"원래는 촌장님을 만나야 하지만 지금 마을 사람들과 물건을 팔러 갔으니 아마 저녁때가 되어야 만날 수 있을 거야. 그러니 그때까지 어디서 좀 쉬도록 하지? 음… 이봐요, 도니야?"

그러자 켄의 엄마가 그를 바라보았다.

"왜요?"

"이 청년들 자네 집에서 재워줄 수 있나?"

"다락방이라도 괜찮다면……."

켄의 엄마는 조금 머뭇거리며 말했다. 아마 빈방이 없는 것 같았다. 그러자 류미르가 재빨리 나섰다.

"괜찮습니다. 바람만 막을 수 있다면 저희로서는 감지덕지인걸요."

"그렇다면 좋아요. 우리 집에서 묵게 해주지요."

켄의 엄마는 흔쾌히 고개를 끄덕였다.

"자자, 그럼 알리도 찾아왔고 손님들 묵을 집도 정해졌으니 그만들 돌아가라구."

부촌장이라고 자신을 소개한 마리오가 팔을 휘저으며 사람들에게 외치자, 사람들은 우리를 힐끔힐끔 바라보면서 자신들의 갈 길로 갔다.

그리고 우리는 켄의 엄마의 안내를 받아 그녀의 집으로 갔다.

켄의 집은 통나무로 만든 목조 가옥이었다. 1층으로 된 투박한, 그러면서도 아담한 느낌이 드는 집이었다.

그런데 도니야는 우리를 집 안으로 안내한 것이 아니라 집 뒤쪽으로 안내하더니 그쪽에 있던 투박하고 약간 두터워 보이는 나무 문을 열고 들어갔다.

그 안은 창문이 전혀 없는 곳이라 매우 어두워서 도니야는 그곳으로 들어가자마자 그 방의 벽에 걸려 있던 램프를 들어내어 불을 붙였다.

그 방은 창고인 듯 여러 잡동사니가 여기저기 쌓여 있었고 먼지도 뿌옇게 내려앉아 있었다. 그런데 특이하게도 방의 위쪽 천장

바로 밑에는 방의 절반 정도 크기의 두꺼운, 여러 개의 일정한 크기의 나무 판자를 이어 붙여 만든 나무판이 가로지르고 있었고, 그 위에 올라갈 수 있도록 사다리까지 달려 있었다.

도니야는 그 사다리를 타고 먼저 올라갔고 우리도 그녀의 뒤를 이어 거기로 올라갔다.

그곳은 천장과 거리가 매우 가까워서 우리는 제대로 설 수 없어 허리를 구부정하게 구부리고 있어야 했다. 그곳에는 아래와 마찬가지로 여러 가지 물건들이 많이 있었지만 아래처럼 흩어져 있는 것이 아니라 가지런히 정돈이 되어 있어서 그렇게 너저분해 보이지 않았다. 그리고 또한 그곳에는 우리 넷은 충분히 누울 수 있는 공간이 있었다.

"방이 없어서 그러는데, 이곳도 괜찮겠어요?"

도니야는 약간 미안한 듯한 표정으로 우리를 돌아보았다. 하지만 그런 그녀를 향해 류미르는 밝은 표정으로 고개를 끄덕였다.

"충분해요. 길거리에 비한다면 여긴 천국인걸요."

나와 세이몬, 그리고 소브로도 동의한다는 듯 고개를 끄덕였다. 그러자 도니야는 우리가 꽤 맘에 든 것 같은 표정으로 고개를 끄덕이더니 말했다.

"그럼 여기에다 짐을 놓고 내려가요. 씻어야지 점심을 먹지."

그제야 우리는 아침을 먹고 이곳에 오는 동안 아무것도 먹지 못했다는 사실을 깨달았다.

우리가 재빨리 짐을 내려놓고 다시 도니야를 따라 밖으로 나가자 밖에는 벌써 켄과 알리가 커다란 통에 물을 담고서 우리를 기다리고 있었다. 그들은 벌써 씻었는지 얼굴과 머리카락이 약간 젖어 있었다.

"자, 여기서 씻어요."

켄이 먼저 활발한 표정으로 우리에게 말하면서 그의 옆에 있던 세숫대야 같은 작은 통에 물을 담아주었다. 세숫대야가 한 개밖에 없어서 우리는 한 사람씩 차례대로 씻어야 했다.

내가 제일 먼저 씻고 그 다음 소브로, 세이몬, 류미르 순으로 간단히 얼굴과 손만 씻고 나자 켄은 우리가 씻은 물을 집 근처에 있던 작은 텃밭에 버리고 나서 우리를 데리고 집 안으로 들어갔다.

문을 들어가자마자 거실이 보였고, 그곳에 바로 붙어서 부엌이 보였다. 그리고 부엌 양 옆에는 문이 하나씩 있었다.

부엌에서는 우리보다 먼저 집 안으로 들어갔던 도니야가 분주하게 움직이면서 음식을 준비하고 있었고, 그 음식은 거의 다 되었는지 맛있는 냄새가 풍겨왔다.

음식은 거실에 차려졌다.

원래는 부엌에 있는 식탁에서 먹어야 했지만 그곳에는 의자가 네 개밖에 없었기 때문에 부득이하게 거실의 탁자에 음식을 차린 것이었다.

비록 고급스러운 음식은 없었지만 그래도 따뜻한 빵에 수프, 그리고 구운 감자가 식욕을 돋우었다.

"여행 중이라고요?"

식사 중 도니야가 자연스럽게 우리에게 물어왔다. 그리고 항상 그래왔던 것처럼 류미르가 우리를 대표해서 대답했다.

"예, 지금 수도로 가는 중이에요."

"어디서 왔는데요?"

이번에는 켄이 호기심을 담고 물어왔다. 그러자 류미르가 그에게 대답을 하기 전에 다른 제의를 했다.

"저기, 보아하니 우리보다 나이가 많으신 것 같은데 말을 놓으시지 그러세요? 계속 존칭을 쓰시니까 저희가 불편하네요."

"아, 그런가요? 그런데 이름이 류미르 맞죠?"

켄은 말을 중단하고 류미르의 눈치를 살폈는데 그가 고개를 끄덕이며 맞다는 표시를 하자 안심하는 표정을 지으면서 계속 말을 이었다.

"류미르는 나이가 어떻게 되죠?"

"저는 19세이고요, 아힌과 세이몬은 각각 18세, 17세이에요. 연년생이지요. 그리고 소브로는 15세구요."

류미르의 말에 켄과 알리는 고개를 끄덕였다.

"우리가 더 나이가 많군요. 알리와 나는 스물한 살이에요. 그럼, 우리가 말을 놓을 테니 그쪽도 말을 놓는 게 어때요? 어차피 나이 차이도 그렇게 많이 안 나는데……."

켄의 말에 류미르가 흔쾌히 고개를 끄덕였다.

"좋아요."

"그래. 그럼 말야, 너희는 어디서 왔지?"

켄이 아까 했던 질문을 다시 되물었다.

"우리는 켈튼 연합국에서 왔어요."

그러자 켄의 눈이 가늘어졌다.

"말 놓으라니까."

류미르는 켄의 말에 쑥스러운 듯 살짝 얼굴을 붉히며 머리를 긁적이더니 다시 말했다.

"아, 우리는 켈튼 연합국에서 왔어."

그제야 켄의 얼굴은 흡족한 표정이 되면서 고개를 끄덕였지만 잠시 후 류미르가 무슨 말을 했는지 깨닫자 도니아를 비롯한 켄과 알리의 눈이 놀라움으로 커졌다. 그리고 그들의 대표로 알리가 감탄사를 터뜨렸다.

"우와! 꽤 멀리서 왔네? 외국에서 말야."

"하하하, 생각보다 그렇게 먼 곳은 아니야. 특히 이곳은 연합국과의 국경 지역과 가까운 곳이거든."

류미르의 겸양의 말 뒤로 그들의 켈튼 연합국에 대한 질문이 쏟아졌고, 우리는 우리가 알고 있는 한도 내에서 잘 대답해 주었다. 정확히 말한다면 거의 다 얼버무리고 말을 돌리느라 바빴지만… 그들과 대화를 하면서 우리는 식사가 어서 빨리 끝나기를 원했기에 자연히 우리가 식사하는 속도는 빨랐다. 그리고 그들과 식사를 한 후에 우리의 등은 식은땀으로 인해 축축이 젖어 있었다.

그래도 드디어 끝날 것 같지 않던 식사가 끝나고 우리가 도니야를 도와 식탁을 치우고 설거지를 끝낼 무렵, 현관 문에서 누군가가 문을 두드리는 소리가 들렸다.

켄이 누가 왔는지 보려고 문을 열었는데, 그는 문을 열어 바깥을 보자마자 무척 황당하다는 얼굴로 집 안에 있던 우리들을 돌아보았다.

그의 표정을 의아하게 여긴 알리가 문 쪽으로 다가가려는 찰나 문을 막은 채로 서 있던 켄을 밀치고 여러 사람들이 우르르르 집 안으로 몰려 들어왔다.

그들 대부분은 중년 부인들이거나 소녀들이었는데 그들은 들어오자마자 우리 셋을 힐끔힐끔 곁눈질로 쳐다보면서 저희들끼리 작은 소리로 깔깔대며 수군수군거리더니 의아한 얼굴로 거실로 나온 도니야에게 몰려들어 저마다 좀 과장되었다 싶을 정도로 호들갑스럽게 그녀에게 인사를 건넸다.

그리고 자기들이 방문한 이유를 정신없이 댔는데 그녀들이 한꺼번에 왕창 말하는 통에 가여운 도니야는 정신을 차리지 못하고 어쩔 줄 몰라 하기만 했다.

"어머, 도니야. 내가 어제 빌려간 그릇을 가지고 왔는데."

"도니야, 이거 내가 음식을 좀 만들어서 가지고 왔는데, 손님이 오셨을 테니 음식이 모자르지 않을까 해서……."

"도니야, 혹시 설탕 좀 빌릴 수 있을까? 지금 보니 우리 집에 설탕이 다 떨어졌네?"

"도니야, 이것 좀 봐주실래요? 아무리 봐도 뭔가 좀 이상한 것 같은데 난 모르겠네요."

"……."

결국 여자들에게 둘러싸여 정신을 못 차리고 있던 도니야가 버럭 소리를 지름으로써 그 소동은 일단 진정이 되었다.

"그만 햇!"

그곳에 모인 여인들은 커다란 도니야의 목소리에 놀라 모두 다 조용해졌고, 그 모습을 본 켄과 알리는 소리를 죽여 킥킥댔다. 그리고 그 뒤를 이어 도니야의 우렁찬 목소리가 들려왔다.

"뉘 집 구경났어? 왜 이렇게 몰려든 거야?"

그러자 여인들은 아무 말도 못하고 쭈볏쭈볏대면서 서로 눈치를 살폈지만 그 와중에서도 류미르와 나, 그리고 세이몬을 힐끔힐끔 쳐다보는 것을 잊지 않았다. 그런 그녀들의 모습에 그녀들이 왜 모여든 것인지 눈치 챈 나는 쓴웃음을 지을 수밖에 없었다.

상황이 그렇게 되자 켄이 우리에게 구원의 손길을 뻗었다.

"나가지 않을래? 내가 마을 구경시켜 줄게."

우리는 흔쾌히 그 제의를 받아들이고 일어서서 잽싸게 집을 나섰다. 그러나 그것으로 끝난 건 아니었다.

우리가 집을 나와 켄과 알리와 함께 마을을 돌아다니자 마을 곳곳에 있던 사람들이 쳐다보는 시선을 강하게 느낄 수 있었다. 특히 그들 중 대부분은 켄과 알리에게 다가와 이런저런 이야기를 나누면서 틈 나는 대로 우리를 힐끔힐끔 쳐다보았기에 켄과 알리는 진땀을 흘리며 말을 재빨리 끝내고 그들을 보내기에 급급했다.

"하하하, 이 마을에 외부 손님이 오신 건 정말 오랜만이거든."

또다시 우리에게 다가와 말을 건네는 소녀 둘을 떼어내고는 켄이 어색하게 머리를 긁어대며 변명을 했다.

"그럴 만도 하겠어. 마을 바깥쪽에는 몬스터들이 많아서 이 마을 사람들조차도 혼자 마을 바깥으로 나가지 않는다며? 가끔 몬스터들이 마을에 쳐들어오는가 보지? 이렇게 마을을 둘러싸고 방어책을 만들어놓은 걸 보면."

류미르가 괜찮다는 듯이 싱긋 웃고는 마을을 한번 휙 둘러보고서는 물었다. 그러자 그의 말에 알리가 류미르의 시선을 따라 자신도 마을을 한번 둘러보며 설명해 줬다.

"이 근처에는 '놀' 놈들이 집단 서식하고 있어. 예전에는 없었는데 몇 년 전부터 갑자기 수가 증가하더라고. 게다가 그 뒤로 이 녀석들이 툭하면 마을로 쳐들어오는 거야. 그러니 우리도 거기에 대응하느라고 이렇게 만들어놓은 거지."

그의 말 뒤에 켄도 덧붙였다.

"그래서 마을을 나갈 때에는 꼭 여러 명이 같이 나가. 이렇게 멍청하게 혼자 마을을 나간다는 것은 자살 행위이거든."

켄이 알리를 팔꿈치로 쿡쿡 찌르며 의미심장한 미소를 지어 보이자 알리가 괜히 헛기침을 하면서 딴 곳으로 시선을 돌렸다.

"그런데 마을이 이렇게 몬스터에게 위협을 당하는데 이곳의 영주가 도와주지 않나요?"

소브로가 자신이 의견을 낸다는 사실에 뿌듯해하며 켄과 알리에게 말하자 그들은 왠지 모르겠지만 서로의 얼굴을 바라보며 대답하는데 약간 주저했다. 그러나 켄이 예의 그 명랑한 얼굴로 어깨를 으쓱하며 설명해 줬다.

"이 숲은 영지와 영지의 경계선에 있어. 한마디로 말하자면 어느 누구의 영지도 아니라는 뜻이지. 그러니 누가 이런 숲 속의 작은 마을을 위해 병사들을 보내주겠어?"

그때 마을 중앙에 있던 높은 종탑의 종이 미친 듯이 울려댔다. 그 소리에 놀란 내가 어리둥절해 있을 때 켄이 긴장된 얼굴로 우리를 돌아보았다.

"무슨 일이 생겼다는 소리야. 빨리 가보자."

그는 알리와 함께 앞장서서 종탑이 서 있는 마을 중앙으로 달려간 것이 아니라 마을 입구 쪽으로 달려갔다. 거기에는 벌써 여러 명의 마을 사람들이 모여들어 있었고, 우리가 들어올 때는 활짝 열려 있었던 마을 방어책의 큰 나무 문이 굳게 닫혀 있었다. 그리고 그 앞에는 마을의 부촌장인 마리오를 비롯해 몇 명의 장정들이 굳은 얼굴로 서 있었다.

켄과 알리는 모여 있는 마을 사람들을 헤치고 앞으로 나가서 마리오에게 다가갔다.

"무슨 일이에요, 아저씨?"

"놈들이 왔다. 그런데 그놈들이 촌장과 마을 사람들 10명을 데리고 있어."

마리오는 알리와 켄을 힐끔 보더니 다시 시선을 앞으로 돌리고는 굳은 어조로 말했다.

그러나 그의 무뚝뚝한 말은 켄과 알리를 놀라게 하기에 충분한 내용을 담고 있었기 때문에 그들은 크게 놀라느라 그의 말투에 신경 쓰지 못했다. 마리오도 그들의 놀란 표정에 신경 쓰지 않고 말을 이었다.

"웃긴 일이지. 놈들은 우리 인간들을 잡는 족족 죽여왔어. 그런데 이번에는 놈들의 머리가 좋아졌는지 인질을 잡고 있잖아. 촌장이 살아 있는 건 좋지만 아무래도 좋은 일이 생기진 않겠지."

그때 방어책 밖에서 놀의 거칠고 어색한 말투의 음성이 들려왔다.

"이야기, 원한다, 인간, 우리가, 있다."

"어쩌죠?"

켄이 마리오를 돌아보며 묻자 마리오가 한숨을 쉬더니 나무 문에 붙어 있던 네 명의 장정들에게 소리쳤다.

"문을 열어. 내가 나간다."

한쪽 문에 두 명의 장정이 달라붙어 어른 한 사람이 빠져나갈 만한 틈을 만들자 그 틈으로 마리오가 홀로 밖으로 나갔다. 우리는 아직 열려진 문틈으로 그런 마리오를 계속 주시하며 여차하면 뛰어나갈 수 있도록 긴장하고 있었다.

마리오는 촌장을 잡고 있는 놈들과의 거리가 열 걸음쯤 되자 그 자리에서 멈췄다. 그는 우리에게 등을 돌리고 있는 상태였기에 그의 표정이 어떤지 우리는 볼 수가 없었지만 그의 음성은 들을 수 있었다.

"무슨 일이냐?"

마리오가 먼저 굳은 음성으로 말했다. 그러자 놈들 중 한 놈이 대답했다.

"처녀 열 명, 낮, 네 놈 내놔. 그럼, 이 사람 준다."

그 말을 들은 마리오의 어깨가 미미하게 한번 움찔했다. 그러나 잠시 후 그의 침착한 목소리가 들려왔다.

"나머지 사람은?"

"같이 준다."

그러자 놈들에게 붙잡혀서 얼굴이 진흙과 피투성이가 되어 어떻게 생겼는지 못 알아볼 몰골을 하고 있는 촌장이 힘겹게 고개를 들고 갈라지고 쉰 목소리로 소리쳤다.

"듣지 마! 이놈들 여자들을 노예로 팔 생각이야!"

그가 힘겹게 소리쳤지만 마리오는 무심하게 그에게 대꾸했다.

"그 정도는 나도 알아. 멍청하게시리 놈들에게 잡혀서 무슨 꼴이야? 네 녀석 때문에 골치 썩게 생겼잖아."

마리오의 황당한 대꾸에 아린 일행들이 멍해 있자 알리가 쓴웃음을 지으며 우리에게 설명해 줬다.

"촌장님과 부촌장님은 절친한 친구시거든."

그때 다시 마리오의 목소리가 들려왔으므로 우리는 그에게 시선을 돌렸다.

"그런데 네놈들은 여전히 멍청하군. 네놈들이 잡고 있는 인간들은 기껏 해봐야 열한 명인데 열네 명을 내놓으라고? 이건 우리가 밑지는 거잖아! 차라리 그놈들을 너희 맘대로 하지 그래?"

"휘유~ 대단한 사람이군."

그의 말에 류미르가 휘파람을 불며 감탄했다.

그리고 그의 앞에 있는 놈은 그의 말에 무척 당황하며 자신과 같이 온 놀들과 머리를 맞대고 뭔가를 한참 동안 수군대더니, 다시 마리오를 돌아보며 소리쳤다.

"처녀 여섯 명!"

그러나 마리오는 코웃음만 칠 뿐이었다.

"웃기네, 그렇게 다 죽어가는 남자들을 가지고 뭘 하라고."

놀은 무척이나 당황하더니 다시 정신을 차리고 그가 가지고 있던 창 끝을 촌장의 목에 가져다 대었다.

우리가 보기에는 이가 다 빠지고 오래된 창이었지만 무저항인 사람을 죽이기에는 충분히 날카로워 보였다.

"죽인다!"

그러나 마리오는 흥! 하고 콧김을 세게 내뿜으며 시선을 돌렸다. 그리고 투덜거리는 투로 혼잣말 같지만 놀들이 다 들을 수 있도록 큰 소리로 중얼거렸다.

"죽이라지 뭐, 지들이 잘못해서 붙잡힌 건데… 나를 이렇게 귀찮게 만들다니, 죽어도 싸."

그가 정말 태연하게, 아니, 오히려 잘됐다는 듯한 태도를 취하자 이제 대표로 말하는 놀 말고도 나머지 놀들까지 무지 당황해했다. 다시 자기네들끼리 머리를 맞대고 의논을 해보았지만 결국 뾰족한 수가 나오지 않았는지 그들 중 한 명이 숲 속으로 뛰어 들어갔다. 그리고 계속 대표로 우리에게 말하던 놀이 소리쳤다.

"잠깐 기다려라!"

그 모습에 류미르가 쿡쿡 낮게 웃었다.

"쿡쿡쿡… 저 사람 정말 대단한걸? 놀들을 저만큼 다룰 수 있다니……."

그러자 그 옆에 있던 켄이 아직 긴장이 덜 풀린 목소리로 대꾸했다.

"그야 놈들이 지 욕심밖에 모르는 멍청한 놈들이라서 그렇지. 하지만 아저씨는 도대체 어쩔 셈이지?"

느긋하게 마셔도 차 한 잔은 다 마셨을 것 같은 시간이 지난 후 숲 속으로 뛰어갔었던 듯한 놀이 돌아왔다.

그동안 마리오와 촌장을 데리고 왔던 놀들은 여전히 그 자리에 서서 대치하고 있었다.

숲 속으로 뛰어갔다 온 놀은 이제까지 계속 놀의 대표로 마리오에게 대화를 하던 놀에게 다가가 그의 길쭉한 입을 귀에다 대고 뭐라고 뭐라고 속삭였다. 듣고 있던 놀은 알았다는 듯 고개를 끄덕이며 사람의 얼굴이 아님에도 희색이 도는 것이 분명히 보이는 표정으로 자신만만하게 마리오를 돌아보았다. 그리고 그와는 반대로 그 모습을 본 듯한 마리오의 어깨가 약간 움찔했다.

놀이 너무 자신만만한 표정을 짓자 긴장한 것이리라……

"처녀 말고 네 놈 내놔. 그럼 사람들 돌려준다."

이번에 마리오는 쉽게 대답하지 못했다. 그의 어깨가 다시 움찔하더니 가만히 있다가 한참 후에 우리가 초조해져서 미칠 것만 같을 무렵 입을 열었다.

"생각해 보겠다. 시간을 달라."

놀은 이번에 마리오가 자신만만하게 대답하지 못하자 더욱더 의기양양해져서 거만하게 호의를 베푼다는 식으로 말했다.

"좋다. 내일 아침, 온다. 그때 사람들, 데리고 온다. 너희도 네 놈 내놔라."

그리고 놀들은 촌장을 이끌고 숲 속으로 사라졌다.

마리오는 침중한 표정으로 방어책 속으로 들어왔고 그가 들어오자마자 방어책에 달려 있던 육중한 나무 문은 다시 굳게 닫혔다. 그리고 마리오를 위시한 마을 사람들은 종탑이 있는 마을 중앙의 광장에 모였다.

마리오가 아무런 말도 안 했는데 사람들이 알아서 그쪽으로 모이는 걸 보니 무슨 일이 있을 때마다 이곳에 모여서 의논을 한 것 같았다.

"어쩌죠?"

켄이 그 특유의 활달함을 잃은 채 불안한 얼굴로 마리오를 바라보았다. 그러나 마리오도 어쩔 줄 모르겠는지 침통한 얼굴로 고개만 가로저을 뿐이었다. 그리고 하늘을 보고 한숨을 한번 크게 내쉬더니 마을 사람들을 쭉 둘러보고는 입을 열었다.

"여러분들도 아까 들었다시피 저놈들은 촌장을 비롯한 마을 남자들 열 명을 인질로 잡고 알리와 우리 마을에 들어오신 손님 세 분을 달라고 하고 있습니다."

그러자 그때 한 남자가 손을 번쩍 들면서 소리쳤다.

"잠깐만요, 손님은 세 명이 아니라 네 명 아닙니까?"

마리오는 그를 한번 힐끔 보더니 별일 아니라는 듯 어깨를 한번 으쓱해 보이고 소브로를 손가락으로 가리켜 보이며 말했다.

"아마 저 소년을 뺀 것 같습니다. 하긴, 저 소년을 뭐 하러 원하겠습니까?"

그러자 소브로의 얼굴이 묘하게 변했다.

하기야, 이걸 기뻐해야 할지 슬퍼해야 할지 그 자신도 모를 테지……

마리오는 계속 말을 이었다.

"나는 지금 갈등하고 있습니다. 솔직히 말하면 놈들에게 붙잡힌 사람들도 구하고 싶지만 그렇다고 해서 알리와 손님들보고 희생을 강요할 수는 없으니까요."

마을 사람들은 묵묵히 그의 말을 듣고만 있었다.

마리오는 입을 다물고 다시 한 번 마을 사람들을 둘러보다가 한쪽에서 거의 울상을 짓고 있는 사람들에게 눈길을 주곤 그곳에서 한참 동안 머물렀다.

그의 눈길을 따라가 보니 그곳에서는 새파랗게 질린 몇 명의 중년 아주머니들과 아이들이 있었다.

아마 놈들에게 붙잡힌 사람들의 식구들일 것이다.

마리오는 순간 그들을 바라보던 안타까운 눈길을 차갑게 굳히고는 그들을 매정하게 외면해 버렸다. 그리고 마을 사람들을 향해 딱딱하게 굳은 어조로 말했다.

"그래서 나는, 놈들의 제의를 거절하려고 합니다."

붙잡힌 사람들의 식구들이 서 있는 쪽에서 작은 비명 소리가 새어 나왔다. 그러나 마리오는 그쪽으로 눈길도 돌리지 않고 계속 말을 이었다.

"우리는 현재 놈들과 싸워서 이길 힘이 없습니다. 그리고 도움을 요청할 곳도 없고요. 놈들에게 잡힌 사람들이 안됐긴 하지만 그건 그들이 운이 없는 것이라고 생각합니다. 내일 나는 그들의 제의를 거절할 생각입니다. 그러나 지금 여러분들 중 더 좋은 생각이 있으시면 말씀해 주십시오. 내가 말한 것보다 더 좋은 생각이라면 나는 기꺼이 그 제안을 따르겠습니다."

그는 냉정한 표정으로 입을 다물었다. 하지만 나는 그의 눈꼬리가 미미하게 떨리고 그의 꽉 쥐어진 주먹이 부들부들 떨리는 것을 분명히 볼 수 있었다.

그런데 그때 어떤 여인의 비명 같은 소리가 울려 퍼졌다.

"저들을 내줘요. 저들을 내주란 말이에요! 알리는 고아이니 내 아들을 죽이는 것보다 백배 낫잖아요."

소리가 들리는 쪽을 바라보니 머리의 대부분이 하얗게 센 할머니가 히스테릭하게 소리치며 이쪽으로 나오려고 하고 있었다. 그러나 이제 막 15세쯤 되어 보이는 소년과 중년 여인이 울먹이면서 할머니가 뛰쳐나오지 못하도록 팔을 잡고 있어서 그녀는 그 자리에서 계속 발버둥치며 울먹이는 목소리로 소리쳤다.

"저놈을 내보내. 저놈 때문에 내 아들을 죽일 수는 없어……. 저놈을 내보내란 말이야."

그 할머니는 키가 작은 데다 무척 가냘픈 몸을 하고 있어서 더욱더 애처로워 보였다.

하지만 그녀의 말은 자신만 생각하는 데다 감정적이었기에 마을 사람들은 그녀를 동정하는 눈초리로 쳐다보기는 했지만 누구 하나 그녀의 말에 동의하지는 않았다.

결국 그 할머니는 실신해 버렸고 주위에 있던 아주머니들에 의하여 그녀의 집인 듯한 곳으로 옮겨졌다.

그런데 그때 마을에 남아 있던 장정 중 한 명인 어떤 중년 남자가 굳은 목소리로 말했다.

"마리오, 놈들의 말에 응하는 게 어때?"

그의 갑작스런 제의에 사람들의 시선이 그에게로 쏠렸다. 그리고 그의 말이 끝나자마자 켄의 놀란 목소리가 터져 나왔다.

"그게 무슨 소리예요, 아저씨? 알리를 내주잔 말예요?"

하지만 말을 꺼낸 그 중년 남자는 켄의 시선을 피하며 말을 이었다.

"알리만 내주면 마을 사람 열 명이 무사히 돌아올 수 있어. 알리에겐 미안한 말이지만 알리는 가족이 없잖아. 그러나 놈들에게 잡힌 사람들은 가족이 있단 말야. 특히 그중에는 한 가정의 가장인 사람들도 있어."

켄은 이제는 화가 나서 얼굴이 시뻘게졌다. 그는 그런 상태로 그 중년 남자에게 뭐라고 하려고 했다. 그러나 그가 그러기 전에 마리오가 먼저 중년 남자를 제지하였기에, 그는 불만 어린 표정이었지만 마리오의 엄한 눈초리에 아무 말도 못하고 뒤로 물러났다.

마리오는 그런 켄에게 한번 더 눈길을 준 다음 다시 중년 남자에게로 시선을 돌려 입을 열었다.

"엘, 자네 아들이 둘 있지? 한 녀석은 이제 19세가 되었고, 또 한 녀석은 17세가 된 걸로 알고 있는데?"

마리오의 엉뚱한 말에 엘이라 불린 중년 남자는 의아한 얼굴이 되었지만 고개를 끄덕였다.

마리오는 그 중년 남자가 고개를 끄덕이자 냉정한 얼굴로 입을 열었다.

"그러면 말일세, 자네의 아들 중 한 명을 알리 대신 놈에게 넘겨주는 게 어떨까? 어차피 녀석들은 누가 나와도 못 알아볼 것이고, 알리야 자네가 알다시피 부모를 잃었고 가족은 한 명도 없으니 알리 집안을 이을 사람은 알리 혼자뿐인데, 그 집안의 핏줄을 끊게 할 수는 없는 일 아닌가. 자넨 아들이 둘이나 있으니 한 녀석이 없어져도 자네 집안의 핏줄은 끊기지 않을 거 아닌가? 그러니 열 사람의 목숨과 바꾼다고 생각하고 한 녀석을 내놓는 게 어때?"

"그, 그런……."

엘이라 불린 중년 남자는 벌레 씹은 얼굴이 되었지만 뭐라고 반박하지는 못했다. 마리오는 그가 아무런 말도 못하자 냉정한 얼굴로 말을 이었다.

"아무리 많은 사람들을 위한다고는 하지만 자신이 자청하지 않는 한 누구에게나 남을 희생시킬 권리는 없다고 생각하네. 더구나 알리의 아버지가 누구인가? 1년 전에 놈들이 쳐들어왔을 때, 그가 목숨을 바쳐 놈들을 막아준 덕에 많은 마을 사람들이 무사히 도망쳐 목숨을 건지지 않았는가? 자네 말대로 한다면 그렇게 알리의 아버지도 많은 사람을 위해 자신을 희생했는데 그의 아들까지 희생하라고 강요하는 것은 너무하다고 생각지 않는가?"

마리오의 일장 연설을 들은 엘은 더 이상 아무런 말도 못하고 뒤로 물러섰다. 그리고 그 뒤에도 마리오가 마을 사람들을 한번 더 훑어보았지만 더 이상 어떤 말도 나오지 않았다.

그때 알리가 비장한 얼굴로 나섰다.

"저 혼자 나가면 몇 분은 구할 수 있지 않을까요?"

모두의 시선이 그에게로 쏠렸다. 가족이 놈에게 잡혀 있는 사람들의 얼굴에는 다시 희망이 감돌기 시작했으나 켄과 켄의 엄마 도니야는 새파랗게 질렸다.

"무슨 소리야, 임마? 그놈들이 네가 간다고 해서 아저씨들을 고이 보내줄 것 같아?"

도니야의 반응은 켄의 반응보다 더 과격했다. 그녀는 알리의 뒤로 돌아가서 그의 뒤통수를 과감하게 한 대 후려쳤던 것이다.

"쓸데없는 소리하지 마라."

그리고 마리오도 한마디 보탰다.

"죄책감을 가질 필요는 없다. 설사 그들이 목숨을 잃는다고 해도 네 탓은 아니니까."

"하지만……."

알리는 뭔가 더 말을 하려고 했으나 다시 입을 여는 마리오에 의해 막혀 버리고 말았다.

"그리고 그들은 너 말고도 저 아이들까지 원했어. 솔직히 말하자면 놈들을 공격한 것은 너와 우리 마을 사람들뿐이었어. 그런데 저들을 원한다는 건 뭔가 다른 속셈이 있다는 거지."

"그럼, 우리 셋만 나가도 되겠군요?"

갑자기 그들 사이에 끼어든 류미르의 말에 모든 이의 시선이 그에게로 쏠렸다. 그러자 알리가 류미르에게 다급하게 외쳤다.

"무슨 소리야? 어쩌려구 그래?"

그리고 그 뒤를 이어 켄도 같이 소리쳤다.

"너희들이 뭘 할 수 있다고 그러는 거야? 이건 너희 탓이 아니야. 그러니 가만히 있어. 너희보고 나가라고 할 사람은 아무도 없어!"

그들의 강력한 말에도 류미르는 태평한 얼굴로 어깨만 으쓱해 보일 뿐이었다. 그리고는 그들에게 싱긋 웃으며 입을 열었다.

"맞아. 그래서 난 이 마을 사람들이 굉장히 맘에 들어. 딴 사람들 같으면 이 상황에서 어떻게든 우리를 잡아서 놈들에게 줘버렸을 텐데 말야."

그의 말을 이어 나도 한마디했다.

"현명한 거야. 이런 상황에서 한번 요구를 들어주기 시작하면 놈들은 뭔가 원하는 것이 있을 때마다 계속 인질을 잡을 테니까. 그럼 이 마을 사람들은 더욱더 마을 밖으로 나가는 것이 위험해지겠지."

류미르가 즐겁다는 듯한 눈으로 나를 바라보았다.

"아린, 난 말야. 이곳 사람들이 당장이라도 우릴 잡아서 넘길 줄 알았어. 몇몇 개인 때문에 집단을 위험하게 할 수는 없으니까."

그때 우리 사이로 세이몬이 끼어들었다.

"집단? 잡힌 사람은 열 명인데 어떻게 집단이라는 거야?"

그 말에 류미르의 얼굴이 찌푸려지면서 뭐라고 말하려고 했으나 그전에 내가 대신 대답했다.

"그 정도면 집단이라고 할 수도 있지. 그리고 그들은 모두 장정들이잖아. 한 가정을 책임지고 있기도 하고, 또 이 마을을 지킬 능력이 있는 사람들이니까… 그들이 없으면 이 마을의 힘이 그만큼 없어지는 거야."

"호오~"

세이몬이 알았다는 듯이 고개를 끄덕이자 류미르가 다시 나를 바라보았다.

"어때? 우리가 나서주는 건?"

"나쁠 건 없지. 나도 이 마을 사람들이 꽤 맘에 들거던. 세이몬, 너도 나설 거지?"

내가 아무렇지도 않게 싱긋 웃으며 쾌활하게 대답하자 마을 사람들의 눈이 둥그렇게 커졌다. 그리고 내가 세이몬의 의견을 묻자 모든 이의 시선이 그에게로 몰렸다.

"너희들이 나선다면, 나도 나서지 뭐."

세이몬도 흔쾌히 고개를 끄덕였다. 그러자 마리오와 켄들의 눈이 튀어나올 것처럼 커졌다.

"그, 그런……"

그리고 도니야가 숨넘어가는 듯한 소리를 내며 뭔가 말을 하려고 했지만 류미르가 예의 그 미소를 띠며 그녀를 향해 부드럽게 말했다.

"괜찮아요. 걱정하실 것 없어요. 편하게 이 마을에 머물게 해주는 대가라고 생각하세요."

그리고 곧 이어 마리오를 돌아보았다.

"그럼, 결정한 겁니다? 내일 아침에 저희 셋이 나서겠어요."

마리오는 묘한 얼굴로 우리를 바라보았다.

"우리야 너희들이 나서준다면 고마운 일이지만… 그렇다고……"

그러나 나는 그의 말이 채 끝나기도 전에 그의 말을 끊었다.

"아아, 그걸로 된 거예요. 대신 뒷감당은 당신들이 하셔야 할 겁니다. 어떻게 될지는 모르니까요."

나는 어리둥절해하는 그들에게 싱긋 웃어 보이고는 류미르와 세이몬을 데리고 그 자리를 떴다.

우리 뒤를 이어 알리와 켄, 그리고 소브로가 헐레벌떡 달려왔다.

"어쩌려는 거야, 너희들? 이건 장난이 아니라고. 죽을 수도 있어."

"맞아, 지금이라도 그 말 취소해. 위험하단 말야."

그러나 나와 세이몬은 그들의 말을 들은 체도 안 했고 류미르가 우리 대표로 그들에게 아무렇지도 않은 말투로 대꾸했다.

"이미 정한 일이야. 그러니 더 이상 이 일에 대해서는 말하지 마."

그날 저녁 우리는 엄청 푸짐한 저녁을 먹을 수 있었다. 마리오를 비롯한 놈들에게 가족이 인질로 잡힌 사람들이 저마다 음식들을 만들어와 우리에게 주었던 것이다.

낮에 마리오에게 알리를 내놓으라고 소리치다 신실했던 할머니는 우리 손을 꼭 붙들고 몇 번이나 고맙다며 울먹이기까지 했다.

"흠, 이것도 나쁘진 않은걸? 이렇게 맛있는 음식까지 잔뜩 먹고 말야."

엄청난 양의 음식을 먹어치우고 후식으로 애플파이 한 조각을 자신의 앞에 덜어놓으며 류미르가 무척 만족스러운 표정으로 중얼거렸다.

"동감이야, 앞으로 이런 일에는 발 벗고 나서야겠는걸?"

내가 아직 못 다 먹은 옥수수 빵에 버터를 바르면서 대꾸하자 닭다리를 이제 막 뜯어서 입에 넣으려던 세이몬이 한 손을 번쩍 들었다.

"찬성!"

그러나 이렇게 우리가 희희낙락하고 있는 동안 켄과 알리, 도니야, 그리고 소브로는 죽을상을 하고서는 자신들 앞에 놓인 음식들을 기계적으로 입 안에 꾸역꾸역 넣고 있었다.

그런 그들을 힐끔 바라보던 류미르가 포크를 든 채로 싱긋 웃으며 말을 건넸다.

"그만 얼굴들 좀 펴요. 그렇게 우울한 얼굴들을 하고 있으니까 나까지 이상해지는 것 같잖아요."

그러나 여전히 우울한 얼굴을 하고 있는 켄이 입을 열었다.

"지금 우리가 웃게 생겼어? 아무 관계도 없는 너희들이 우리 때문에 죽게 생겼는데."

그러자 막 닭고기를 입에 넣고 우물거리던 세이몬이 말을 받았다.

"우리가 왜 죽어? 이래봬도 우리 엄청 세다구."

"세이몬 말이 맞아. 우리도 믿는 구석이 있으니까 나선 거야. 그러니 너무 그렇게 단정적으로 생각하지 마."

나도 세이몬의 말을 받아서 고개를 끄덕였다. 하지만 그래도 여전히 그들의 얼굴은 펴지지 않았다.

"너희들이 몰라서 그래. 그놈들은 사람이 아니라구. 사람보다 몇 배는 강하고, 몇 배는 날쎄다구."

알리가 침울한 어조로 중얼거렸다.

결국 류미르는 어쩔 수 없다는 표정으로 우리를 보고 어깨를 한번 으쓱해 보이더니 중얼거렸다.

"뭐, 두고 보면 알겠지……."

다음날, 우리가 다락방에서 푹 자고 내려왔을 때에도 그들은 여전히 우울한 얼굴이었다.

우리는 그런 그들의 모습에 고개를 절레절레 저었지만 더 이상 아무런 말도 하지 않고 묵묵히 아침을 먹었다.

그러고 나자 마을 사람들이 몰려왔다.

그들과 함께 마을 밖으로 나가는 나무 문 앞에 섰을 때 마을 대표로 마리오가 나서서 우리에게 일일이 악수를 청했다.

"미안하군, 괜히 우리들 때문에. 대신 저 아이는 우리가 여행 목적지까지 데려다 주도록 하지."

그가 소브로를 가리키며 말하자 우리는 쓴웃음을 지을 수밖에 없었다. 그러나 어른이 진지한 얼굴로 말하시는데 대답을 하지 않을 수가 없어서 나는 어깨를 한번 으쓱해 보이며 가볍게 대꾸했다.

"뭐, 저희들이 돌아오지 않는다면 부탁드릴게요."

마리오는 특수 임무를 받은 요원처럼 진지한 얼굴로 고개를 끄덕였다. 그 모습을 보고 류미르가 킥 웃더니 지나가는 말투로 중얼거렸다.

"에휴, 두고 보면 알겠지~"

잠시 후 네 명의 장정들이 문을 열었고, 그 사이를 통하여 나를 비롯한 우리 일행 세 명과 마리오를 위시한 십여 명의 장정들이 나섰다. 그리고 얼마 지나지 않아 숲 속에서부터 몇십 마리나 되는 놀들이 인질로 잡은 사람들을 데리고 나왔다.

놀들에게 끌려온 사람들은 위에는 제대로 된 옷조차 걸치지 못하고 있었고 밑에는 그래도 넝마의 상태인 바지나마 입고 있었다. 그런 온몸에는 흙먼지와 함께 오래되어 말라붙은 피들이 묻어 있었다. 그리고 몸도 성하지 않은 듯 놀들이 걸음을 멈추고 거칠게 끌고 왔던 그들을 놓아주자 모두 다 그 자리에 거의 쓰러지듯 주저앉았다.

그런 그들을 가운데 두고 몇십의 놀들이 그들을 삥 둘러싸고 있었고 그들 앞으로 세 놀들이 나섰다. 그들 중 가운데 있는 놀이 대장인 듯 그는 이마에 어울리지도 않게 금으로 된 테를 두르고 있었고 몸에는 비단으로 된 가운을 걸치고 있었다.

그 모습을 보고 류미르와 세이몬이 낮게 킥킥거렸고 나는 어이가 없어 혀를 끌끌 찼다.

"참내, 꼴에 지도 대장이라고……."

놀의 대장 오른편에 있던 놀이 몇 걸음 앞으로 나섰다. 그러자 이쪽에서도 마리오가 앞으로 나섰다.

인간, 데리고 왔다. 너희는?"

"너희들의 조건에 응하기로 했다. 너희가 원하는 사람들을 내줄 테니 너희가 잡아간 사람들을 돌려달라."

놀은 무척 만족스러운 얼굴로 거만하게 고개를 끄덕였다.

"좋다."

앞으로 나선 놀이 고개를 돌려 자신의 대장을 바라보자 그 대장이 고개를 끄덕해 보이고는 손짓했다. 그리고 그 손짓을 본 뒤에 사람들을 에워싸고 있던 놀들이 제대로 서지도 못하는 사람들을 거칠게 끌고 와 놀들과 사람이 대치하고 있는 사이의 공간에 던지다시피 내려놓았다.

그 모습을 본 사람들의 얼굴은 분노로 차올랐지만 함부로 나서지는 못하고 자신들의 입술만 짓이기거나 고개를 돌릴 뿐이었다.

그러나 그중에서도 마리오는 침착하게 손짓해서 사람들에게 부상당한 사람들을 마을 안으로 옮기라고 지시하고는 씁쓸한 얼굴로 우리들을 돌아보았다.

류미르가 먼저 그의 신호를 눈치 채고는 세이몬과 내 팔을 툭툭 쳐 보이고는 앞으로 나섰다. 그리고 나와 세이몬도 류미르의 뜻을 알아채고 마리오에게 싱긋 웃어 보이고는 앞으로 나가는 순간, 세이몬이 갑자기 자리에 멈춰 서면서 자신의 손바닥을 주먹으로 탁 쳤다.

"아, 맞다!"

"왜 그래?"

갑작스런 그의 행동에 황당해진 내가 그를 쳐다보며 묻자 그는 다급한 표정으로 나를 돌아보았다.

"아린, 어떻게 해? 짐을 안 가져왔어!"

"짐?"

황당해진 내가 되묻자 그는 크게 고개를 끄덕이며 울상인 표정을 지었다.

"응, 켄네 집에 그냥 놓고 왔어. 아침에 챙겼어야 했는데……."

"하, 하, 하……."

순간 이 상황에서 그에게 어떻게 설명해야 할지 몰라 당황해서 헛웃음만 흘리고 있는 나를 류미르가 손쉽게 구해줬다. 그는 번개같이 세이몬의 팔뚝을 잡아채서는 그대로 끌고 놀들이 서 있는 곳으로 걸어간 것이었다.

"헛소리 말고 빨랑 와!"

"하지만 짐은 어쩌고?"

세이몬은 류미르에게 끌려가면서도 미련을 못 버리고 울먹이는 소리로 외쳤지만 류미르는 그의 말을 무시해 버리고 계속 걷기만 했다. 그리고 그 뒤를 내가 쫄래쫄래 쫓아가면서 세이몬을 위로했다.

"걱정 마, 세이몬. 도니야 아주머니가 잘 챙겨놓고 계실 거야. 나중에 다시 여기 들러서 가져가면 되지. 그리고 소브로도 데리러 와야 하잖아."

"아, 그렇구나."

세이몬이 그제야 안심했다는 얼굴로 고개를 끄덕이는 동안 우리는 놀들의 앞에 설 수 있었다.

그런데 우리는 한동안 그 앞에 가만히 서 있어야 했다. 어찌 된 영문인지 놀들이 모두 패닉 상태에 빠져 석고가 되어 우리가 앞에 섰음에도 불구하고 아무런 반응을 보이지 않았던 것이다.

결국 보다 못한 세이몬이 그들 중 한 놀에게 다가가 그의 눈앞에서 손을 흔들어 보이자 그가 흠칫 놀라 뒷걸음을 치다가 발이 걸려 넘어지는 바람에 모든 놀들이 패닉 상태에서 벗어날 수 있었다.

그리고 대장인 놀이 허둥대면서 재빨리 놀들에게 손짓하자 놀들 중 세 명이 우리 등 뒤로 달려와서는 창을 들이대며 앞으로 가라는 신호를 보냈다.

몇몇 놀들이 앞장을 서서 숲 속으로 들어가자 우리도 그들 뒤를 따랐고 나머지 놀들은 우리가 도망치지 못하도록 우리를 에워싼 형태로 움직였다.

그런 형태로 거의 두 시간 가량을 걸어서 간 곳은 숲 속 가운데 있는 널따란 공터였다.

일부러 그곳을 공터로 만든 듯 공터 주위에는 여기저기 나무 밑동이 남아 있어 이곳이 원래는 나무가 무성했던 숲이었음을 알려주고 있었다.

그런데 놀라운 것은 그 공터에 몇몇의 사람들이 있었는데, 그들은 우리를 기다리고 있었던 듯 우리를 보자 여기저기 흩어져 휴식을 취하던 상태에서 천천히 모여들어 무리를 이루었다.

거의 십여 명의 사람들이었는데 그중 딱 한 명만 남자인지 여자인지 구분이 안 가는 하늘하늘한 몸매에 예쁘장하게 생긴 사람이었고, 나머지는 척 보기에도 남자라는 것을 알 수 있는 우람한 근육들을 자랑하는 용병들이었다. 그리고 그들 중 몇몇은 채찍을 들고 있었다.

놀들도 그들을 보자마자 공터 구석에서 멈추고는 더 이상 움직이지 않았고, 놀의 대장인 듯한 녀석과 그의 곁에 있는 두 놈의 놀만이 앞으로 나섰다.

그리고 공터에서 기다리고 있던 사람들 중에서는 채찍을 가진 용병 세 명과 여자인지 남자인지 구분이 안 가는 사람이 앞으로 나섰다.

류미르는 그 모습을 보더니 놀라지도 않고 오히려 예상하고 있었다는 듯한 모습이었다.

"흠… 과연."

그리고 나도 그 뒤를 이어 고개를 끄덕였다.

"역시나……."

그러자 세이몬이 부루퉁한 얼굴로 우리를 돌아보았다.

"뭐야, 너희들끼리만 알고……."

류미르는 세이몬의 말에 핏, 하고 웃더니 거만한 표정으로 그를 바라보며 손가락 하나를 그의 코앞에서 흔들어 보였다.

"쯧쯧, 야, 야, 이건 각자가 알아서 추측한 거란다. 누가 가르쳐 준 게 아니야."

류미르의 장난기 어린 거만함이 또 발동되자 세이몬의 눈이 치켜 올라갔다.

"우쒸……."

"자, 그만, 그만. 세이몬, 내가 설명해 줄게."

세이몬이 앞뒤 안 가리고 류미르에게 달려들려고 하자 나는 재빨리 세이몬의 팔을 붙잡는 동시에 류미르를 째려봐서 그를 물러나게 했다.

"처음에 놀들이 원한 게 우리하고 처녀들이었잖아. 보통 몬스터들이 뭐에 쓰려고 처녀들을 원하겠어? 그래서 이건 뒤에 누군가가 그렇게 요구하도록 시키는 존재가 있다는 것을 짐작했지. 아까도 마찬가지야. 그들은 뒤에 있는 존재를 눈치 못 채게 하려고 하는지 알리까지 내놓으라고 했지만 우리 셋만 나와도 아무런 말이 없었잖아? 그래서 뒤에 누군가가 있다는 것을 확실히 알았고, 지금 저 인간들을 만나러 온 걸 보고는 놀 뒤에 저 인간들이 있다는 것을 안 거지."

나의 기나긴 설명이 끝나고 난 뒤 세이몬이 이해했다는 얼굴로 고개를 끄덕여 가르친 자의 보람을 느끼고 있을 때, 사람들을 바라보고 있던 류미르의 중얼거림이 들려왔다.

"인간은 정말 이해할 수 없어. 어떻게 자신들의 동족을 잡으라고 몬스터에게 시킬 수가 있는 거지? 인간이 욕심이 많은 것은 알고 있었지만……"

"뭘 새삼스레… 인간들이 자신들의 종족을 서로 팔고 사고 하는 것은 알고 있었잖아."

내가 류미르의 말에 씁쓸한 기분을 느껴 아무런 말도 못하고 있을 때 세이몬이 아무렇지도 않은 듯 대꾸했다.

"그래도 자신들의 종족들끼리 그러는 건 모르겠지만 타 종족의 힘을 이용한다는 건 좀……"

류미르는 계속 얼굴을 찡그리며 중얼거렸다.

그때 놀들과 이야기를 하던 남자인지 여자인지 구분이 안 되는 사람이 우리를 돌아보았다. 그는 몇 걸음 더 우리에게 다가와서는 머리부터 발끝까지 한번 쓱 훑어보더니 만족스러운 미소를 띠면서 고개를 끄덕였다.

그의 그런 모습에 소름이 쫘악 끼쳤다.

"어쩔까? 저 사람의 아지트로 갈 때까지 기다릴까?"

류미르가 내 쪽으로 다가오며 낮게 속삭였다.

"아냐, 지금 날려 버리자."

나의 말에 류미르는 놀라는 표정을 지었다.

"뭐? 하지만 지금 쓸어버리면 저들을 완전히 제거하지 못할 텐데?"

"어차피 저들을 다 제거한다 해도 이 나라 안의 저런 인간들을 다 제거할 수 있는 건 아니잖아. 이 정도만 해도 다시는 놀들과 거래는 안 하겠지. 그리고 놀들도 상당히 타격을 입을 테고… 이번에는 이 정도까지만 하자고. 그래도 저들이 계속 이런 일을 한다면 그건 마을 사람들의 몫이야."

"좋아, 그렇다면 사람은 누가 맡을래?"

류미르가 내 말에 찬성한다는 듯이 고개를 끄덕이며 한 질문에 나는 세이몬을 돌아보았다.

"난 놀을 맡을래. 세이몬, 너는?"

"난 아무나……."

"그럼 세이몬이 저 인간들을 맡아. 나는 튀는 놈들을 맡을 테니."

류미르의 말에 나와 세이몬이 짧게 고개를 끄덕였다.

우리가 이렇게 작전을 짜는 동안 거래가 끝이 났는지 우리 뒤에 있던 놀들이 우리의 등을 창 끝으로 살짝 찔렀다. 앞으로 나가라는 뜻이었다. 우리는 그들이 시키는 대로 순순히 앞으로 나섰고 놀들과 사람들 중간에서 우리를 인계 받을 용병들이 앞으로 나서는 순간 나는 벼락같이 외쳤다.

"윈드 스톰!!"

류미르와 세이몬은 내가 입을 열자마자 재빨리 바닥에 엎드려 그 뒤에 올 충격에 대비하였고, 그와 동시에 내 몸 주위에서 거대한 회오리바람이 일어나 일대를 휩쓸었다. 그러자 아무런 대비를 못하고 있던 용병들과 놀들은 바람을 온몸으로 맞아 그 자리에서 쓰러지거나 몸집이 작은 녀석은 뒤로 주르륵 밀려 나갔다.

"덤벼!"

그 모습을 본 내가 지체하지 않고 레이피어를 뽑아 들고 놀들에게 달려들면서 외치자 류미르와 세이몬도 벌떡 일어나 달려나갔다.

세이몬은 사람들에게 마력이 가득 담긴 주먹을 휘둘러 댔고 류미르는 정령들을 불러내어 이곳에 모인 자들을 한 명도 도망치지 못하게 막았다.

그들은 갑작스런 바람에 의하여 큰 타격을 입은 뒤였지만 역시 그들도 만만치는 않은 녀석들이어서 우리가 공격을 해 들어가자 처음에는 아직도 정신을 못 차린 상태여서 맥없이 우리에게 당했지만 곧 정신을 차리고 우리의 공격을 막았다.

놀들은 내가 레이피어를 들고 달려들자 자신들의 무기인 창을 들고서 막아섰다. 나 혼자 달려들어서인지 자신있는 표정들이었다.

'이놈들은 아까 내가 마법을 쓴 것을 벌써 잊었나?'

나는 속으로는 혀를 끌끌 찼지만 뭐, 이것도 녀석들의 운명이려니 생각했다. 그리고는 정신을 레이피어를 잡고 있는 오른손으로 집중하여 마나를 손끝에서 모아 내뿜었다. 곧 내 레이피어는 내가 뿜어낸 불그스름한 마나에 감싸였다. 그런 검을 휘두르자 내 앞을 막고 있던 놀들의 창이 그들의 몸통과 함께 식칼에 무가 썰어져 나가듯 싹둑싹둑 잘도 잘려져 나갔다. 그들은 제대로 창술을 배운 녀석들이 아닌 오로지 자신들의 힘과 숫자만 믿고 덤벼드는 녀석들이라 뛰어난 실력도 없었고, 그렇다고 조직적으로 덤벼오는 것도 아니라 거의 마구잡이식이었기에 그들을 쓰러뜨리는 것은 그다지 힘든 일은 아니었다. 단지 그들의 숫자가 나 혼자 상대하기에는 좀 많아서 멋도 모르고 혼자 칼 하나 뽑아 들고 설치던 나는 금방 지쳐 버려서 그들 앞에 배구공만한 파이어 볼 하나를 내던진 뒤에 재빨리 뒤로 물러나 그들과의 거리를 넓혔다. 그리고 불꽃이 폭발하자 놈들이 그것을 피하느라 덤벼들지 못하는 틈을 타서 오랜만에 정령들을 불러내었다.

"카사, 운디네, 실프, 노움!!"

그리운 얼굴들이 내 앞에 나타나자 나는 그들에게 반가운 미소를 띠고는 말했다.

"나 좀 도와줘!!"

카사는 새의 모양이었기에 얼굴에 표정이 거의 나타나지 않은 상태로 고개만 끄덕여 보이고 놈들에게 달려들었고, 사람의 모습인 운디네와 실프는 살포시 웃어 보이고는 놈들에게 덤벼들었다. 단지 노움만이 한심하다는 표정으로 나를 한번 힐끔 보더니 땅속으로 스며들듯이 스르르 사라졌다.

그들을 불러낸 덕분에 나는 좀 더 수월하게 놈들을 처리할 수 있었다.

놈들은 갑자기 불어닥치는 바람이나 쑥쑥 들어가는 땅, 사방에서 번쩍이는 불덩이와 땅에서 솟아나는 물줄기에 거의 혼비백산해서 흩어졌다.

"에게, 이게 뭐야? 너무 일방적이잖아?"

어느새 용병들을 처리하고 왔는지 마지막 한 놈을 쓰러뜨린 나에게 세이몬이 다가와 둘러보며 혀를 찼다.

"다 처리했어?"

그런 그를 돌아보며 묻자 세이몬은 명랑한 얼굴로 끄덕였다.

"응, 간단하게 처리했어."

그러자 그때 땅의 정령들을 이용해 시체들을 땅에 묻고 있던 류미르의 약간 날카로운 목소리가 들려왔다.

"이봐, 이봐, 너희들! 그렇게 할 일이 없으면 나 좀 도와주지 그래? 아직 힘이 남아돌아 넘치는 모양인데."

그의 말에 세이몬과 나는 찔끔해서 얼른 그에게 다가갔다.

"자, 자, 애들아, 다 처리했으면 가자!"

얼마 지나지 않아 시체들을 모두 다 처리한 뒤 마을로 돌아가기 위해 내가 먼저 앞장을 섰고 그 뒤로 세이몬이 쫄래쫄래 쫓아왔다. 그리고 맨 나중에 무표정한 얼굴로 류미르가 쫓아왔다.

"왜 표정이 그 모양이야?"

한참 걷고 있는데 평소 같지 않게 류미르가 조개처럼 꼭 입을 다물고 있자 내가 그에게 말을 걸었다.

"아니, 그냥……."

그러나 류미르는 별다른 대꾸도 하지 않고 또다시 입을 계속 다물고만 있을 뿐이었다. 그러나 그렇다고 가만 둘 내가 아니었다.

"뭔데 그래? 말 못할 일이라도 돼?"

그러자 류미르가 내 쪽을 바라보다가 나의 집요한 눈길을 받자 어쩔 수 없다는 표정으로 입을 열었다.

"아니, 그런 게 아니라… 인간들이 이해가 안 돼서 말야."

"뭐가?"

류미르가 심각하게 이야기하자 세이몬도 흥미가 생기는지 그를 돌아보았다.

"뭐, 어제오늘 안 건 아니지만 난 정말 아직까지 이해가 안 가는 게, 왜 인간들은 같은 동족들을 하찮게 여기는 거지? 그러면서도 그렇게 같이 모여서 사는 게 참 이상하다니까."

"인간들은 혼자서 살지 못하니까 같이 사는 거지."

내가 류미르를 힐끔 바라보며 당연한 걸 가지고 그런다는 듯 말했다. 하지만 류미르는 여전히 할 말이 있는지 계속 찡그린 얼굴로 말을 이었다.

"알아. 그런데 그러면 말야, 같이 사는 동족들을 사랑하고 존중해 줘야 하는 거 아냐?"

"그러고 있잖아. 너 마을 사람들 보면 몰라?"

"그거야 가까운 사람들일 경우지, 낯선 사람들에게는 안 그렇잖아. 특히 아까 그 인간들처럼 낯선 사람들을 물건 취급하는 사람들도 있고……."

"그건 사람들이 집단 전체보다 자기 자신을 더 생각하기 때문이야. 만약 집단 이익이 자신의 이익과 일치하면 아주 필사적으로 집단의 이익을 위해 애쓰겠지만 자신의 이익과 집단의 이익이 상반된다면 집단의 이익이고 뭐고 자신의 이익을 위해 애쓸걸? 그런 게 사람이지."

내 말에 세이몬도 긍정하며 고개를 끄덕였다.

"맞아. 사람은 너무 욕심이 많아. 그런데 말야, 사람들은 혼자 살지 못하면서 왜 자신의 이익만 추구하는 거지? 그러다가 집단이 와해돼 버리면 자신들도 살아남지 못한다는 걸 모르나?"

세이몬의 물음에 류미르가 장난기 어린 웃음을 짓는 동시에 그의 머리를 쓱쓱 쓰다듬어 주며 말했다.

"어이구, 기특한 것. 네가 그런 생각도 다 할 줄 알아? 음… 많이 컸어."

평소 같으면 그런 류미르의 행동을 말렸겠지만 지금은 아까 그의 안 좋은 표정을 봤기 때문에 그냥 가만 냅뒀다. 덕분에 세이몬이 류미르에게 달려들어 주먹을 휘두르는 것을 사전에 막지 못했지만……. 류미르는 세이몬이 휘두르는 주먹을 두 팔을 교차시켜 여유있게 막아내면서 싱긋 웃었다.

그러면서 정말 여유가 많은지 세이몬의 물음에 대답까지 해주었다.

"코앞의 이익 때문에 미래의 일을 생각하지 못하는 거야. 그러면서도 인간이 번영한다는 게 정말 불가사이한 일이라고 생각 안해? 우왓!"

주먹은 여유있게 막아냈지만 그 뒤에 곧바로 날아드는 세이몬의 발차기는 막아내지 못한 류미르가 재빨리 몸을 밑으로 숙여 날카로운 발차기를 피해내며 말을 맺었다. 그리고 그런 그의 말에 내가 그들의 싸움을 구경하면서 느긋하게 대꾸했다.

"뭐, 욕심에는 여러 가지가 있으니까 말야. 하지만 과욕은 멸망을 낳는 법이지."

류미르와 세이몬의 티격태격은 우리가 마을에 도착할 때까지 계속되었다. 결국 내가 보다 못해 중간에 나서서 그들을 말려야 했다.

마을 안으로 들어갈 수 있는 방어책의 문은 굳게 닫혀 있어서 우리는 어떻게 할까 하다가 일부러 문을 두드려 사람들을 부르는 것보다는 우리가 알아서 하자는 데 의견이 일치되어 가볍게 허공으로 날아올라 문 위를 뛰어넘어 마을 안으로 들어섰다.

그런데 우리가 이렇게 침입했음에도 불구하고 우리를 반겨주는 이가 한 사람도 없었다. 게다가 거리는 텅 비어 썰렁 그 자체였다. 모르는 사람들이 봤다면 이 마을에 사람이 살고 있는지 의심이 될 정도였다.

의아해진 우리는 곧장 켄의 집으로 향했다. 다행히도 그 집에서는 사람들의 말소리가 들려왔고, 그 소리에 안심이 된 우리는 활짝 열려진 채로 있는 현관 문을 통해 거실에 들어섰다.

그곳에서는 켄과 알리를 비롯한 도니야와 마리오가 모여 앉아 술을 마시고 있었고, 소브로는 침울한 얼굴로 구석에 처량하게 쪼그리고 앉아 있었다.

"대낮부터 무슨 술 파티예요?"

그들을 향해 명랑한 어조로 외치자 그들의 시선이 문 가에 서 있던 우리들을 향했다. 그리고 한동안 침묵이 감돌았다.

마리오가 마시려고 막 들었던 술잔이 허공에 딱 멈췄고, 도니야의 손에 들린 안주로 향하던 포크도 본래의 목적을 잊어버리고 허공에서 멈췄다. 알리는 입 안에 술을 한모금 머금었으면서도 바보같이 술을 목구멍 너머로 넘기지도 못하고 비운 술잔을 입술에 댄 채였고, 켄은 바로 입 앞까지 날려져 온 안주를 입 안으로 넣지 못하고 옷 위에 흘리고서는 그것도 모르고 멍한 얼굴로 포크를 허공에 띄운 채였다.

그리고 그 순간 마리오의 손에 들려 있던 술잔이 그의 손에서 나와 바닥에 떨어지며 낸 '쨍그랑~' 소리를 신호로 그들은 패닉 상태에서 깨어났다.

"애들아~!!"

제일 먼저 반응을 보인 건 도니야였다. 그녀는 두 눈에 눈물이 그렁그렁 맺힌 채로 그 우렁찬 목소리로 우리를 부르며 달려와 우리 셋을 한꺼번에 껴안은 채로 얼굴을 부벼댔다.

"무사했구나… 무사했어. 다행이야……."

그리고 그 뒤로 알리와 켄이 달려왔다.

우리가 겨우 도니야에게서 풀려나자 맨 뒤에 가만히 서 있던 마리오가 나섰다.

"정말 다행이군. 이렇게 무사히 돌아올 줄은 꿈에도 생각 못했는데 말이야… 그나저나 어떻게 된 거지?"

그의 질문에 일순 나는 크게 당황했다. 이런 그의 질문이 지극히 당연한 거였지만 마을에 오는 것만 생각하느라고 이 질문에 대한 대답을 준비 못한 거였다. 그렇다고 우리 셋이서 놀들과 그 사람들을 다 무찌르고 왔다고 할 수는 없는 거였다.

내가 뭐라고 해야 할지 몰라 뻘뻘대고 있을 때 의외로 세이몬이 나섰다.

"놀들이요, 저희들을 어떤 사람들에게 데려가더라구요."

류미르와 나는 그가 곧이곧대로 대답하려는 줄 알고 무지 놀랐다. 그래서 그가 더 이상 말을 하지 못하도록 내가 그의 앞을 가로막았다. 물론 아무렇지도 않은 듯이 웃는 것을 잊지 않았다. 하지만 나중에 류미르가 말하길 그 미소는 무척 어색했다고 했다.

"그 사람들은 거의 다 용병이었어요, 한 사람만 빼고. 아마 그 사람이 그 용병들을 고용했나 봐요."

그러나 그렇다고 세이몬의 말을 막을 수는 없었다. 그가 사실대로 말하기 시작한 뒤 내 마음과 입술은 바짝바짝 타 들어갔다. 그러나 그가 잠깐 생각에 잠기느라 말이 끊어진 사이 재빨리 류미르가 끼어들었다. 이 기회를 놓칠 수 없다는 듯이.

"그런데 그들이 대화를 하더니 뭐가 잘 안 되었는지 막 싸우던데요? 급기야는 칼까지 빼어 들고 싸우더라구요."

"맞아요. 그래서 우리는 그 틈을 타서 숲 속에 숨어 있다가 싸움이 거의 끝날 무렵에 나머지 놈들을 처리하고 도망쳤지요."

끝마무리는 내가 지었다. 세이몬이 아니라고 말하면 어떡하나 싶어서 류미르가 말을 끝내자마자 틈도 안 주고 재빨리 말했던 것이다. 그래도 그들이 이상하게 생각하는 눈치가 아니어서 안심하고, 즉석으로 생각해 낸 변명치고는 썩 괜찮은 변명이어서 속으로 흡족하게 생각하고 있었는데, 우리의 이야기를 다 듣고 난 이들의 눈이 커졌다. 그리고 그들의 대표로 켄이 믿을 수 없다는 듯이 말했다.

"놈들을? 너희가?"

예상치 못한 그들의 반응에 내가 다시 속으로 식은땀을 흘리고 있을 때 류미르가 나섰다.

"부족하나마 저희는 각자 재주를 가지고 있거든요. 저는 정령을 조금 다룰 수 있고 아힌은 마법을, 세이몬은 격투술에 능하지요."

류미르의 말을 들은 그들은 각자 반응이 달랐다.

"와우~"

"그랬군."

"어쩐지……"

그러나 마리오는 좀 달랐다.

그는 딴 사람들이 감탄을 내뱉는 동안 멍하니 서 있더니 갑자기 나에게 달려들어 내 손을 덥석 부여잡았다.

"너!"

"예, 예."

나는 그의 반응에 너무 놀라 얼결에 대답을 하자 그가 내 코앞으로 얼굴을 들이대더니 나를 사납게 노려보면서 말했다.

"우리 좀 도와줘~!"

"에?"

그의 행동에서 예상했던 말과 동떨어진 말이 나오자 나는 황당해져서 내가 잘못 들은 건 아닌지 의심이 갔다. 그러나 그의 말이 계속되었기에 나는 내가 잘못 들은 게 아닌 것을 알 수 있었다.

"마법을 할 수 있다면 치유 마법도 할 수 있지?"

그는 거의 내가 할 수 있다고 단정하고 확인하는 말투로 물어보았다. 그의 말에 나는 피식 웃음이 나왔지만 그의 얼굴이 너무나 진지했으므로 나는 웃지는 못하고 얼결에 침 한번 꿀꺽 삼키고 고개를 끄덕였다.

"너도 오늘 아침에 봤겠지만 놀들에게 잡혔다가 돌아온 사람들이 많이 다쳐서 지금 누워 있단다. 지금 이렇게 부탁하는 건 정말 염치없지만, 이렇게 된 이상 조금 힘들더라도 도와주렴."

그의 시선이 강렬해서 슬쩍 그의 시선을 비껴 주위를 둘러보니 어느새 왔는지 도니야와 켄들이 나와 마리오를 둘러싸고 있었다. 그리고 내 눈과 마주친 그들은 부탁한다는 눈빛을 열렬히 보내고 있었기에 나는 고개를 끄덕였다.

"그러죠. 하지만 그렇게 큰 도움은 안 될 거예요."

승낙은 했지만 내 능력을 전부 보여줄 수는 없었기에 기대를 낮추려고 했지만 마리오는 고개를 가로저었다.

"봐주는 것만 해도 고마워. 우리 마을에는 의사는 물론 마법사가 없기에 네가 조금만 봐주는 것으로도 고마워할 거야."

그는 말을 마친 즉시 내 손을 잡은 채로 그 집을 나왔다. 덕분에 나는 한번 앉아보지도 못하고 그 집을 벗어나 다른 집으로 가야만 했다.

마리오는 빠른 걸음으로 나를 끌고 가 어떤 집에 도달해서는 힘차게 그 집의 현관 문을 두드렸다.

쾅! 쾅! 쾅! 쾅!

그러자 잠시 후 문이 살짝 열리면서 피로해 보이는 소녀의 얼굴이 문틈 사이로 삐죽이 내밀어졌다.

"누구세요?"

막 14, 5세 되어 보이는 그녀의 눈은 얼마나 울었는지 퉁퉁 부어 있었고 제대로 씻지도 않은 듯한 얼굴은 눈물 자국으로 얼룩덜룩한 데다 헬쑥해 보였다.

"나다. 아버지는 어떠시냐?"

마리오는 그 소녀의 얼굴을 보자마자 다급하게 물었다.

"아, 아저씨~!!"

그 소녀는 마리오의 얼굴을 확인하자 문을 활짝 열고 뛰쳐나와 울먹이면서 그에게 매달렸다.

"흑흑흑, 아직 정신을 못 차리고 계세요."

"그래, 그랬구나… 걱정 말아라. 이 아이가 마법사라는구나. 네 아버지를 봐주겠다고 해서 이렇게 데려왔다."

마리고가 그녀를 꼭 껴안은 채 등을 토닥여 주고 눈물을 닦아주며 말하자, 그녀는 다시 진정하고 소매로 눈물을 닦으면서 고개를 끄덕였다.

"들어오세요. 엄마한테 말씀드릴게요."

마리오는 그녀에게 알았다는 듯 고개를 끄덕해 보이고는 곧바로 집으로 쑥 들어가 거침없이 거실을 가로질러 어느 방문 앞에 도달하자 노크도 없이 문을 벌컥 열고 들어갔다.

그 방은 침실이었는지 투박한 통나무로 만든, 거칠지만 무척 튼튼해 보이는 큰 침대가 놓여 있었는데 그 위에는 마리오와 비슷한 나이로 보이는 남자가 잠들어 있었다.

그의 얼굴은 깨끗했지만 창백했고 생긴 지 얼마 안 되어 보이는 자잘하게 긁힌 상처들이 많이 나 있었다.

가슴까지 덮인 침대 시트 위로 그의 상체를 감싼 하얀 붕대가 얼핏 보였는데, 그가 잠을 자면서도 가끔 신음을 내뱉는 걸 보면 무척 많이 다친 모양이었다.

내가 그를 조용히 관찰하고 있을 때 어떤 중년 여인이 방 안으로 들어오면서 말했다.

"아침에 집에 온 뒤로는 계속 저 상태예요. 그리고 지금은 열이 무척 높아요. 이러다가 깨어날 수 있을런지……."

아까 그 소녀와 같은 길다란 밝은 갈색 머리를 대충 묶고 있는 그녀는 가냘픈 몸매에 얼굴까지 창백해서 잘못하다간 힘없이 툭 하고 쓰러질 것만 같았다. 그녀의 시선이 침대 위로 향하자 그녀의 파란 눈동자에 눈물이 고이더니 주르르 흘러내려 주름진 얼굴을 적셨고, 그러자 그녀는 재빨리 손으로 입을 막으며 새어 나오는 흐느낌을 삼켰다.

마리오가 그런 그녀를 위로하려는 듯 그녀의 어깨에 손을 올려 몇 번 토닥인 후 나를 향해 저 남자를 봐달라는 듯한 턱짓을 보내오자 나는 머뭇거리지 않고 침대로 다가가 시트를 걷어내었다.

시트에 가려진 그의 상체 부분이 드러났는데, 그의 옆구리와 배를 감싼 붕대가 새빨갛게 물든 것으로 보아 그 부분에 큰 부상을 입고 있는 모양이었다.

내가 조심스레 붕대를 풀자 마리오도 옆으로 다가와서 나를 거들어주었다.

붕대를 다 풀자 다시금 상처가 터지며 피가 흘러나왔다. 그러자 중년 여인이 재빨리 수건을 가져와 내밀었지만 나는 그녀의 손을 제지하고는 그 상처 위에 손을 내밀어 주문을 외웠다.

"힐링!!"

내 손이 하얀빛에 감싸이면서 그의 상처도 같이 빛에 감싸이자 흘러나오는 피가 서서히 멈추었다. 그러자 비록 그의 상처가 다 아문 것은 아니지만 그의 얼굴에 혈색이 돌아왔고 숨소리도 편안해졌다.

나는 그를 완전히 치유할 수 있었음에도 불구하고 그쯤에서 마법을 멈췄다. 하지만 그 정도로도 마리오와 중년 여인의 얼굴에는 화색이 돌았다.

마리오와 같이 환자의 환부에 붕대를 다시 감고 조용히 그 방을 나오자 마리오가 내 어깨를 두드렸다.

"고마우이, 정말 고마우이……."

그를 돌아다보니 어느새 그의 눈시울이 붉게 물들어 있었다. 나는 그에게 피식 웃어 보이고는 명랑하게 말했다.

"자, 다음은 어디지요?"

마리오와 함께 집집마다 돌아다니면서 환자를 치유하는 동안 도니야네 집에서는 잔치가 준비되고 있었다. 그래서 내가 환자 순례를 끝내고 마리오와 함께 도니야의 집에 돌아오자 그의 집에 모여들었던 사람들이 나를 보자마자 열렬하게 함성을 지르며 환영해 댔다.

그리고 곧바로 술잔이 돌려지며 파티가 시작되었다.

그곳에 모인 마을 사람들이 끝도 없이 나에게 다가와서 술잔을 건네며 고맙다고 하는 바람에 나는 음식을 제대로 먹지도 못하고 술만 잔뜩 마시게 되었다. 고맙다고 건네는 술잔을 거절하기가 너무 어려웠던 것이다.

결국 많은 양의 술을 마신 나는 취기가 슬그머니 돌기 시작하자 견디지 못하고, 계속해서 다가오는 그들에게 양해를 구하고 자리를 떴다.

다행히도 그들은 내가 마을에 있는 환자들을 돌본 것을 알고 있었으므로 약간 휘청거리면서 기운없는 목소리로 피곤하다고 말하자 얼른 자라고 나를 떠밀었던 것이다.

덕분에 나는 쉽게 그 자리를 빠져나와 다락방으로 올라가서 잠잘 수 있었다. 하지만 류미르와 세이몬은 밤새도록 그 자리에 붙들려 있었던 듯 아침에 일어나 보니 내 옆에 널브러져서 잠들어 있는 그들의 꼴이 말이 아니었다. 그런 그들을 냅두고 집 안으로 들어가자 류미르하고 세이몬과 같이 밤새도록 술자리에 있었을 도니야는 멀쩡한 얼굴로 일어나서 음식을 장만하고 있다가 그녀의 멀쩡함에 놀란 내 얼굴을 보고는 수프를 한 그릇 떠서 건네주었다.

"자, 마시거라. 얼굴이 말이 아니구나."

그녀가 내미는 수프 그릇에서 풍겨 나오는 구수한 냄새에 정신을 차린 나는 자신의 친아들에게 말하듯 다정하게 구는 그녀에게 따뜻하게 웃어주고는 수프를 접시째 후루룩~ 들이켰다.

그때 마리오가 멀쩡한 얼굴로 집 안으로 들어왔다.

"이봐, 도니야… 어?"

그는 도니야의 이름을 부르다가 나와 눈이 마주치자 싱긋 웃었다.

"몸은 좀 어때? 그래도 넌 네 형제들보다 좀 나을걸? 일찍 도망쳤으니 말야. 네 형제들은 어떠냐?"

"하하하, 아직도 못 일어나고 있어요. 그런데 아저씨나 아주머니나 멀쩡하시다니, 정말 대단하신걸요?"

"껄껄껄, 이 마을 사람들의 주량을 우습게 보면 안 되지. 그나저나 아침 일찍 미안하지만 환자들을 한번 더 봐주면 안 되겠냐?"

나는 그가 그 일 때문에 이렇게 일찍 이 집으로 찾아왔다는 것을 눈치 챘고, 그가 정말 미안하다는 표정으로 부탁했기에 흔쾌히 고개를 끄덕였다. 무엇보다도 이 마을 사람들이 꽤 맘에 들었던 나는 그가 일부러 이렇게 찾아오지 않았어도 환자들을 둘러보러 다녔을 것이다.

"그렇지 않아도 그럴려고 했어요."

무척 고마워하는 그와 집을 나서 마을 환자들을 순회했다. 이른 아침인데도 불구하고 아직까지 잠자리에 있는 집이 없는 걸 보고 참으로 부지런한 마을이라는 것을 새삼스레 깨달았다. 어제 그렇게 늦게까지 술자리를 가졌음에도 불구하고 이렇게 일찍 일어나다니.

게다가 어제 치유 마법을 걸어서 그런지 환자들이 모두 상태가 좋아져 있어서 기분이 더욱 좋았다. 그렇지 않아도 제대로 다 치료해 줄 수 있었음에도 불구하고 적당한 선에서 물러나서 양심의 가책을 느끼고 있었던 것이다. 환자들의 상태가 많이 좋아져 있어서 나와 마리오를 맞는 환자의 가족들의 얼굴에도 희색이 돌고 있었다. 그런데 나를 존경 어린 눈으로 바라보는 것은 쬐끔 부담스러웠다.

환자의 상태를 살펴보고 가벼운 치유 마법을 걸어준 후 도니야의 집으로 돌아오자 류미르와 세이몬이 엉망이 된 얼굴로 앉아서 음식을 먹고 있었다. 아직도 정신을 못 차리고 있는지 눈은 게슴츠레했고 얼굴은 부스스한 것이 도저히 살아 있는 사람처럼 보이지 않았다.

"쯧쯧쯧, 도대체 어제 얼마나 마신 거야?"

내가 그들의 맞은편 식탁에 앉으며 묻자 류미르가 반쯤 쉰 목소리로 대답했다.

"몰라, 하여튼 엄청 마셨다는 것밖에 기억 안 나."

"나도… 에구 죽겠다……"

세이몬은 끄응~ 하는 신음 소리를 내며 식탁 위에 엎드렸다.

그들의 상태가 그 모양이었기에 우리는 당장 출발하지 못했다. 그들은 아침을 먹고 다시 잠자리로 기어 들어가서는 정오가 다 되어서야 기어나왔다. 그때는 그나마 제 모습을 찾고 있어서 우리는 좀 늦은 감이 있지만 점심을 먹고 그 마을을 떠나기로 했다.

도니야와 마리오는 우리가 떠난다고 하자 며칠 더 묵고 가라고 간청했지만 우리가 많이 지체되었다고 하자 더 이상 잡지는 못했다. 게다가 도니야는 우리가 고맙다고 건네준 얼마의 금화를 한사코 거절했다. 그래도 그녀에게 뭔가를 주길 원하는 우리가 계속 권하자 급기야는 자신을 뭘로 보는 거냐며 화를 내었기에 우리는 내밀었던 금화를 다시 집어넣을 수밖에 없었다.

마을을 떠날 때 마리오는 장정 몇 명과 함께 우리를 숲 바깥까지 데려다 주겠다고 나섰지만 우리는 충분히 찾아갈 수 있으니 길만 가르쳐 달라고 하고는 그들의 안내를 정중히 거절했다. 하긴 그들도 마을 안의 장정들이 많이 아픈 상태에서 그들까지 마을을 비운다는 것은 좋지 못하다는 것을 알고 있었기 때문에 우리에게 미안한 얼굴을 했지만 우리의 거절을 고맙게 받아들였다.

그들의 열렬한 환송을 받으며 마을을 나와 그들이 가르쳐 준 길을 따라서 숲을 나오는 동안 갑작스레 세이몬이 우리를 향해 말했다.

"애들아, 그래도 말야, 가끔은 자신의 이익보다 남을 더 생각해 주는 사람도 있는 것 같아."

"동감이야."

"사람마다 다른 거니까."

류미르와 내가 고개를 끄덕이며 그의 말에 동의하자 소브로가 고개를 갸우뚱거렸다.

"무슨 소리예요?"

그러나 우리들은 우리끼리 서로 얼굴을 마주 보며 피식 웃을 뿐이었고, 나중에 류미르가 소브로에게 간단하게 말했다.

"아, 그런 게 있어. 우리들끼리 얘기니까 넌 신경 쓰지 않아도 돼."

제25화

소브로 입학시키기

소브로 입학시키기

이 학교에 입학하려면 어떻게 해야 하는지

가르쳐 주실 수 있으십니까?

"여기군."

"드디어……."

"도착했다."

"와, 굉장하다~"

우리는 드디어 레스틴 왕국의 수도에 도착했다.

마리오와 도니야의 마을을 뒤로한 채 그 숲을 나와 다음 마을이 있는 곳까지 우리는 꼬박 이틀을 걸어갔다. 그 마을에 오기 전 놈들에게 말들을 다 빼앗겼기 때문에 어쩔 수 없이 걸었던 것이다. 그나마 가끔 걷기가 귀찮을 때는 류미르보고 소브로를 안게 하여 날아와서 빨리 도착한 거였지, 죽어라고 걷기만 했다면 아마 5일은 걸렸으리라.

그 다음 마을에 도착하자마자 말을 사서 달리기 시작한 우리들은 3주 후, 드디어 수도에 도착할 수 있었다. 처음 레스틴 왕국에 들어왔을 때가 여름이 무르익는 계절이었는데 벌써 날이 선선해지기 시작했고 나뭇잎들이 빨갛게 노랗게 물들어가고 있었다.

저 멀리 수도를 한눈에 내려다볼 수 있는 산 중턱에 위치한 성이 바라보이는 이곳은 수도의 변두리였는데, 우리의 눈앞에는 회색 빛 거대한 돌담에 둘러싸인 커다란 건물이 자리 잡고 있었다.

사륜 마차 두 대는 왕래할 수 있을 만큼 충분하게 큰 정문의 기둥에는 커다랗게 '레스틴 왕국 국립 기사 양성 학교'라고 써 있었다.

"왔으니까 우선 어떻게 하면 입학할 수 있는지 알아보자구."

류미르가 우리를 돌아보며 말한 뒤 제일 먼저 앞장서서 정문으로 다가갔다. 그리고 나머지 일행도 그의 뒤를 따라 쫄래쫄래 걸어갔다.

"실례합니다."

류미르는 정문 기둥 바로 뒤에 있는 작은 건물의 현관 문 바로 앞에 놓인 의자에 앉아 있던 사람에게 말을 걸었다.

그의 바로 옆에는 창대가 벽에 기대어 있는 데다 그가 제복 같은 옷을 입고 있는 걸 보니 소위 말하는 학교 수위 신분을 가진 사람인 모양이었다.

"무슨 일이지?"

그는 류미르가 다가와 말을 건네자 자리에서 일어나면서 의문을 표했다.

"이 학교에 입학하려면 어떻게 해야 하는지 가르쳐 주실 수 있으십니까?"

"아아, 너희들도 입학하러 왔냐? 저기 초록색 지붕 건물 보이지? 거기로 가봐."

그는 류미르의 뒤를 쫓아온 우리들을 한번 쓱 보더니 한쪽 구석에 있는 2층짜리 건물을 가리키며 말하고는 다시 의자에 앉았다. 그런 그에게 우리는 고맙다고 말한 뒤 그가 가르쳐 준 건물을 향해 걸어갔다.

이곳의 건물 배치는 'ㄷ'자 모양이었는데 정문을 들어서면 바로 앞에 커다란 운동장이 보이고 그 뒤에 본관으로 보이는 3층짜리 커다란 건물이 있다. 그리고 그 양 옆으로 직각의 위치에 각각 2층 건물이 두 개씩 있었는데, 아까 그 수위 같은 사람이 가르쳐 준 곳은 제일 큰 건물을 앞에서 봤을 때 왼쪽에서 두 번째, 즉 제일 끝에 있는 건물이었다.

그 건물 앞에는 꽤 많은 사람들이 웅성거리며 서 있었고, 건물 앞에는 많은 수의 마차들이 줄지어 서 있었다.

우리가 그곳으로 말들을 끌고 가까이 가자 우리 또래로 보이는 소년 한 명이 우리 쪽으로 뛰어왔다.

"너희들 혹시 입학 원서 내러 왔니?"

그는 우리를 보자마자 다짜고짜 반말로 말을 걸어왔지만, 그의 얼굴이 시원하게 웃고 있었고 말투가 경쾌해서 그다지 화가 나지 않았다.

"응, 그런데 왜?"

류미르가 우리 대표로 해서 그에게 물었다.

"아아, 말을 끌고 오기에 혹시 말을 맡길 곳을 찾고 있는 게 아닌가 싶어서."

그때 또 다른 소년이 우리 쪽으로 달려왔다.

"이봐, 카일. 발이 빠른데? 언제 알고 달려온 거야?"

"하하하, 늦으면 딴 녀석들에게 손님을 빼앗길 수 있으니까. 돈을 벌려면 재빨라야지."

그들의 대화를 듣고 있던 류미르가 그 소년들이 왜 우리에게로 뛰어왔는지 알아채고는 고개를 끄덕였다.

"오호라, 너희들 우리가 말을 맡기길 바라는 거니?"

그러자 맨 처음 우리에게 뛰어왔던 소년이 류미르를 보면서 싱긋 웃었다.

"딩동댕~!"

"좋아, 나쁠 건 없지. 우리도 말을 데리고 건물로 들어갈 순 없으니까 말야."

류미르가 흔쾌히 고개를 끄덕이자 소년의 웃음이 더욱더 커졌다.

"한 마리당 5셸씩이야. 네 마리니까 다 합해서 20셸이야."

그러자 류미르의 얼굴이 찌푸려졌다.

"뭐? 그렇게 비싸? 야, 우리가 어른도 아니고 다 애들이니까 만만하게 보고 바가지 씌우는 거 아냐?"

그런 류미르의 모습을 보고 나는 속으로 쿡쿡 웃었다. 그의 주특기인 값 깎기 기술이 발휘되는 순간이었던 것이다. 슬쩍 옆을 보니 소브로와 세이몬도 빙긋빙긋 웃으면서 그 모습을 구경하고 있었다.

그러자 나중에 온 소년이 한 치의 물러섬도 없이 야무지게 대답했다.

"그렇지 않아. 이곳에 있는 애들도 말 한 마리당 다 5셸씩은 받는다고. 우리만 비싼 게 아니야."

하지만 류미르도 만만치 않았다.

"그걸 어떻게 믿어? 그리고 만약 그렇다면 차라리 우리 중 한 명이 남아서 말을 맡고 있는 게 낫겠다. 보통 여관에서도 말을 맡기는 데 비싸봐야 3셀이라고. 그런데 어떻게 여긴 2셀이나 더 비싸냐? 이건 순 바가지야."

그러자 먼저 우리에게 달려온 소년이 어깨를 으쓱해 보였다.

"어쩔 수 없어. 이 장사는 학교에서 입학 원서를 받는 동안만 할 수 있으니까 봄하고 가을, 일 년에 딱 두 번밖에 할 수 없단 말야. 그러니 비싼 게 당연하지."

"그래도 그렇지, 우리처럼 먼 곳에서 온 사람들에게 이렇게 비싸게 받는 건 나쁜 거야. 너희들 때문에 여관비가 모자라서 노숙할 수도 있잖아."

"그건 너무 어거지다."

나중에 온 소년의 인상이 찌푸려지면서 말끝을 흐렸다. 기가 조금씩 죽고 있다는 신호였다. 그러자 류미르가 의기양양한 얼굴로 좀 더 세게 밀어붙였다.

"뭐가 어거지야? 우리가 이곳에 오는 동안 어린애들만 있다고 사람들이 얼마나 바가지를 씌웠는 줄 알아? 그런데 너희들이 안 그렇다고 어떻게 장담해? 더욱이 내가 지금까지 말을 맡기는 데 낸 돈보다 많이 비싼데."

두 소년은 한숨을 폭 내쉬었다.

"좋아. 너희들만 특별히 봐줘서 3셀씩 해줄게. 너, 정말 대단하구나? 도저히 못 당하겠다. 남들에게는 3셀씩 해줬다고 말하면 안 된다. 알았지?"

처음 온 소년이 고개를 설레설레 내저으며 우리의 말고삐를 받아 쥐었다. 그리고 손가락으로 운동장 한구석을 가리켰다. 그곳에는 이미 여러 마리의 말들이 한가롭게 서 있었다.

"일 끝나고 저쪽으로 오면 돼. 그곳에 5자가 써 있는 팻말이 있으니까 그걸 보고 오면 될 거야. 요금은 후불이니까 말 찾으러 와서 내면 돼. 그럼 원서 잘 내라."

두 소년은 우리의 말고삐를 각각 두 마리씩 나눠 쥐고는 사람들을 헤치며 사라졌다.

그들이 가고 난 뒤 자세히 보니 말들이나 마차나 한 무리씩 띄엄띄엄 떨어져 있는 것이 그 소년들 같은 장사를 하는 사람들이 그들 말고도 꽤 있는 것 같았다.

어찌 됐든 또다시 값을 깎은 류미르는 싱글벙글 웃으면서 우리를 데리고 건물 안으로 들어갔다.

건물 안에 들어가자마자 넓은 홀이 보였고 한쪽으로는 2층으로 올라가는 계단이 보였다. 그러나 2층으로 올라가는 사람들이 별로 보이지 않는 반면 넓은 홀에는 사람들이 바글바글했다.

그들은 비록 뭉텅이로 서 있었지만 그래도 잘 보면 줄을 서 있는 것을 알 수 있었고, 그 줄이 다섯 개라는 것도 알 수 있었다.

지나가는 한 사람을 붙잡고 물어보니 입학 원서를 쓰는 줄이라고 해서 우리도 제일 짧아 보이는 줄에 가서 차례를 기다렸다.

원서를 다 써서 냈는지 긴장된 얼굴로 줄 사이를 걸어오거나, 아니면 싱글싱글 웃는 얼굴로 걸어오는 소년, 그런 그를 격려하는 사람들도 많이 보였지만 울상을 짓거나 시무룩한 표정으로 나오는 소년들도 간혹 보였다.

어떤 소년은 아예 그 자리에 주저앉아 울음을 터뜨렸는데 그런 그 아이를 아버지로 보이는 사람이 업고 나오는 광경도 볼 수 있었다.

그런 모습을 볼 때마다 소브로를 비롯한 우리 모두는 잔뜩 긴장이 되어 아무런 말도 못한 채 앞만 보고 서서 어서 우리 차례가 돌아오기만 기다릴 뿐이었다.

드디어 우리 차례가 돌아왔다.

우리 앞에는 20대 중반으로 보이는 청년이 피로한 얼굴로 책상 앞에 앉아 있었는데, 그 책상 위에는 양쪽 끝으로 많은 서류들이 쌓여 있었고 책상 앞에는 'D-10'이라고 써 있는 팻말이 놓여 있었다.

그 팻말이 궁금했는지 류미르는 다짜고짜 그 팻말을 손가락으로 가리키며 물었다.

"이게 뭐죠?"

그러자 책상 앞에 앉아 있는 그 청년은 피곤한 목소리로 귀찮다는 듯이 대답했다.

"원서 마감 일이 10일 남았다는 뜻입니다."

그런데 그때 나는 책상 옆에 쌀 한 가마니가 얌전하게 놓여 있는 것을 발견했다. 원서를 내는 곳에 웬 쌀 한 가마니가 놓여 있는지 의아해져서 책상 앞에 앉아 있는 청년에게 그게 무엇인지 물어보려고 했지만, 그 순간 소브로가 책상 앞으로 다가갔기 때문에 물어보지는 못하고 궁금증을 그냥 속으로 내리눌렀다.

소브로가 앞으로 다가오자 책상 앞에 앉아 있는 청년은 두툼한 카드 뭉치를 내밀었다.

그 카드는 두꺼운 종이로 만들어져 있었고 여러 장이 겹쳐 있었는데 카드에는 한 문장이 적혀 있었다.

청년은 그것을 소브로가 잘 볼 수 있는 위치에 놓더니 한마디했다.

"읽어봐!"

그것은 레스틴어로 '기사는 약한 자를 보호하며 불의를 보고 참지 않는다' 라고 적혀 있었다.

우리는 소브로가 그 청년이 시키는 대로 빨리 그 글을 읽기를 기다렸다. 그러나 소브로는 얼굴이 붉어진 채 어쩔 줄 몰라 안절부절못하고 있을 뿐 그의 입은 꼭 다물려 벌어질 줄 몰랐다.

"왜 그래? 왜 안 읽어?"

답답함을 참지 못한 세이몬이 소브로의 등을 쿡 찌르면서 재촉하자 소브로는 더 더욱 얼굴이 빨개지면서 기어 들어가는 목소리로 대답했다.

"저… 읽을 줄 몰라요……."

그러자 그 말을 들은 청년은 냉정하게도 자신이 내놓은 카드를 끌어당기더니 딱 한 마디를 내뱉었다.

"가봐!"

그 말 한마디에 우리는 아무런 말도 못하고 기가 죽은 소브로를 데리고 건물을 빠져나올 수밖에 없었다.

그 건물을 나오자마자 난 기가 막혀서 투덜거렸다.

"뭐야? 글을 모르면 입학할 수 없는 거야?"

"그런가 봐. 하긴 기사가 되려면 글은 기본적으로 알아야겠지."

류미르는 기가 죽어 고개를 폭 숙이고 있는 소브로를 동정 어린 시선으로 바라보며 중얼거렸다.

"그럼 소브로는 어떻게 되는 거야?"

세이몬의 말에 소브로의 어깨가 움찔하더니 천천히 그의 고개가 들려지며 우리들을 향했다. 그의 눈은 빨개져 있었고 그곳에서는 막 닭똥 같은 눈물이 뚝뚝 떨어져 내리고 있었다.

"저… 훌쩍, 이제… 훌쩍, 어쩌죠? 흑흑……."

그런 그를 향해 차마 다음 기회를 노리라고 위로해 줄 수가 없었다. 아무런 연고도 없이 단지 이 학교만을 바라보고 온 아이라는 것을 너무나 잘 알고 있었기 때문이다. 더욱이 주인집에서 몰래 도망 나온 아이였기에 갈 곳도 없었다.

류미르도 그걸 잘 알고 있었는지 아무런 대답도 못하고 그의 시선을 피해 딴 곳만 바라보았다.

그때 세이몬이 소브로의 등을 철썩 후려갈기면서 씩씩하게 말했다.

"기운 내. 아린이라면 어떻게든 해줄 거야. 그러니 걱정 마!"

그러면서 희망에 찬 눈으로 나를 바라보는 거였다.

나는 눈이 뚱그레져서 세이몬을 쳐다보았지만, 그때 마침 소브로도 희망에 찬 반짝반짝거리는 눈으로 나를 바라보고 있었기에 차마 '내가 어떻게?' 라고 말할 수가 없었다.

그래서 대신…

"우선은 여관이나 잡자고. 그러고 나서 밥이나 먹고 생각하자. 배고프면 생각도 잘 안 나!"

라고 씩씩하게 외칠 수밖에 없었다.

수도 중심가로 들어와서 여관을 잡은 뒤 소브로는 너무나 기운차게 식사를 했다. 그러면서 가끔 힐끔힐끔 나를 바라보는 그의 눈빛은 희망으로 반짝반짝거렸기에 그 눈과 마주친 나의 맘은 커다란 바위 밑에 깔린 기분이었다.

식사를 다하고 나서 방으로 돌아온 류미르는 슬쩍 소브로를 마법으로 잠재우고 나서 나를 돌아보았다.

"어쩌려고 그래? 무슨 수라도 있는 거야?"

"몰라. 야, 세이몬. 도대체 어쩌자고 그런 말을 한 거야?"

내가 투덜대면서 세이몬을 째려보자 세이몬은 아주 순진한 표정으로 당당하게 대꾸했다.

"여태까지 무슨 일이든 다 아린이 해결했잖아. 그러니까 이번에도 어떻게 좀 해봐."

"젠장, 내가 뭐 신이라도 되는 줄 알아? …원서 마감 날이 10일밖에 안 남았지? 어떻게 하지?"

내가 어쩔 줄 몰라 자리에서 벌떡 일어나서 머리를 감싸 쥐고 왔다 갔다 하자 턱을 손으로 받치고 곰곰이 생각에 잠긴 류미르가 지나가는 말투로 중얼거렸다.

"글을 읽는 사람만 입학시키는 건가? 그럼 소브로도 글을 배워야겠군."

그의 말에 나는 귀가 번쩍 뜨였다.

"바로 그거야!!"

내가 갑작스레 류미르를 돌아보며 소리치자 류미르는 깜짝 놀라서 손 위에 잘 놓여 있던 턱이 미끄러져 앞으로 고꾸라질 뻔했다.

그는 간신히 균형을 잡아 고꾸라지는 것을 면하고 나를 째려봤다.

"깜짝 놀랐잖아. 무슨 말이야?"

"그거야, 그거. 소브로 저 녀석 글을 읽게 만들면 되는 거 아냐? 마법을 쓰면 되잖아. '패시즈Passage' 마법!!"

그러자 류미르도 이제야 알겠다는 듯 주먹으로 손바닥을 내리쳤다.

"아, 그 언어와 글을 알게 하는 마법?"

"맞았어. 그 마법을 쓰면 간단하잖아? 내가 왜 여태까지 그 생각을 못했지? 자, 그럼 류미르, 네가 소브로에게 마법 좀 걸어줘."

나는 모든 고민이 풀려 버려 너무나 기분 좋은 상태에서 의기양양하게 류미르에게 말했다. 그러나 류미르의 반응이 내 기분에 찬물을 끼얹었다.

"내가? 왜? 아린, 네가 해!"

"뭐? 왜 그래? 네가 좀 하면 안 돼?"

나는 그의 반응에 어리둥절해져서 그를 바라보았다. 그러자 그는 시큰둥한 표정으로 대답했다.

"나 그 마법 못한단 말야. 내가 4서클이라는 걸 잊었어? 그건 7서클 마법이라고, 그러니까 네가 해. 넌 드래곤이니까 할 수 있을 거 아냐?"

"에? 난 아직 그 마법을 해본 적 없는데."

그의 말에 나도 난처해서 머리를 긁적였다.

"괜찮아. 지금 배우면 되잖아. 넌 금방 할 수 있을 테니까 너무 걱정 마."

류미르는 그렇게 친절하게 격려까지 해주며 나에게 강요했다. 나는 어쩔 수 없이 내 배낭 깊숙이 넣어두었던 마법 책을 꺼내 들었다. 무슨 일이 있을지 모르기 때문에 마법 책을 가지고 다녔던 것이다.

그 책에서 '패시즈' 마법을 찾아 그 페이지를 펴 들었다.

패시즈—타인에게 내가 알고 있는 언어와 글을 전수해 주는 마법. 처음 익힐 때는 자신이 아는 모든 지식을 전해주지만 익숙해지면 원하는 부분만 전해줄 수 있음.

"이런, 어쩌지? 만약 내가 소브로에게 이 마법을 건다면 저 녀석이 용언은 물론 고대 문자까지 알게 된다는 소리잖아? 그러면 안 되는데……."

내가 그 부분을 읽고는 난색을 표하며 류미르를 바라보자 류미르는 세이몬을 돌아보았다.

"넌 어때, 세이몬. 너도 마력이 강하니까 이 마법을 쓸 수 있겠지? 그럼 네가 해주지 않겠어?"

그러자 세이몬은 순진한 얼굴로 싱긋 웃으며 대답했다.

"뭐, 그거야 어렵지는 않지만… 난 인간의 글은 모르는데? 그래도 되는 거야?"

나는 한숨을 푹 쉬며 말했다.

"당연히 안 되지."

류미르는 다시 나를 바라보았다.

"용언이랑 고대 문자 좀 알면 안 되나? 정 안 되면 나중에 소브로의 기억을 지우면 되잖아. 안 될까?"

그러나 나는 고개를 설레설레 저었다.

"안 돼. 용언이 어떤 언어인지 몰라서 그래? 그건 약속의 언어라고. 잘못 말하다간 소브로의 목숨을 앗아갈 수도 있는 거야. 게다가 다시 기억을 지운다고 해도 내가 한 번도 써보지 못한 마법이기 때문에 까딱 잘못하다간 그의 기억이 엉망이 될 수도 있단 말야. 그런 위험을 감수하느니 차라리 내년에 입학하는 게 백배는 나아."

그러자 그때 세이몬이 나섰다.

"그럼 글을 가르치면 되잖아. 아직 10일이나 남았는데 그동안 가르치면 안 될까?"

"바보야, 어떻게 10일 동안 글을 가르치냐? 이게 뭐 쉬운 건 줄 알아?"

류미르는 세이몬을 한심하다는 듯 바라보며 말했다. 그때 나는 다른 생각이 떠올랐다.

"아냐, 어쩌면 가능할지도 몰라."

"뭐? 어떻게?"

류미르는 '너까지도 그러냐'는 표정으로 나를 돌아보았다. 그러나 나는 자신만만한 얼굴로 그를 바라보았다.

"마법을 사용하는 거야. 왜 기억력을 높이는 마법이 있잖아. 그거하고 두뇌 세포를 활성화시키는 마법을 적당히 섞어서 시전하고 집중적으로 가르치면 가능성이 있지 않을까? 그건 3서클의 마법들이니까 류미르, 너하고 나하고 번갈아가면서 계속 걸어주는 거야. 어때?"

그러나 류미르는 부정적인 태도를 고수했다.

"그게 그렇게 간단하게 될까?"

"어때? 해보는 거야. 정 안 되면 그만이지 뭐. 그리고 완벽하게 되지 않는다고 해도 테스트는 받아보게 해야지. 혹시 알아? 그나마 소브로가 읽을 수 있는 문장이 나올지?"

"만약 그러다가 그 상태로 입학하면?"

"그럼 입학하고 스스로 익혀야지. 그런 것까지 우리가 일일이 챙겨줄 수는 없는 거잖아? 뭐, 그러다가 퇴학당하더라도 다시 입학하면 되는 거니까."

류미르는 황당하다는 듯이 나를 바라보았다.

"참내, 정말 낙천적이라니까."

"어때? 해보자고. 그리고 이왕 가르치는 거 세이몬도 같이 가르치는 거야. 좋지?"

내가 의기양양한 태도로 세이몬까지 거들먹거리자, 세이몬은 거기서 자신이 껴야 하는 것에 대해 불만인지 볼이 부어올랐지만 류미르는 흔쾌히 고개를 끄덕였다.

"좋아. 해보자고!"

우리는 소브로가 깨어나기 전에 그와 세이몬이 10일 내에 글을 다 익히게 할 자료를 준비하느라 분주했다.

우선은 제일 먼저 여관을 나와 소브로와 세이몬을 가르칠 책들을 구했다. 역시 한 나라의 수도라서 그런지 우리는 쉽게 큰 서점을 발견할 수 있었고, 그곳에서 우리는 서점 점원의 도움을 받아 열흘 동안 류미르와 나의 제자가 될 이들이 읽을 책들을 구하였다. 그런 뒤 근처의 잡화상에 들어가 그들이 사용할 공책과 펜들을 구하였다.

그리고 나서 여관으로 돌아오자 거의 저녁때가 다 된 시간이었다. 우리는 서둘러 방으로 돌아와 그때까지 쿨쿨 잠을 자고 있는 소브로를 깨워 저녁을 먹었다. 그리고 다시 방으로 돌아온 우리들은 세이몬과 소브로를 여관 방에 있는 자그마한 책상 앞에 앉혀 놓고 그들 앞에 그들이 앞으로 열흘 동안 읽어야 할 책들을 쌓아 놓았다.

그 책의 용도를 알고 있는 세이몬은 우울한 표정으로 그것들을 바라보고 있었지만, 영문을 모르는 소브로는 어리둥절한 표정으로 그 책들을 바라보다 옆에 서 있는 류미르와 나를 올려다보았다.

"이게 뭐예요?"

"뭐긴 뭐야? 책이지."

류미르는 소브로의 질문에 정말 자랑스럽게 대답해 주었다. 그러나 그 대답이 소브로의 성에 차지 않았는지 그는 살짝 인상을 찌푸렸다.

"책인 건 저도 알아요."

소브로가 못마땅하다는 듯 대답하자 그제야 류미르는 빙그레 웃으며 어른이 사랑스런 아이를 바라보는 눈길로 부드럽게 말해 주었다.

"이건 네가 레스틴 글을 배울 수 있도록 도와줄 책이야. 네가 기사 양성 학교에 입학할 수 있도록 말이지."

그러나 소브로의 인상은 여전히 펴지지 않았다.

"하지만 입학 원서 마감일은 이제 겨우 10일 남았는걸요. 게다가 그 하루는 벌써 다 지났고요. 그런데 그동안 어떻게 글을 익혀요?"

"가능성이 있으니까 시도하려는 거야. 해보지 않고는 아무도 몰라."

류미르는 딱 잘라 말한 뒤 나를 바라보았다.

"그럼 내가 먼저 할까?"

"그래, 난 나중에 할게."

"좋아."

류미르는 끄덕이면서 세이몬과 소브로의 가운데로 천천히 걸어간 뒤 그 둘의 머리에 한 손씩 얹어놓았다. 그리고 눈을 스르르 감고 작은 목소리로 진지하게 주문을 외우더니 갑자기 눈을 번쩍 뜨면서 큰 소리로 시동어를 외쳤다.

"브레인 브리스크Brain Brisk!!"

그러자 류미르의 양손에서 하얀빛이 나오더니 그의 손을 완전히 다 감싸자, 세이몬과 소브로의 머리를 천천히 감쌌다. 그러자 점점 빛이 희미해지면서 그 둘의 머리 속으로 빨려 들어가듯이 사라졌다. 그러고 난 뒤 류미르는 여전히 손을 그들의 머리 위에서 떼지 않은 채 다시 주문을 외우기 시작했다.

"메모리 브리스크Memory Brisk!"

다시 한 번 류미르의 손에서 빛이 나와 그들의 머리를 감싸더니 또다시 그들의 머리 속으로 스며들듯이 사라졌다.

"자, 됐어. 그럼 이제부터 공부를 시작해 볼까?"

그 뒤부터 나와 류미르의 혹독한 가르침이 시작되었다. 류미르와 나는 거의 스파르타식으로 타이트하게 그 둘을 다그쳤으며, 식사 시간과 용변을 보기 위한 틈틈이 주는 짬을 제외하고는 하루종일 그들을 책상 앞에 앉혀놓고 있었다. 그리고 하루에 잠자는 시간도 다섯 시간 이상을 주지 않았지만 그들은 지칠 틈조차도 없었다. 왜냐하면 류미르와 내가 그들에게 두뇌 활성화 마법과 기억력 활성화 마법 외에 회복 마법까지 덤으로 걸어주었기 때문이다.

그렇게 우리의 열렬한 노력에 힘입어 소브로와 세이몬은 이틀만에 '기초, 아주 쉬운 글읽기' 책을 떼었고, 그 뒤에 3일 동안 그와 비슷한 책 두 권을 더 떼었다. 그러자 소브로도 힘을 얻었는지 더욱더 열심히 했고, 일주일이 지난 뒤에는 어려운 단어가 없는 쉬운 소설책이나 전문 용어가 섞이지 않은 어린이를 위한 역사책은 떠듬떠듬이지만 읽어 내려갈 수 있었고, 그의 그런 놀라운 발전에 류미르와 나는 흐뭇한 미소를 지을 수 있었다.

"좋았어. 이대로 가면 입학할 수 있겠어."

원서 마감 마지막 날.

우리는 잔뜩 긴장이 된 상태로 기사 양성 학교로 향했다. 마지막 날이라서 그런지 처음 원서를 내러 갔을 때와는 반대로 무척이나 한산했다. 덕분에 우리는 줄을 서서 차례를 기다리지 않아도 되었다.

소브로는 긴장된 얼굴로 책상 앞에 앉아 있는 중년 남자를 바라보았다. 그는 소브로를 보자마자 역시 어떤 문장이 적혀 있는 카드를 내밀었다. 그곳에는 '기사는 목숨을 다하여 군주께 충성하고 레이디를 존중한다'라고 적혀 있었다.

류미르와 나, 세이몬은 그 종이 카드를 뚫어져라 쳐다보는 소브로를 긴장된 눈으로 쳐다보았다. 소브로는 그 카드를 조심스러운 눈으로 바라보더니 천천히 입을 열었다.

"기사는 모… 숨을……"

그때 '헉!' 하는 억눌린 신음 소리가 들려왔다. 소리가 난 쪽을 돌아보니 류미르가 새하얗게 질린 얼굴로 자신의 손이 핏기가 다 사라진 줄도 모르고 양손을 꽉 잡은 채 긴장하고 있다가 소브로가 살짝 더듬을 때 놀라 신음성을 터뜨린 것이었다. 다행히 좀 더 듬긴 했어도 무사히 지나가자 그의 얼굴에 혈색이 조금 돌아왔다. 하지만 여전히 긴장된 얼굴로 소브로를 뚫어지게 쳐다보고 있었다.

'그러다가 소브로 얼굴 뚫리겠다.'

나는 그의 모습에 피식 웃고는 다시 소브로에게로 시선을 돌렸
다. 그는 이제 문장의 중간을 막 읽고 있었다.

"군주께 추, 충성하고… 레이디께… 가 아니라… 를……"

이제 마지막 단어.

"존중한다."

소브로가 마지막 발음을 끝내자 류미르는 체면도 잊어버리고
두 손을 번쩍 들며 환호성을 내질렀다.

"우와아아아~~!!"

나와 세이몬은 창피해서 그의 곁에서 슬쩍 떨어지며 모르는 사
람인 양 고개를 돌렸지만 그런 우리의 시도도 류미르의 행동에
의해서 무산되어 버렸다. 그가 슬쩍 멀어지는 우리 둘을 얼싸안으
며 방방 뛰었던 것이다.

"우와아아아~ 소브로가 읽었어. 소브로가 읽었다구. 우와아아
아~!!"

"알았어. 알았으니까 제발 진정해. 응? 류미르으으~ 진정하라
니까?"

내가 류미르를 꽉 붙잡고 눌러도 류미르는 너무나 흥분한 나머
지 내가 누르는 힘을 밀쳐 올리고는 계속 나를 붙들고 흔들어대
었다. 결국 보다 못한 세이몬이 류미르의 등을 강하게 후려갈겼다.

처얼썩~!

"앗, 따거!!"

불시에 한 대 얻어맞은 류미르는 등을 부여잡고 펄쩍 뛰었다.
그리고 그제야 정신을 차린 그는 주위를 돌아보며 자신에게 쏠린
시선을 느끼고는 얼굴을 붉히며 고개를 숙이고 얌전히 우리 곁에
와서 섰다. 그러나 그것으로 소브로가 원서를 쓸 수 있는 건 아니

었다.

책상 앞에 앉아 있던 중년 남자는 그런 일(?)을 많이 겪었는지 무덤덤한 표정으로 보고 있다가 류미르가 진정이 되자 소브로를 보고 책상 옆에 얌전히 놓여 있던 쌀 한 가마를 가리켰다.

"들어보렴."

그러자 소브로는 걱정스런 눈으로 그 쌀 가마니를 바라보더니 쭈볏쭈볏하면서 다가갔다.

그리고 두 손으로 쌀 가마니를 움켜쥐더니 '끙' 하는 소리와 함께 두 손을 들어 올리려고 힘을 썼다. 쌀 가마니는 땅에서 떨어지지 않으려고 발버둥을 치다가 조금씩, 아주 조금씩 올라가더니 소브로의 무릎까지 올라왔을 때 소브로의 손이 부들부들 떨림에 따라 심하게 흔들렸다. 게다가 소브로의 얼굴이 새빨개지는데 자칫 잘못하다간 쌀 가마니를 떨어뜨릴 것만 같았다.

"어떻게 해, 어떻게 해……."

그 모습을 보는 류미르는 자신의 손가락 두 개를 입 속에 집어넣고 질겅질겅 씹으면서 어쩔 줄 몰라 했다.

'아프지도 않나?'

나는 그 모습을 바라보다 조용히 뒤로 몇 걸음 물러났다. 그리고 사람들의 시선이 다 소브로가 들려고 안간힘을 쓰는 쌀 가마로 쏠린 틈을 타서 조용히 실프를 불러내었다.

"실프, 미안하지만 아무도 모르게 소브로 좀 도와줄 수 있겠어? 살짝 저 쌀 가마 좀 들어줘."

실프는 알았다는 듯 고개를 끄덕이고는 스르르 허공에서 사라졌다. 나는 시침 뚝 떼고 다시 세이몬과 류미르의 곁으로 가서 그 모습을 바라보았다.

소브로의 모습은 참으로 가여워 보였다. 그의 팔은 이제 사정없이 떨리고 있었으며 척 보기에도 그의 손가락에 힘이 없는 게 곧 그의 손에서 쌀 가마가 떨어질 것만 같았다.

그런데 그때 그가 들고 있던 쌀 가마가 천천히 올라갔다.

"아, 올라간다!"

세이몬은 소브로가 천천히 쌀 가마를 들어 올리자 좋아하면서 말했다. 하지만 그 모습을 바라보던 류미르의 얼굴에 감돌던 긴장감이 어디론가 사라지면서 그의 표정이 냉랭하게 변했다.

쌀 가마가 소브로의 허리까지 들어 올려지자 책상 앞에 앉아 있던 중년 남자가 말했다.

"좋아. 이제 내려놔."

테스트에 통과된 것이었다.

소브로는 쌀 가마를 거의 놓치다시피 내려놓고는 부들부들 떠는 팔을 주무르며 다시 책상 앞으로 다가갔다. 중년 남자는 소브로 앞에 원서와 펜을 내밀며 말했다.

"자, 이것을 작성하렴."

출생지와 나이, 생일, 이름 등등을 다 적자 중년 남자는 소브로가 작성한 원서를 갈무리하면서 다른 종이를 그에게 내주었다.

"이것은 꼭 읽어보고 여기에 적힌 대로 하거라. 그리고 여기에 적힌 네 번호를 잊지 말고."

소브로는 그가 내미는 종이를 소중히 품에 간직하고는 몇 번이고 그에게 고맙다고 인사하고는 건물을 나왔다. 그는 너무 기쁜 나머지 류미르의 표정이 별로 좋지 않다는 것을 깨닫지 못하고 있었지만 나와 세이몬은 눈치 채고 있었고, 더욱이 잘못한 것이 있는 나는 그의 눈치를 슬금슬금 살피고 있었다.

여관으로 돌아오자마자 류미르는 나를 끌고 방으로 왔다. 그리고 방문을 잠그고는 몸을 돌려 나를 노려봤다.

"너지?"

나는 그의 시선을 피해 천장을 바라보며 딴청을 부렸다.

"뭐가?"

"시치미 떼지 마. 네가 정령을 불러내어 쌀 가마를 들게 했잖아? 안 그래? 우리 셋 중 정령과 계약을 한 자는 나와 너뿐이야. 그런데 난 정령을 불러내지 않았는데도 정령이 나타났어. 그럼 뻔한 거 아냐?"

나는 결국 부인을 하지 못하고 그를 바라보았다.

"뭐 어때? 조금 도와준 걸 가지고… 너무 그렇게 신경 쓰지 마."

"그게 어떻다니? 그걸 지금 말이라고 하는 거야? 소브로는 자신의 힘으로 입학을 한 게 아니잖아?"

"소브로는 자신의 힘으로 한 거야. 나는 조금 도와줬을 뿐이고. 그 정도를 가지고 뭘 그러는 거야?"

"이건 부정 입학이야."

류미르는 절대 물러서지 않겠다는 듯한 표정으로 나에게 말했다. 나는 갑자기 말문이 막혀 그에게 뭐라고 말해야 할지 몰라 안절부절못하고 있을 때 누군가가 문을 두드렸다.

세이몬이었다.

"뭐야? 너희들, 둘이서 뭐 하는 거야? 빨리 문 안 열어?"

나는 타임을 정말 잘 맞춘 세이몬에게 속으로 축복이 내리길 기원하면서 재빨리 문을 열었다. 문 뒤에는 세이몬과 소브로가 서 있었다.

"뭐 한 거야, 둘이?"

"아냐, 아무것도. 그나저나 소브로, 아까 그 종이에 뭐라고 써 있어?"

내가 재빨리 아무렇지도 않은 얼굴로 얼버무린 뒤에 소브로를 쳐다보며 말을 돌리자 소브로는 얼결에 나에게 그가 들고 있던 종이를 넘겨줬다. 그리고 그 종이를 읽고 있는 내 옆에 서서 묻지도 않은 내용을 술술 설명해 줬다. 벌써 몇 번이고 읽어본 모양이었다.

"일주일 뒤에 학교로 집합하래요. 2주간 훈련을 받은 뒤에 끝까지 남은 사람들이 정식으로 입학을 한다는군요. 그거에 대한 설명과 준비물이 적혀 있어요."

"그래? 그러면 준비해야겠구나? 점심 먹고 당장 나가자."

나는 종이를 다시 소브로에게 넘겨주고는 그와 세이몬을 이끌고 재빨리 도망치듯 식당으로 내려왔다. 그리고 그 뒤에 류미르가 한숨을 내쉬며 만족스럽지 못한 얼굴로 따라 내려왔다.

그 뒤 류미르는 일주일 내내 별로 탐탁지 못한 표정을 지었지만 소브로가 너무 기뻐하며 돌아다니자 더 이상 말을 하지는 않았다.

"괜찮을 거야. 그리고 아직 테스트가 끝난 건 아니잖아. 소브로가 실력이 되는지 안 되는지는 그 테스트가 가려줄 거야."

내가 그렇게 그에게 말하자 그는 마땅치 않지만 이제는 어쩔 수 없다는 표정으로 고개를 끄덕였다.

마침내 일주일이 지나고…….

소브로는 준비물을 다 챙기고서는 기쁨과 긴장이 뒤섞인 얼굴로 학교로 향했다. 그리고 그런 그를 우리는, 특히 류미르가 걱정 어린 시선으로 바라보았다. 교문 앞에는 우리 말고도 학교를 향해 마지막 테스트를 받으러 가는 소년, 소녀들을 배웅하는 사람들로 가득했다.

이제 저 많은 아이들 중에서 겨우 300명이라는 아이들만 정식으로 입학 허가를 받게 될 것이다.

아이들이 다 학교 안으로 들어가고 교문이 굳게 닫히자 우리는 여관으로 돌아왔다. 그리고 하는 일 없이 초조하게 시간을 보냈다. 2주가 지나기 전에 소브로가 여관으로 돌아온다면 그는 떨어진 것이고, 그 후에 돌아온다면 그는 입학하는 것이다.

하루하루가 초조하게 지나가는 가운데 드디어 일주일이 흘렀다. 우리는 절반이 지났으니 그가 입학할 확률이 높아지는 거라고 기뻐했다. 그러나 실망스럽게도 그 다음날 소브로는 시무룩한 얼굴로 우리가 머물고 있는 여관으로 털레털레 걸어 들어왔다. 그런 그를 향해 뭐라고 위로의 말을 해야 할지 몰라 엉거주춤 서 있는 우리를 향해 그는 씨익 웃어 보이며 말했다.

"죄송해요. 저를 위해 그렇게 힘써주셨는데 입학하지 못해서……."

그렇게 말하는 그 아이의 눈에는 눈물이 그렁그렁 맺히더니 급기야는 뺨을 타고 흘러내렸다.

"어? 아하하… 울지 않으려고 했는데."

그는 얼른 소매로 눈가를 가렸지만 눈가를 가린 그의 손은 다시 밑으로 내려올 생각을 안 했다. 보다 못한 류미르가 그에게 다가가 그의 어깨를 감싸주자 소브로는 그에게 매달려 엉엉 울었다.

한참 동안이나 울던 그는 나중에는 지쳐서 잠이 들었다. 그리고 우리는 그런 그를 방해하지 않으려고 조심스레 방을 나와 식당으로 내려갔다.

"이제 어쩌지?"

류미르가 걱정스러운 눈으로 방이 있는 위쪽을 쳐다보며 말했다.

"글쎄 말야… 다음 입학할 때는 내년 봄이지? 그렇다면 아직 몇 개월이나 남았는데……."

세이몬의 중얼거림을 들으며 나는 2주 전에 소브로의 테스트를 도와준 것이 잘한 일인지 심각하게 다시 생각해 보기 시작했다.

"에휴, 류미르 네 말대로 그때 도와준 게 잘못한 건지도 모르겠다."

나의 자조적인 말에 류미르가 나를 바라보았다. 그의 눈은 나를 위로하려는 듯 부드러웠다.

"그때 떨어지나 지금 떨어지나 마찬가지인데 뭐. 그래도 그나마 네가 도와줘서 조금은 자신감이 생겼을 거야. 아마 다시 도전하려고 할걸?"

그때 세이몬이 불쑥 끼어들었다.

"뭘 도와줘? 야, 너희들끼리만 뭐 한 거야?"

"아냐, 전에 소브로가 쌀 가마 들 때 내가 정령을 불러내서 돕게 했거든. 그걸 류미르에게 들켰지."

"아, 그거? 그거 아린이 그런 거였어?"

세이몬이 그제야 알았다는 듯 고개를 끄덕이자 류미르와 나는 놀라서 그를 바라보았다.

"어? 알고 있었어?"

류미르의 놀란 외침에 세이몬은 잘난 척 어깨를 으쓱해 보였다.

"당연하지. 그때 정령의 느낌이 들어서 난 너희들이 몰래 그 녀석을 돕고 있다고 생각했거든. 나만 쏙 빼놓고 있어서 언젠가는 꼬투리 잡으려고 했었는데……"

"이야아~ 세이몬도 무시할 수 없겠는걸?"

류미르의 장난 섞인 과장스런 감탄에 세이몬이 발끈했다.

"뭐야? 아니, 그럼 지금까지 날 무시했단 말야?"

그러자 류미르는 더욱더 익살맞은 표정으로 응수했다.

"와우, 이젠 그런 것까지 눈치 채다니……"

"야, 너어~"

세이몬이 자리에서 벌떡 일어서자 나는 머리가 지끈지끈한 것을 느끼며 입을 열었다.

"둘 다 그만 해. 여긴 식당이라구. 밥 안 먹을 거야? 원한다면 굶게 해주겠어."

그제야 조용해진 그 둘을 바라보며 난 한숨을 내쉬고 말을 이었다.

"그나저나 저 녀석 어쩌지? 우리가 다음 입학이 있을 때까지 데리고 있어야 하나?"

"글쎄… 하지만 그러면 봄에 다시 여기로 와야 하잖아? 사정이 어떻게 될지 모르는데 말야."

세이몬의 걱정스런 말에 의외로 류미르가 냉정하게 말했다.

"그 녀석이 결정할 일이야. 여기까지 도와준 것만 해도 충분하고도 남아."

"헤에, 네가 그렇게 말하다니 의외인걸?"

내가 놀란 얼굴로 그를 바라보자 류미르는 담담한 얼굴로 나를 마주 볼 뿐이었다.

"아린, 네가 그랬잖아. 자신의 인생은 결국 자신이 스스로 헤쳐

나가야 한다고."

그의 말에 나는 피식 웃으며 고개를 끄덕였다.

"맞아. 그렇다면 우리는 걱정하지 말고 소브로가 말할 때까지 기다려 보자고."

소브로는 그날 하루 종일 잠을 잤고, 그 다음날 아침 퉁퉁 부은 얼굴로 부스스 일어났다.

그런 그를 우리는 애써 평소 같은 얼굴로 맞았다.

"잘 잤냐?"

"엄청나게 자더군."

"배도 안 고프냐?"

소브로는 우리의 얼굴을 보고 헤헤 웃더니 식탁의 남은 자리에 와서 앉았다.

"저… 할 말이 있어요."

소브로는 앉자마자 진지한 얼굴로 우리를 보며 입을 열었다. 우리는 드디어 그가 결심을 말하는구나 하고 긴장 어린 눈으로 그를 응시하고 있었다.

"지금까지 도와주신 거 정말 감사드려요. 그에 대한 보답은 나중에 꼭 갚아드릴게요."

"어쩌 작별 인사하는 것 같다?"

그의 얼굴을 보며 세이몬이 중얼거리자 소브로는 헤헤 웃으며 머리를 긁적였다.

"예, 언제까지고 여러분께 신세질 순 없잖아요. 전 여기 남아서 내년 봄에 다시 입학 시험을 보려고 해요. 그런데 여러분께선 여기에 계속 계실 수 없잖아요."

"남아 있겠다는 말이구나?"

류미르가 빙그레 웃으며 그를 바라보았다.

"예, 그리고 열심히 노력해서 다음 시험에는 꼭 합격할 거예요."

"그래, 잘해봐라. 하지만 작별 인사는 좀 이르구나. 우리는 아마도 며칠 더 이곳에서 머물게 될 거 같다. 네 일 때문에 우리 일은 하나도 못했거든? 며칠 같이 있으면서 너도 뭘 할지 생각해 두렴."

나도 소브로에게 한쪽 눈을 찡긋해 보이며 말했다. 그러자 소브로의 얼굴이 환해졌다.

"예, 알겠습니다."

그는 벌떡 일어나서 우리에게 허리를 깊게 숙여 보였다. 다시 고개를 드는 그의 눈가에 물방울이 살짝 맺혀 있었지만 나는 일부러 모른 체했다.

제26화

레스틴 여왕의 목걸이

레스틴 여왕의 목걸이

넓적한 역삼각형 모양으로 줄줄 이꿰어져 달려 있는 자그마한 다이아몬드 들과
그 중앙에서 자신의 커다란 위용을 자랑하고 있는 커다란 다이아몬드가
서로 자신들의 아름다움을 자랑하기 위해 경쟁하는 것처럼 눈부시게 반짝이고 있었다.

레스틴 여왕의 목걸이.

레스틴 왕국의 제13대 여왕은 레스틴 왕국의 역사상 현왕이라 불린 왕 중의 한 명이다. 그녀는 27세라는 나이에 여왕의 자리에 올랐다.

전 왕의 다섯 번째 딸이였으며 그의 열한 번째 자식이었던 그녀는 왕위 계승 서열에서 낮은 서열에 있었으므로 처음부터 왕권을 포기해 왕권 다툼에 참여하지 않고 일찌감치 성을 빠져나와 모험가로서 온 세상을 돌아다녔다.

하지만 그녀의 그러한 여행은 그녀에게 커다란 행운을 가져다 주었다.

일찌감치 성을 빠져나온 덕에 그녀는 왕위 다툼에서 무사할 수 있었으며 이 여행에서 그녀의 남편이자, 나중에는 레스틴 왕궁 궁정 마법사가 된 그를 만날 수 있었기 때문이다.

더욱이 그와 가장 절친한 드워프까지 만날 수 있었으니 그녀에게는

정말 커다란 행운이 아닐 수 없다.

나중에 그녀가 왕궁으로 돌아가서 유일하게 살아남은 왕위 계승자로서 여왕이 되었을 때 그녀의 친구 드워프가 왕위에 오른 것을 축하하기 위하여 선물한 것이 바로 이 목걸이다.

이것은 여성의 아름다운 가슴 곡선에 딱 맞게 만들어진 것으로 안쪽으로 살짝 휘어 들어간 V 자 형 모양을 하고 있다. 그리고 그 가운데에는 50셀짜리 은화—우리 나라 백 원 동전만함—만한 크기의 다이아가 박혀 있으며, 그 주위를 아기의 새끼손톱보다 약간 작은 크기의 자잘한 다이아들이 실같이 가느다란 백금 사슬로 엮여 굵은 V 자 형 모양을 만들어내고 있다.

그리고 그 사이와 중앙에 박힌 커다란 다이아 둘레에는 엄지손톱만한 다이아들이 띄엄띄엄 박혀 있어 어찌 보면 별자리 모양을 본 뜬 것 같고, 또 어찌 보면 덩굴의 우아한 곡선을 표현한 것 같이 보이기도 한다.

모든 것이 가느다란 백금 선으로 연결된 다이아로 만들어졌되 단조롭지 않고 우아하며 도저히 흉내낼 수 없는 아름다움을 가지고 있다.

이 목걸이는 여왕이 죽을 때 자신의 첫 딸에게 물려주었으며 물려받은 딸 또한 자신이 죽을 때 딸에게 물려주었다고 한다.

"여기까지야."

나는 책을 소리나게 탁 덮으며 말을 맺었다.

"여기까지가 내가 가지고 있는 정보의 전부야."

"흠, 그럼 그 목걸이는 계속해서 딸들에게 물려 내려왔겠군?"

진지하게 내 말을 경청하고 있던 세이몬이 물어왔다.

"그렇겠지. 그런데 지금은 누가 가지고 있는 거야?"

류미르가 세이몬의 뒤를 이어 묻자 나는 간단히 대답했다.

"몰라."

"에?"

나는 황당해서 눈이 뚱그레져 있는 그들을 둘러보며 덧붙였다.

"나도 모른다고. 그러니까 그걸 지금부터 알아봐야지."

"어떻게?"

여전히 황당함에서 헤엄치고 있는 듯한 표정의 세이몬이 묻자 나는 그를 힐끔 바라보며 간단히 말했다.

"잘."

"장난하냐?"

류미르가 살짝 인상을 찡그리자 그제야 나는 한번 피식 웃고는 진지하게 그들을 돌아보았다.

"도둑 길드를 이용하려고 해. 아무리 기사도의 나라라 해도 도둑은 있을 거고, 그렇다면 가장 정확한 정보를 가장 손쉽게 구할 수 있는 곳도 바로 거기겠지. 문제는 어떻게 길드원을 찾아내느냐 하는 건데 말야."

나는 거기까지 말한 뒤 세이몬을 바라보며 의미심장한 미소를 띠었다.

"왜, 왜 그래?"

세이몬은 겁이 난 얼굴로 말을 더듬었다.

그리고 한 시간 뒤.

"이게 뭐야아아아~"

세이몬은 울상인 표정을 지으며 자신의 차림새를 내려다보았다. 그는 현재, 중앙에 루비가 박혀 있고 그 위로 보라색 깃털을 세워 장식한 낮은 원기둥 모양의 납작한 비단 모자를 쓰고 그와 전혀 어울리지 않는 엉덩이까지 내려오는 보라색 비단 망토를 두르고 있었다.

그의 목에는 손바닥 반만한 크기의 자그마한 금판으로 이어 만들고 중앙에는 커다란 오팔이 달려 있는 금 목걸이를 걸고 있었으며, 허리에는 온갖 색색의 자잘한 보석으로 장식한 검집과 화려한 금세공이 멋드러지게 새겨진 바스타드 소드를 차고 있었다.

척 보기에도 그 검은 실용성이라곤 눈곱만치도 보이지 않았고 장식용으로 차고 다니는 것이라는 걸 알 수 있었다.

그의 발에는 앞이 뾰족이 튀어나온 빨간 비단신을 신겨 있었고, 그의 다리에는 새하얀 비단 스타킹이 신겨져 있었다.

"자, 어때? 돈만 많은 멍청한 촌뜨기 같지 않아?"

나는 세이몬의 차림새를 만족스러운 기분으로 쭉 훑어보며 류미르에게 물었지만 그는 웃음을 참느라고 빨개진 얼굴로 입술을 꽉 깨물고 있었기에 아쉽게도 그의 대답은 듣지 못했다.

"그 차림으로 시장을 한 바퀴 도는 거야. 그러면 널 맛있는 먹잇감으로 안 소매치기 녀석들이 네 든든한 주머니를 노리기보다는 널 한적한 곳으로 유인할 거야. 네 주머니와 온몸에 걸치고 있는 돈 덩어리들을 얻으려고 말야. 그럼 넌 그에 친절하게 응해주기만 하면 돼. 그 뒤에는 나와 류미르가 나서줄 테니까."

나는 여전히 울상인 채로 자신의 차림새를 바라보고 있는 세이몬에게 친절히 그가 할 일을 설명해 주었다.

그리고 30분 뒤.

류미르와 나는 절대로 방 밖으로 나가려고 하지 않는 세이몬을 열심히 꾀고, 달래고, 아양 떨고, 추켜주고, 아부해서 겨우겨우 밑으로 내보냈다.

하지만 식당으로 내려가자마자 그에게 쏠리는 시선들과 그 뒤에 들려오는 낮게 킥킥거리는 소리, 또는 아예 드러내 놓고 크게 웃어젖히는 소리에 세이몬은 또다시 울상인 얼굴로 방 안으로 올라가려고 했다.

덕분에 류미르는 세이몬에게.

"너는 나 같은 것보다 백배는 더 나아. 네가 더 훌륭해. 나는 네 발끝에도 못 미쳐."

같은 마음에도 없는 아부를 떨어야 했다. 그리고 나는 앞으로 한 달 동안 세이몬이 원하는 음식은 언제 어느 때라도 얼마든지 사 주기로 약속을 했고 그가 물건 사는 것에 대한 제재 20개의 조항 중 3개를 없애줘야만 했다.

그러나 문제는 여관 밖으로 나간 뒤에도 계속되었다.

처음에 류미르와 나는 그와 떨어져서 몰래 그의 뒤를 따라가며 주위를 살피기로 했었다.

그런데 세이몬이 길거리로 나오자마자 쏠리는 사람들의 시선 때문에 우리가 그에게서 떨어질 기미가 보이면 무조건 여관 쪽으로 튀려고 했기에 우리는 한시도 그의 곁에서 떨어질 수가 없었던 것이다. 그래서 결국 류미르와 나는 그의 부하인 척 행동하기로 하고는 세이몬 곁에 서서 천천히 시장 쪽으로 걸어갔다.

시장 쪽으로 간 이유는 소매치기나 강도 같은 도둑 길드에 소속된 사람들을 만날 확률이 더 클 것이라는 생각에 우리 모두가 동감했기 때문이었다.

시장 쪽으로 천천히 걸어갈수록 사람들과 길거리에 서 있는 노점상들이 점점 많아졌고, 그것과 비례하여 우리에게 쏟아지는 시선들이 점점 더 많아졌다.

세이몬은 이제 얼굴이 빨갛게 익은 토마토처럼 되어 고개를 푹 숙였다. 그런 그의 모습을 보자 나는 조금은 미안한 생각이 들었다.

촌스럽게 보이기 위해 일부러 우스꽝스럽게 꾸미긴 했지만 이렇게 그가 싫어할 줄 알았으면 모자를 챙이 넓고 큰 걸로 사서 그의 얼굴이라도 가릴 수 있게 해주는 거였는데 말이다.

그런데 그때 타닥타닥— 하고 뒤에서 누군가가 뛰어오는 소리가 들렸다.

우리는 일부러 모른 척하고 뒤돌아보지도 않은 채 천천히 걸어가고 있었는데, 그런 우리들의 넓지도 않은 사이를 두 명의 남자가 세게 부딪혀 강제로 넓히며 통과했다. 그리고서는 미안하다는 말 한마디 없이 우리를 돌아보면서 히쭉 웃어 보이고는 계속 달려가는 것이었다.

그런데 그들이 저만치 달려가면서 한 손을 들어 휘저어 보였는데 그들 중 한 명의 손에는 세이몬이 쓰고 있던 모자가 들려 있었고, 나머지 다른 한 명의 손에는 그가 차고 있던 화려한 검이 들려 있었다. 그들은 마치 우리를 놀리는 것처럼 그것들을 하늘 높이 치켜들며 천천히 군중들 속으로 사라지고 있었다.

우리는 서로 의미심장한 눈빛을 주고받으며 그들이 막 사라지고 있는 쪽으로 냅다 뛰었다.

그들은 사라질 듯 말 듯 아슬아슬하게 자신들의 뒷모습을 보여주더니, 얼마쯤 뛰어가자 어느 골목으로 사라져 버렸다.

그들을 따라 그 골목으로 들어가자 제일 먼저 코를 찌르는 악취가 풍겨왔다. 그 골목은 여기저기에 오물들이 버려져 있어 지저분한 데다 그와 더불어 좋지 않은 냄새도 났으며 사람들이 별로 다니지 않는 곳인 듯 지나가는 사람이 한 명도 보이지 않았다.

단지 한가롭게 쓰레기 더미 위를 뛰어놀고 있었던 듯한 쥐 몇 마리가 놀라서 후닥닥 달아났을 뿐이었다. 그리고 저만치 앞에는 아까 우리를 밀치고 지나갔던 두 명의 남자들이 세이몬의 모자와 검을 흔들어 보이면서 서 있었다.

우리가 달리는 것을 멈추고 그들 쪽을 천천히 다가가자 뒤쪽에서 여러 사람들의 기척이 느껴지면서 십여 명쯤 되는 사람들이 우르르 몰려왔다. 그들은 히죽히죽 웃으면서 긴장한 채로 걸음을 멈춘 우리들을 빙 둘러싸더니 그들 중 한 명이 노골적으로 세이몬을 손가락질하면서 비웃어댔다.

"낄낄낄, 저 녀석 꼬라지 좀 보라지. 어디서 굴러먹던 촌뜨기가 처음으로 도시 구경을 하느라고 멋을 부렸나 본데?"

그의 말에 모두 미리 짜놓기라도 한 듯 크게 웃어젖혔다. 그들의 웃음소리가 조금 가라앉자 처음에 입을 열었던 그 녀석이 무척 낡은 가죽 허리띠에 양손의 엄지손가락을 척~ 하니 걸고서는 거들먹거리며 우리에게 다가왔다. 녀석은 우리 주위를 한 바퀴 천천히 돌면서 노골적으로 아래위로 훑어보더니 큰 소리로 이죽거렸다.

"이것 보게나? 모두 다 고급이잖아? 꼴에 검집까지 차고? 야, 그런데 검은 어디로 갔냐? 검이 너무 무거워서 폼으로 검집만 차고 나왔냐?"

다시 한 번 그들이 웃어젖히자 입을 열었던 녀석은 자신의 패거리를 돌아보면서 손을 들어 보이더니 웃음이 작아지자 우리의 코앞으로 와서 히죽 웃어 보였다.

"그래그래, 이렇게 고급 옷들만 입고 나타난 걸 보면 무지 부자인가 보지? 그렇다면 우리처럼 가난한 사람들에게 조금 나눠줘도 괜찮을 거야. 안 그래?"

그는 그렇게 말하면서 세이몬의 가슴 부위에서 반짝이고 있는 커다란 오팔 쪽으로 손을 내밀어 잡으려고 했다. 그러나 그전에 그의 턱 바로 밑에서 내 레이피어의 끝이 반짝이며 조금만 더 다가오면 찔러 버리겠다는 듯 위협하고 있는 것을 보더니 손을 허공에서 딱 멈췄다.

나는 그에게 아까 그가 했던 것처럼 히죽 웃어 보였다.

"어따가 손을 대? 이래뵈도 이건 내가 고르고 골라낸 목걸이란 말야."

사실이었다. 이 목걸이를 찾기 위해 난 여관 방 바닥 위에 내 마법 주머니를 거꾸로 해서 그 속에 있던 물건들을 모조리 나오게 한 뒤에 맘에 드는 목걸이를 찾아내기 위해 오랜 시간을 허비하며 뒤적거렸던 것이다. 물론 만약 이 목걸이를 찾아내지 못했다면 시장에 나가 맘에 드는 걸 찾기 위해 몇 시간을 더 투자해야만 했을 테지만.

녀석은 자신의 목젖 바로 앞에까지 닿아 있는 검을 흘끗 내려다보더니 나를 바라보며 히죽 웃었다. 그리고는 세이몬의 가슴까지 올라가 있는 그의 손을 천천히 내렸다. 나는 그런 그의 모습에 싱긋 웃으며 약간 방심해 버렸다. 그러나 순간적으로 번뜩이는 그의 눈빛에 움찔하며 다시 검을 잡은 손에 힘을 주는 순간, 그 녀석이 언제 꺼내 들었는지 손에 단검을 쥐고는 번개같이 내 레이피어를 쳐내며 검을 놓친 내가 당황하는 틈을 타 내 쪽으로 파고들어 내 목에 단검의 끝을 들이댔다. 그리고는 승리에 찬 웃음을 지으며 이죽댔다.

"피부가 아주 고운데? 여기에 상처가 나기라도 한다면 너무 아까울 거야. 얼굴도 이렇게 예쁜데."

나는 순간 방심한 탓에 이런 상황에까지 가게 한 내 자신에게 무지 화가 났지만 그런 내색은 하지 않고 여유만만하게 씨익 웃어 보였다. 그러자 나에게 단검을 들이대고 있는 녀석이 의아한 눈빛을 보였다.

"왜 그렇게 웃는 거지?"

나는 그에게 여전히 웃어주면서 상냥하게 말했다.

"뒤를 보면 알아."

그는 나를 경계하는 눈초리로 바라봤지만 왜 내가 그렇게 여유만만한지에 대한 호기심이 동했는지 천천히 뒤를 돌아보았다. 그 순간 그의 몸은 순간적으로 경직되었고, 나는 그 틈을 놓치지 않고 한 걸음 뒤로 물러나 그가 나에게 들이댄 단검의 끝에서 멀어지는 동시에 재빨리 땅에 떨어진 레이피어 쪽으로 달려가 검을 집어 들었다.

그리고 그가 아차! 하면서 뒤를 돌아볼 때 다시 그의 목에 검을 들이댈 수 있었다. 그는 '쳇' 하고 혀를 차며 자기가 알아서 손에 들고 있던 단검을 땅에 떨어뜨렸다. 그리고 다시 고개를 돌려 류미르가 불러낸 중급의 바람의 정령들에게 붙들려 허공에서 1미터는 떠올라 공중에서 허부적대고 있는 자신의 동료들을 허탈한 눈으로 바라봤다.

한쪽 구석에서는 세이몬이 재빨리 자신이 걸치고 있던 보라색 비단 망토와 신고 있던 빨간 비단 신발, 그리고 하얀 비단 스타킹을 벗어버리고 챙겨온 자신의 옷으로 갈아입고 있었다. 그는 다

갈아입자 자신의 옷을 챙겨온 가방에 벗어놓은 옷들을 쑤셔 넣고 이제야 살았다는 표정으로 우리들을 바라봤다.

그 모습을 보자 류미르가 낄낄거렸다.

"그렇게 끔찍했냐?"

그러자 세이몬이 아주 명쾌하게 대답했다.

"네가 한번 입어봐."

"사양할래."

류미르는 부드럽게 거절하며 내가 잡고 있는 녀석에게로 시선을 돌렸다. 이제 그 녀석은 약간은 긴장된 눈으로 우리를 둘러보고 있었다. 그러나 얕잡아 보이고 싶지 않은 듯 자신만만한 어조로 말했다.

"흥, 꽤 실력이 있는 것 같지만 날 어쩌려는 생각은 안 하는 게 좋을 거야. 날 건들면 내 동료들이 가만두지 않을걸?"

나는 류미르가 또다시 불러낸 정령에게 그 녀석의 속박을 맡기고 뒤로 물러섰다. 그리고 나 대신 류미르가 앞으로 한걸음 나섰다.

"너 도둑 길드원이냐?"

류미르가 조심스럽게 묻자 그 녀석은 우리가 겁먹은 줄 알았는지 눈빛이 살아나면서 의기양양해졌다.

"그렇다."

"너희 길드장을 만나고 싶은데? 정보를 얻고 싶은 게 있어서 말야."

그러나 그 녀석은 코웃음을 쳤다.

"흥, 우리 대장이 아무나 만나고 싶으면 다 만날 수 있는 줄 알아?"

그러자 류미르의 눈빛이 날카로워졌다.

"난 꼭 만나야 하거든?"

류미르의 말이 끝남과 동시에 그 녀석을 붙잡고 있던 정령의 속박이 사라졌다. 그러자 그 녀석은 어리둥절한 얼굴로 자신의 몸을 살펴보다가 다시 우리를 바라보았다. 그런 그에게 류미르가 다시 말했다.

"가서 우리가 만나고 싶어한다고 전해주길 바래. 그리고 그 대답을 가지고 다시 여기로 와. 기다리고 있을게. 단, 1시간만 기다려주겠어. 그동안 네가 보이지 않으면 여기 있는 녀석들은 다시는 걷지 못하게 될 거야."

그러나 그 녀석은 류미르의 말에도 머뭇거리며 갈 생각을 하지 않았다. 그러자 류미르가 한 번 더 말했다.

"안 갈 거야? 그럼 다른 사람 보낼까?"

그제야 그는 쭈볏쭈볏하며 뒷걸음치더니 그의 뒤쪽에 있던 작은 골목에 가까이 가자 잽싸게 그 골목 안으로 사라졌다. 그가 사라지자 세이몬이 불만스런 얼굴로 류미르를 돌아보았다.

"류미르, 한 시간이 뭐냐, 한 시간이. 너무 길잖아. 그냥 30분 정도만 주지."

그러자 류미르는 자신만만한 얼굴로 씨익 웃어 보였다.

"점심 먹어야지."

그러나 그의 말에 나는 인상을 찡그릴 수밖에 없었다.

"여기서?"

그제야 류미르는 주위를 다시 한 번 둘러보며 어색하게 웃어 보였다.

"아하하하, 좀 지저분하구나. 그렇지?"

"뭐야? 이젠 뭐 하면서 시간을 때워?"

세이몬은 점심 먹자는 말에 얼굴이 펴지다가 다시 구겨져 버렸다.

"이럴 줄 알았으면 딴 데로 오라고 할 걸 그랬네."

류미르가 약간 풀이 죽은 어조로 말했다.

"뭘, 그것도 어렵지. 이 녀석들을 어떻게 데리고 가냐? 그냥 여기서 기다려야지."

나는 류미르에게 위로 비슷한 어조로 말하면서 한숨을 푹 쉬었다. 한 시간을 기다리려니 벌써부터 지루해지기 시작한 것이다.

그러나 고맙게도 한 20여 분이 지나자 류미르가 놔줬던 녀석이 다른 사람 한 명을 더 데리고 왔다. 그는 척 보기에도 우리를 털려고 했던 건달 녀석들과는 달랐다. 우선은 우람한 근육을 자랑하고 있었고 눈빛이 무척 차고 날카로워 보였다. 그런데 그는 겉으로 보기에는 아무런 무기도 소유하고 있지 않았다. 어딘가 우리가 모르는 곳에 무기를 숨겨놨든가, 아니면 무기가 없어도 자신있는 실력을 갖추고 있든가, 아니면 우리와 싸울 의사가 없다는 것을 보여주기 위해서일지도 몰랐다.

그러나 그의 옆에 있는 우리가 놔줬던 녀석이 고개를 푹 숙이고 기가 죽어 있는 상태였고, 우리가 잡고 있던 녀석들도 그를 보자마자 모두 기가 팍 죽어버리는 것으로 보아 그는 무기가 없어도 자신있는, 뛰어난 실력을 갖추고 있을 것이라는 생각이 제일 가능성이 높아 보였다. 그렇다면 그는 보통 사람이 아닐 것이고, 그런 그가 온 이상 우리는 목적을 달성할 수 있으리라는 기대감에 들떴다.

하지만 상황이 상황인지라 침착하고 긴장을 늦추지 않은 채로 그를 마주 보았다.

우리 앞으로 다가온 그가 걸음을 멈추더니 조심스러운, 그러나 날카로운 눈빛으로 우리를 아래위로 훑어보았다. 그러더니 굵고 나지막한 음성으로 말했다.

"정보를 사고 싶다고?"

그가 먼저 말을 걸어오자 류미르가 나섰다.

"당신이 길드장입니까?"

그러자 그의 입 한쪽 끝이 올라가면서 그의 눈이 가늘어졌다. 마치 비웃는 듯한 웃음이었다.

"아니다."

그러나 류미르는 그런 것에 개의치 않는다는 듯 덤덤한 목소리로 다시 말했다.

"그렇다면 당신은 단지 정보를 팔 사람입니까?"

"그렇다고 해두지."

류미르는 그가 긍정을 하자 고개를 끄덕였다.

"그럼 당신과 이야기를 하도록 하지요. 어차피 별로 중요한 정보라고 할 수는 없는 거니까요."

그러자 그의 입꼬리가 실룩였다.

"중요한 정보인지 아닌지는 우리가 결정한다."

그러나 류미르는 여전히 덤덤한 표정이었다.

"그런가요? 그럼 당신들이 결정하시길……."

"어떤 정보를 원하지?"

"레스틴 여왕의 목걸이를 누가 가지고 있는지 알고 싶습니다."

그의 눈에 당황한 기색이 스쳐 지나갔다. 그러나 그것은 너무나 찰나였기에 나도 그가 정말로 잠깐이라도 황당해했는지 의심이 될 정도로 그는 무표정한 얼굴을 유지하고 있었다.

"좋아, 이틀 후 아침에 찾아가겠다."

그는 잠시 우리가 원하는 정보를 찾을 수 있는가를 생각하는 듯 침묵을 지키더니 갑작스레 입을 열었다. 그리고 그렇게만 말한 후 그는 할 말을 다했는지 우리 주위에서 아직도 정령들에게 붙들려 공중에 동동 떠 있는 그의 부하라고 생각되는 건달들을 턱짓으로 가리켜 보였다. 그런 그의 턱짓을 본 류미르는 알았다고 고개를 끄덕이며 공중으로 손을 살짝 휘저어 보이며 말했다.

"풀어줘."

그러자 그 즉시 공중에 떠 있던 건달들은 땅으로 곤두박질쳤다. 그런 그들의 모습을 여전히 무표정한 얼굴로 바라보던 그는 단 한 마디만 남기고 뒤를 돌아가 버렸다.

"그럼."

땅에 부딪친 엉덩이를 쓰다듬고 있던 건달들은 그가 뒤로 돌아가버리자 허겁지겁 일어나서 그의 뒤를 쫓았다. 그러나 가면서도 우리를 향해 눈을 한번씩 부라려 주는 것을 잊지 않았다.

우리가 여관으로 돌아와 정확히 이틀이 지난 아침, 식당에서 식사를 하고 있는데 여러 명이 식당으로 들어오는 소리가 들렸다.

"어서 옵쇼~!"

곧 이어 주인의 명쾌한 반기는 소리가 들렸다. 흔히 있는 일이어서 고개도 돌려보지 않은 채 계속 식사하는 데 열중하고 있는데, 식당 문에서부터 들려오던 사람들의 발자국 소리는 계속 이어지더니 우리의 곁에 이르자 딱 멈추는 것이었다.

그제야 고개를 든 나는 우리 곁에 선 사람들 중 맨 앞에 선 사람이 이틀 전에 만나 이야기를 했던 그 남자라는 것을 알았다. 그리고 그의 뒤에 서 있는 사람들은 그를 만나기 전에 만났던 건달들이었다.

그들을 한번 쭉 훑어본 뒤 다시 그와 눈이 마주치자 내가 미처 뭐라고 말하기 전에 그가 먼저 입을 열었다.

"여기서 할까, 방으로 올라갈까?"

그의 말에 나는 아쉬운 눈빛을 식탁 위로 돌렸다. 거기에는 아직 반밖에 먹지 못한 베이컨과 빵이 남아 있었고, 뒤에 올 후식도 나에게 먹여지길 무척 바라고 있을 터였다.

하지만 그렇다고 찾아온 손님들을 기다리게 하고 남은 음식을 마저 먹을 수는 없었기에 나는 간절한 눈빛을 류미르에게 보냈다.

네가 알아서 해결하라는 뜻이었다.

세이몬도 아직도 포크와 나이프를 손에서 떼어놓지 않은 채 나와 같은 눈빛을 류미르에게 보내고 있었다. 그러자 류미르의 이마에 핏줄이 하나 솟아오르더니 나에게 날카로운 시선을 보내왔다.

네가 물주이지 않냐는 시선이었다.

그러자 세이몬이 부드러운 시선을 류미르와 나에게 번갈아가며 보내더니 자신은 다시 식사를 하기 시작했다.

너희 둘이 알아서 하라는 뜻이었다.

결국 나는 한숨을 내쉬고는 손에 들고 있던 포크를 얌전히 내려놓았지만 그래도 아침 식사를 중단하는 것이 너무 아쉬워서 입맛을 쩝쩝 다시면서 류미르를 힐끗 바라보았다.

같이 일어나자는 뜻이었다.

그러나 류미르는 냉정하게도 내 시선을 외면하더니 다시 식사를 계속하는 것이었다.

너 혼자로 충분하다는 뜻이었다.

'인정머리없는 넘.'

나는 그의 정수리를 매섭게 쏘아보았지만 류미르는 그런 내 시선을 느끼지 못한 듯 고개도 들지 않았다. 그리고 나 또한 그의 말이 맞기에 별달리 대꾸는 못하고 슬픈 말 한마디를 끝으로 방으로 올라갈 수밖에 없었다.

"남겨봐라."

내 방으로 올라온 나는 그와 마주 앉았다. 그는 내가 권한 의자에 앉자마자 나에게 얇은 종이 뭉치를 꺼내 보였다.

"정보다."

"얼마입니까?"

"금화 세 개."

"먼저 볼 수 있을까요?"

그는 고개를 살짝 끄덕이며 나에게 그 종이 뭉치를 건네줬다. 거기에는 지금 현재 목걸이를 가지고 있는 사람에 대한 간단한 신상 명세와 그녀의—목걸이 주인은 당연하게도 여자였다—주변 인물들에 대한 간략한 설명이 포함되어 있었다.

그 종이들을 쓱 훑어본 나는 내가 원하는 정보가 다 있다는 것을 알고는 만족해서 고개를 끄덕였다.

"이만하면 충분하군요. 좋습니다."

내가 아무런 망설임 없이 마법의 주머니에서 금화 세 개를 꺼내 그에게 던지자 그는 그것을 받아 들고는 품속에 넣더니 잠시 내 얼굴을 뚫어져라 바라보았다. 그의 시선에 내가 의아한 눈으로 그를 마주 보았고, 우리가 거의 몇 분이라는 긴 시간 동안 눈싸움을 하고 있을 때 갑자기 그가 입을 열었다.

"덤으로 한 가지를 더 가르쳐 주지. 지금 현재 목걸이를 소유하고 있는 그 여자는 결혼하기 전에 남편이 아닌 다른 남자와 사랑을 한 사이였다는군. 지금의 남편과는 거의 정략결혼을 한 셈이지. 뭐, 정략결혼이라고 해도 잘 살고는 있는 모양이지만."

그의 말에 나는 호기심이 동했다.

"그렇다면 전에 그녀의 애인이었던 남자에 대해 알 수 있을까요?"

"원한다면. 하지만 그는 그녀가 결혼하던 날 사라졌다고 하더군. 뭐, 기사였다니 굶어 죽지는 않았겠지. 그에 대하여 알아내려면 시간이 좀 걸릴 거다. 지금 현재는 어디 있는지 모르니까."

"뭐, 지금 그녀의 곁에 없다면 알 필요는 없겠군요. 그럼 이걸로 됐습니다."

내가 그렇게 말하며 자리에서 일어서자 그도 머뭇거리지 않고 즉시 자리에서 일어서서 문 쪽을 향해 걸어갔다. 그런데 문을 잡고 열려는 순간 잠깐 멈칫하더니 다시 고개를 돌려 나를 바라보았다.

"무슨……."

의아한 얼굴로 묻자 그가 씨익 웃으며 입을 열었다.

"만약 다시 정보가 필요하다면 괜히 불쌍한 애들 괴롭히지 말고 '달과 그림자'란 술집으로 찾아와서 렉이란 사람을 찾아라."

그는 그렇게만 말한 후 내가 더 물으려고 입을 열기도 전에 방을 나가 버렸다. 그리고 그 뒤에 그가 데리고 온 건달들까지 우르르 몰려 나가는 통에 나는 그를 쫓아갈 수도 없었다.

'근데 아까는 왜 그렇게 쳐다본 거야?'

다음날.

류미르와 나, 그리고 세이몬은 소브로에게 작별 인사를 하고 도시를 떠났다. 물론 그전에 소브로에게 전에 일(?)한 대가라며 돈을 조금 남겨주는 것도 잊지 않았다. 소브로는 그의 딱한 사정을 듣고 자신의 여관에서 종업원으로 일하는 게 어떻겠냐는 여관 주인의 제안을 받고 무척 기뻐했다. 그리고 우리 셋은 그가 쉽게 일자리를 얻게 된 것에 안도했다. 그러나 나는 한편으로 노파심에서 여관 주인이 혹시 나중에라도 소브로에게 나쁜 맘을 품지 않도록 그에게 슬쩍 소브로와의 친화 마법을 걸어놨다. 그 마법이면 주인은 자신도 모르게 소브로를 무척 예뻐할 것이다.

그렇게 정리를 한 뒤 우리는 곧장 현재 레스틴 여왕의 목걸이를 가지고 있다는 칼 막슈타드 그레놀리 공작의 부인 아리엘 그레놀리가 살고 있는 그레놀리 영지로 향했다.

소브로와 헤어져 2주 동안 달렸을 때 우리는 어떤 숲 속을 통과하게 되었다. 그레놀리 영지는 에스라 왕국과의 국경선인 게덴산맥과 타이백산맥이 만나는 텐지 골짜기—아린의 집이 있는 곳—근처에 있다. 레스틴이라는 나라 전체를 보았을 때 가장 험하고 변두리에 있는 좋지 못한 땅을 영지로 가지고 있는 것이다. 더욱이 남대륙의 등줄기라고 할 수 있는 타이백산맥과 인접해 있기에 평지가 적은 반면 산이 많았다.

우리가 지금 지나고 있는 숲도 평지라고는 할 수 없지만 그렇다고 산이라고도 하기 곤란한 낮은 산인 데다, 숲만 울창하게 보여 만만하게 보고 무턱대고 돌진했다가 의외로 골짜기도 있고, 높고 낮은 구릉도 있는 데다 길도 크게 나 있지 않아서 앞으로 전진

하는데 꽤 애를 먹었다.

게다가 엎친 데 덮친 격으로 이 숲으로 들어와서 얼마 지나지 않아 하늘에 먹구름이 잔뜩 모이더니 굵은 빗줄기를 쫙쫙 내리기 시작했다. 얼마나 강한 빗줄기였던지 그냥 맨살로 맞으면 아플 정도였고, 하도 엄청나게 내려서 한 치 앞도 분간 못할 정도였다.

그나마 나는 성룡식 때 선물로 받은 마법의 망토를 가지고 있어 뒤에 달린 커다란 모자를 쓰면 망토에 의해 가려지지 않는 고삐를 잡은 손과 약간 나오는 얼굴만 비에 젖을 뿐이어서 우리 일행 중 가장 무사했다.

세이몬도 커다랗고 두꺼운 망토에 달린 모자를 푹 덮고 있어서 그도 괜찮아 보였다. 세이몬이 입고 있는 망토는 꽤나 질이 좋아 비를 맞아도 그다지 많이 젖지 않았던 것이다.

아마 이런 비가 아니라 이슬비 같은 거였다면 아예 젖지 않을 것처럼 보였다.

그런데 문제는 류미르였다. 그는 옷을 살 때 자신은 추위와 더위에 강하고 자연과 친한 엘프라나 뭐라나 하는 말을 늘어놓으면서 망토를 사지 않았던 것이다. 덕분에 그는 지금 오는 비를 다 맞고 있는 상태여서 온몸이 쫄딱 젖어 있었다. 게다가 하필 이 비가 가을이 가고 겨울이 오는 것을 알리고 있는 가을비였기에 기온이 무척 낮은 상태여서 류미르가 자신만만하게 이 정도쯤이야 끄떡없다고 버티고 있지만 아무리 엘프라고 해도 이런 상태로 오래 있다가는 감기라도 걸릴 것 같았다.

"젠장, 뭔 놈의 영토가 이렇게 험준한 곳에 있는 거야? 그 사람 공작이라며? 공작은 귀족 중에서도 높은 거 아냐?"

끊임없이 쏟아지는 빗줄기 소리에 우리는 말을 달리면서 대화할 때 평소보다 소리를 높여야만 했다.

지금도 세이몬이 소리를 잔뜩 높여서 투덜댔다. 그런 그를 향해 나도 소리 높여 대답했다.

"그 공작이라는 사람이 정권에 관심이 없대. 그래서 그가 작위를 물려받자마자 영지를 구석탱이로 바꿔 달라고 해서 이쪽으로 왔다는군."

"우쒸, 왜 하필 그런 사람한테 목걸이가 있는 거야?"

"정확히 말하면 그 사람의 부인이야."

나와 세이몬이 그렇게 말을 주고받고 있을 때 앞장서서 길을 안내하고 있던 류미르가 갑자기 말을 멈추는 바람에 우리도 덩달아 말을 멈춰야 했다.

"왜 그래? 무슨 일이야?"

세이몬이 먼저 소리를 높여 묻자 류미르는 뒤를 돌아보는 동시에 비에 의해 젖어 눈을 가리는 길다란 머리카락을 뒤로 넘기며 말했다.

"이 상태로는 더 이상 앞으로 나갈 수가 없을 것 같아서 실프에게 근처에 우리가 비와 바람을 피할 장소를 찾아보라고 했어. 그러니 조금만 기다려."

비에 쫄딱 젖은 상태인 그는 이제는 입술이 새파랬고 고삐를 잡고 있는 손도 파랬다. 아무리 엘프라고는 하나 온몸이 젖은 상태에서 기온이 거의 영상 3, 4도 되는 이런 날씨 속에서 온전하기도 힘들 것이다. 그것도 이렇게 비를 맞고 있는 것이 거의 한 시간쯤 되었으니 말이다.

"그러길래 망토를 하나 사지 그랬어? 이제 곧 겨울인데 망토 하나 없이 어떻게 버티려고 그래?"

그런 그의 모습에 쯧쯧 혀를 차며 세이몬이 참견하자 류미르는 흥 하고 코웃음을 쳤다.

"흥, 엘프는 이 정도 날씨로는 끄떡없다고."

"하지만 입술이 새파란걸?"

세이몬의 지적에 류미르는 얼른 손등으로 입술을 문지르면서 대꾸했다.

"이건 오랫동안 비를 맞아서 그래. 추워서 그런 게 아니라구."

"그래그래, 너 잘났다."

별것 아닌 일에도 세이몬이 말하면 괜히 자존심을 세우는 류미르가 오늘따라 한심스럽게 느껴진 나는 한숨을 내쉬며 그 둘을 갈라놨다. 그런데 그때 실프가 빗속을 뚫고 우리에게 날아오는 것이 보였다.

"아, 온다."

류미르도 실프가 다가오자 얼른 반색을 하며 맞았다. 그리고 류미르와 실프가 뭐라고 대화하는 것을 들으며—세이몬과 나에게는 안 들림—우리는 류미르가 이야기를 다하고 말해 주기를 기다렸다. 우리의 기대대로 류미르는 곧 고개를 돌리며 희색이 만연한 얼굴로 말했다.

"이 근처에 동굴이 있대. 그리고 그곳에서는 벌써 어떤 사람이 불을 피우고 있다는군. 다행이지 뭐야. 어서 그쪽으로 가자고."

그는 그렇게만 말하고 말머리를 돌려 빠른 속도로 실프의 뒤를 쫓기 시작했다.

"그러니까 망토를 살 것이지."

"역시 추웠으면서……."

그런 그의 뒷모습을 보며 세이몬과 나는 같은 내용의 말을 중얼거리면서 그의 뒤를 쫓았다.

실프를 쫓아 우리가 얼마 정도 숲을 헤치고 앞으로 가자 나무가 별로 없고 바위로 된 언덕의 끄트머리 부분에 반짝하는 빛이 보였다. 그 반가운 빛을 따라 얼마 가지 않아서 우리는 자그마한 동굴을 볼 수 있었다.

가까이 다가가자 더 자세히 볼 수 있었는데, 그 동굴은 성인 남자가 일어서면 머리가 천장에 닿을 만큼 작은 동굴이어서 동굴 속의 공간도 작아 보이고 우리 셋이 들어갈 수 있을지 의문이 들 정도였다. 그 근처에 가자 류미르가 얼른 말에서 내려 동굴 입구로 다가갔다.

"실례합니다. 저희 일행이 비를 많이 맞아서 그러는데 동굴에 들어가도 괜찮을까요?"

세이몬과 나는 류미르의 뒤에 서서 말의 고삐를 잡고 초조하게 동굴에서 허락의 대답이 나오길 기다렸다. 그러나 동굴에서는 아무런 대답도 들려오지 않아 우리가 걱정스러운 시선을 교환하는데 류미르가 아무런 말도 없이 쑥 동굴 안으로 들어가는 것이었다.

"어?"

그의 갑작스런 행동에 당황스럽기도 하고 또 이 말들을 어떻게 해야 할지 몰라 세이몬과 내가 동굴에 들어갈 생각도 못하고 밖에서 말고삐를 잡고 엉거주춤 서 있을 때 류미르가 의아한 표정으로 내다보면서 말했다.

"안 들어올 거야?"

"말은 어쩌고?"

세이몬이 얼빠진 표정으로 묻자 류미르가 시큰둥하게 대답했다.

"그냥 내버려 둬. 이 정도는 괜찮으니까. 저쪽에도 이 사람 말이 있잖아."

류미르가 손가락으로 가리키는 쪽을 보자 과연 멀리 떨어지지 않은 곳에 그렇게 커다랗지는 않지만 울창한 나무 아래 갈색의 어떤 말 한 마리가 비를 피하고 있는 게 보였다. 그 모습을 본 나는 그 말의 처지에 동정을 느끼며 류미르의 말고삐를 잡고 세이몬에게도 말고삐를 넘기고 먼저 들어가라고 해놓고는 세 마리의 말을 끌고 그 말이 있는 곳으로 다가갔다. 그 말은 사람들에게 길러져 온 탓인지 내가 다가가도 별 반응을 보이지 않고 얌전히 앉아 있었다. 나는 그 말 옆에 내가 끌고 온 말들을 놓아두고는 말 주위에 물리력을 막는 결계를 쳤다.

이 결계는 맹수의 무리는 물론 비바람도 막아줄 수 있었기 때문에 숲 속에서 피치 못할 사정으로 인해 말들을 놓고 가야 할 때 내가 제일 애용하는 결계였다. 덤으로 무슨 일이 있어도 결계 밖으로 나가지 못하게 그 말들에게 수면 마법으로 잠을 재운 뒤 동굴로 돌아왔다.

동굴 안에서는 미리 와 있던 사람과 인사를 나누었는지 류미르는 벌써 옷을 갈아입고 젖은 옷을 말리고 있었고, 세이몬도 다 젖은 망토를 벗어 말리고 있었다.

"어서 와. 이쪽으로 앉아."

류미르는 입구 쪽에 있는 자신의 옆자리를 손으로 가리키며 말했다. 나는 동굴 입구에서 망토를 벗어 한번 물기를 짠 뒤 탁탁 털고는 류미르가 말한 자리에 와서 그 망토를 깔고 앉았다.

동굴 안은 겉으로 봤을 때보다는 약간 더 넓었지만 우리 모두가 누울 자리로는 충분치 않았기 때문에 모닥불을 중심으로 사람들은 벽을 등지고 삥 둘러앉아 있었다.

류미르의 다른 쪽 옆자리에는 미리 와 있던 사람이 앉아 있었는데, 그는 내가 동굴로 들어와 자리에 앉다 눈이 마주치자 살짝 고개를 숙여 인사를 보내왔다.

나도 얼른 고개를 숙이며 인사를 했다.

"안녕하세요?"

그는 등까지 내려오는 길다란 갈색 머리가 비에 다 젖는 바람에 머리를 풀어 늘어뜨리고 젖은 옷을 벗었는지 아무것도 걸치지 않은 상체에 단지 수건만 어깨 위에 걸쳐 놓은 상태였다. 덕분에 그의 그렇게 우람하지는 않아도 탄탄해 보이는 근육들과 갈색으로 건강하게 그을린 피부, 그리고 가슴을 장식하고 있는 하얀 상처 자국들을 볼 수 있었다.

그는 앉아 있었기 때문에 그의 정확한 키를 알 수는 없었지만 앉은키만으로도 류미르보다 약 5cm는 더 컸다. 게다가 30대 초반으로 보이는 단정하고 선이 굵은 그의 외모는 준수한 편이어서 그의 깊고 무심해 보이는 보랏빛 눈동자와 너무 잘 어울렸다. 그러나 그의 얼굴은 너무 차갑고 무표정해서 쉽게 말을 걸기가 힘들어 보였다.

하지만 내가 누구인가?

"잘생기셨네요. 여자들한테 인기가 많았을 것 같은데요?"

살짝 고개만 숙여 인사한 뒤 입을 다물고 있는 그에게 나는 말을 터놓기 위해 농담조로 명랑하게 입을 열었다. 그러나 그는 피식 웃기만 할 뿐 입을 열지는 않았다.

보통 우리 일행을 보면 소년들만 있기 때문에 만나는 사람들마다 의아함을 감추지 않았는데 이 사람은 무관심하게 아무런 말도 안 하고 단지 모닥불만 바라볼 뿐이었다.

그가 아무런 말도 없이 가만히 있기만 하자 다시 말을 걸 용기를 내지 못한 나와 류미르, 세이몬은 괜히 주눅이 들어서 아무런 말도 못하고 단지 애꿎은 모닥불만 노려보고 있을 때였다.

꼬르르륵~

갑자기 누군가가 뱃속에서 요란하게 경종을 울렸다.

"배고프다. 밥 안 먹냐?"

세이몬이었다. 그는 꼬르륵대며 밥을 달라고 아우성치는 배를 어루만지면서 분위기에 눌렸는지 무표정하게 앉아 있는 그 남자의 눈치를 슬쩍 살피며 어눌하게 말했다. 그러자 그가 다시 피식 웃었다. 덕분에 나는 용기를 내어 분위기를 타파하고 그에게 말을 걸 수 있었다.

"저, 식사하셨어요? 안 하셨으면 우리랑 같이 하실래요?"

우리 셋의 시선이 그에게 쏠렸다. 세이몬의 꼬르륵 소리를 듣자 그 순간 나도 너무나 배가 고픔을 깨달았고, 류미르 또한 마찬가지였는지 우리는 그의 입에서 긍정의 대답이 나오기를 애타게 기다렸다. 그가 싫다고 하면 아무리 배고픔을 못 견디는 우리라고 하지만 그만 놔두고 우리끼리만 식사를 할 철면피는 되지 못하기 때문이었다. 우리가 너무 애절한 눈빛으로 바라보았는지 그는 다시 피식 웃으면서 고개를 끄덕였다. 그러자 류미르와 세이몬의 시선이 나에게로 쏠렸다. 빨리 식사를 준비하라는 뜻이었다.

이들 중 그나마 요리를 할 줄 아는 자가 나밖에 없었기에 이런 노숙을 할 때는 으레 내가 요리를 했고, 류미르와 세이몬은 설거지를 담당했던 것이다. 물론 내가 요리할 때 그들이 옆에서 돕기는 했지만.

어쨌든 나는 재빨리 배낭을 뒤적여 우리가 가지고 있는 그릇들 중 큰 그릇 두 개를 꺼내어 동굴 밖으로 내놓고 빗물을 받았다. 그리고 모닥불 주위에 냄비를 올려놓을 수 있도록 커다란 돌덩이를 구해 와 내려놓았다. 비가 한창 많이 오고 있었으므로 동굴 밖에 내놓은 그릇에는 금방 빗물이 찼다.

나는 물이 가득 찬 그릇들을 동굴 안으로 들여놓고 잠시 물속에 있던 먼지들이 가라앉기를 기다린 뒤 냄비를 꺼내서 그 속에 먼지가 들어가지 않도록 조심스럽게 물을 따라 모닥불 위에 올려놓았다.

"자리가 좁아서 다른 불을 피울 수 없으니까 오늘은 수프만 끓일 거야. 그걸로 만족해."

그 말을 하자마자 류미르와 세이몬의 입에서 아쉬운 한숨 소리가 흘러나왔지만 그들도 상황이 좋지 않다는 것을 잘 알고 있는 터라 아무런 소리도 하지 않았다.

나는 나머지 한 그릇에 담긴 물을 살짝 떠서 이제는 먼지만 가라앉아 있는 그릇을 헹군 다음 그 그릇에 물을 조심스럽게 따랐다.

이것은 우리가 마실 물이었다.

그리고 다시 배낭을 뒤적여 수프를 만들 재료를 꺼내어 다듬기 시작했다.

곧 이어 모닥불 위에 올려놓은 냄비 속의 수프가 보글보글 끓기 시작했고 동굴 안에 구수한 수프 냄새가 퍼지기 시작했다.

류미르와 세이몬은 수프가 채 되지도 않았는데 벌써부터 입맛을 다시며 자신들의 그릇과 숟가락, 그리고 빵과 버터, 약간의 마른 고기들을 꺼내 놓았다.

"빵이 없으시면 좀 나눠드릴게요."

류미르는 기분 좋게 말하며 자신의 빵덩이를 반으로 쪼개서는 그중 한 덩이를 그에게 버터와 함께 건넸다. 그리고 그 모습을 본 세이몬은 약간 아깝다는 표정을 하면서도 아무런 말 없이 마른 고기를 그에게 건넸다.

"이것도 드세요."

수프가 완전히 다 되자 나는 류미르와 세이몬에게 수프를 한 그릇 가득 퍼 주었다. 그리고 그에게는 그릇이 없었으므로 컵에다 수프를 떠 주었다.

"잘 먹을게."

"맛있겠다."

류미르와 세이몬은 언제나 그렇듯이 나에게 감사의 눈길과 행복한 표정을 지어 보이고는 숟가락을 들었다.

"많이 끓였으니까 더 먹을 사람은 자기가 알아서 떠먹어."

나도 그들에게 한마디해 준 뒤 기분 좋게 숟가락을 들었다.

그런데 그때······.

"맛있군."

처음 들어보는 낯선 목소리가 들리는 바람에 나는 놀라서 수프를 뜨려고 했던 손을 멈추고 고개를 들어 소리가 나는 쪽을 바라보았다. 거기에는 우리보다 먼저 동굴에 왔던 사람이 빙그레 웃으면서 나를 바라보고 있었다.

"하하하, 입맛에 맞으신다니 다행이네요."

나는 놀란 표정을 얼른 수습하고 웃었지만 내가 생각해도 어색하다는 것을 알 수 있었다.

그러자 그는 다시 피식 웃으며 들고 있는 음식 쪽으로 시선을 돌렸다. 하지만 그 부드러운 분위기를 틈타 류미르가 입을 열어 그는 다시 고개를 들어야 했다.

"저, 이름이 뭐예요?"

류미르는 다시 고개를 든 그와 눈이 마주치자 씨익 웃어 보이며 다급히 변명조로 말했다.

"아니, 별다른 뜻은 없구요 그냥 호칭이 없으니까 부르기가 어려워서요. 그렇다고 아저씨라고 부를 수도 없고."

그는 말을 마치고 다시 씨익 웃어 보이는 류미르를 바라보더니 낮은 목소리로 툭 던지듯 말했다.

"모저."

"아, 그럼 모저. 어디로 가시는 중이세요? 보아하니 용병 같으신데……."

이번에 물은 건 세이몬.

모저는 들고 있던 컵에 담긴 수프를 한 모금 마시고는 다시 입을 열었다.

"그레놀리 영지로 가는 중이야. 그곳에 요즘 몬스터가 많이 출몰한다고 해서 용병들을 모집하고 있거든. 영지가 구석에 있기는 하지만 내건 돈이 좀 많아서 말야. 하지만 그만큼 몬스터들이 많다는 뜻이겠지."

이번에는 제법 긴 그의 말에 나는 속으로 뜨끔했다. 왠지 그 영지에서 갑자기 몬스터들이 출몰한다는 게 나와 전혀 상관이 없다곤 생각할 수 없기 때문이었다. 그레놀리 영지 근처에 있는 텐지 골짜기에는 내 레어가 있는 데다 내 레어 근처에 있던 마을은 예전에 좀 불미스런 사건(?)으로 인하여 할아버지한테 박살이 난 후로 좀처럼 사람들이 가까이하지 않았을 것이다. 더욱이 그 산은 좀 높고 험하긴 해도 산짐승들이 아주 많이 살고 있는 곳이기도 했다. 그러니 그런 좋은 곳에 몬스터들이 그동안 안 모여들었다면 이상한 거지……

이런 내 기분에 상관없이 류미르는 싱글싱글 웃으며 말했다.

"아, 그래요? 이거 정말 대단한 우연인데요? 우리도 그레놀리 영지로 가는 중이었거든요."

그러자 모저가 피식 웃으며 말했다.

"이쪽 방향으로는 그레놀리 영지밖에 없으니 같은 방향이라는 것은 당연한 거 아닌가?"

다른 사람이 들었다면 무안함을 느낄 말이었지만 달변의 류미르가 그 정도에 주눅이 들 리 없었다.

"그럴 리가요. 그레놀리 영지에서 다른 곳으로 가던 중일 수도 있고 사냥을 하거나 약초를 캐다가 길을 잃은 것일 수도 있잖아요. 그러니 방향이 같은 사람을 만난다는 것은 대단한 우연이지요. 특히 이렇게 비 오는 날 같은 동굴에서 만났다는 것만 보더라도 말예요."

모저는 다시 피식 웃었지만 더 이상 말은 하지 않았다.

식사를 다 끝낸 우리들은 더러워진 그릇을 동굴 밖에 내놓아 비를 맞게 했다. 이렇게 비 오는 날 설거지를 하러 냇가를 찾으러 가게 할 수는 없는 노릇이었지만 그래도 설거지 비슷한 것이라도 해야 하겠기에 내가 생각해 낸 방법이었다.

비록 설거지하는 것 만큼 깨끗하지는 못할지라도 그래도 비를 맞으면 어느 정도는 깨끗해질 것이다. 그렇게 하고 나니 이제는 할 일이 없자 나는 슬슬 졸립기 시작했다.

추운 빗속을 오랜 시간 동안 헤매면서 추위와 배고픔에 시달리

다가 그 고충을 해결하고 나니 몸이 노곤해진 것이다.

세이몬이 제일 먼저 반쯤 감긴 눈을 비비며 류미르와 나를 돌아보았다. 오늘은 누가 방어막을 칠 차례인지 물어보는 것이었다. 그러나 류미르와 나는 좀 난처한 시선을 주고받았다. 모저가 함께 있으니 함부로 세이몬이나 나의 기운을 뿜어내기가 곤란했던 것이다.

그가 아무것도 모를 사람이라면 상관이 없겠지만 척 보기에도 아주 노련한 용병 같으니 잘못하다간 우리의 정체를 눈치 챌지도 모르는 일이었다. 결국 류미르가 어쩔 수 없다는 표정으로 어깨를 으쓱해 보이며 입을 열었다.

"누가 불침번 설래?"

그리고 그 뒤를 이어 내가 재빨리 입을 열었다.

"둘 중 한 명. 난 요리를 했으니 빼줘!!"

하지만 세이몬은 내 말을 못 들은 척하면서 자신의 배낭에서 침낭을 꺼내어 동굴 벽과 바닥에 깔고는 그 위에 앉아 자신의 망토를 덮었다. 그리고 눈을 척 감으며 한마디했다.

"난 잘래."

픽~

세이몬은 류미르가 던진 배낭을 머리에 얻어맞고는 번쩍 눈을 뜨고 류미르를 노려보았다.

"우쒸, 무슨 짓이야?!"

그러자 류미르는 코웃음까지 쳐가며 대답해 주었다.

"흥, 싸가지없는 놈의 머리통을 갈기는 짓이다."

"누가 싸가지가 없다는 거야?"

"여기 너 말고 또 누가 있냐?"

"왜 내가 싸가지가 없는데?"

"불침번도 정하지 않고 먼저 잘려고 하니까 그렇지."

"아힌은 안 그랬냐?"

"앤 아직 안 잤어."

둘의 싸움이 점점 심해질 것 같자 이쯤해서 나는 슬슬 그들을 말려야겠다고 생각하며 느긋하게 입을 열려고 할 때였다. 나보다도 먼저 모저가 그 둘을 말렸다.

"그만들 둬."

나지막한 저음의, 그러나 단호한 그의 목소리가 들려오자 류미르와 세이몬은 서로 노려보는 것을 잠시 중단하고 불만 어린 눈빛으로 그를 바라보았다. 그러자 모저는 그 눈빛들을 담담히 받아내면서 말을 이었다.

"내가 먼저 불침번을 서지. 그러니 그만들 싸우고 나 다음에 불침번을 설 사람을 정해."

그러자 류미르와 세이몬이 동시에 나를 돌아보았다.

"왜? 왜 날 봐?"

그러자 그 둘은 또 동시에 입을 열었다.

"누가 불침번을 설지 네가 정해."

나는 순간 무지 황당해져서 어벙벙하게 물었다.

"왜?"

그러자 류미르가 즉각 대답했다.

"넌 중립을 지키고 있었잖아. 그러니 우리 둘이 계속 티격태격하는 것보다 네가 결정하는 게 빠르지."

그러나 말은 그렇게 하면서 그는 세이몬을 다음 불침번으로 정하라는 강렬한 메시지를 보내고 있었다. 세이몬도 마찬가지여서 그는 류미르를 다음 불침번으로 세우라는 손짓을 열심히 보내오고 있었다. 나는 그 둘의 정말 한심한 모습을 쳐다보다가 한숨을 내쉬고는 결정을 내렸다.

"가위, 바위, 보로 정하자. 이기는 사람이 자기가 원하는 순서에 불침번 서기."

그러자 그 둘은 그 즉시 오른손을 등 뒤로 넘겼다.

"가위, 바위, 보!!"

내가 보, 류미르가 가위, 세이몬이 주먹이었다.

"다시, 감, 밤, 보!!"

내가 주먹, 류미르와 세이몬이 가위였다.

"내가 이겼지? 그럼 나는 맨 마지막에 하련다. 너희 둘이 한번 더 해."

"장, 깽이, 셧!!"

류미르가 가위, 세이몬이 주먹이었다.

"난 두 번째 할래."

세이몬은 입이 저절로 벌어지면서도 전혀 안 좋아하는 척 가증스러운 짓을 하면서 얼른 흘러내린 자신의 망토를 뒤집어쓰고는 눈을 감았다.

"쳇."

그리고 류미르도 못마땅한 표정을 지으면서 자신의 침낭을 꺼내 동굴 바닥과 벽에 깔고는 잠잘 자세를 취했다. 그러면서도 모저와 나에게 밤 인사하는 것을 잊지 않았다.

"그럼 부탁할게요. 아힌도 잘자."

나도 모저에게 밤 인사를 하고는 침낭 위에 주저앉아 눈을 감았다.

"먼저 자겠습니다."

그날 밤, 나는 잠결에 부드러운 기타 소리와 함께 들려오는 낮고 굵은 목소리로 조용히 부르는 모저의 노래를 들으며 살며시 잠에서 깨어났다. 약간 실눈을 뜨고 몰래 모저를 훔쳐보니 어디서 나타났는지 모를 아주 오래되어 보이는 낡은 기타를 뜯으면서 모저가 노래를 부르고 있었다.

'헤, 꽤 잘 부르네… 의외인걸?'

슬쩍 옆을 보니 류미르도 꿈틀대지 않은 채 가만히 있는 걸 보니 자는 척하면서 그의 노래 소리를 듣고 있는 것 같았다.

이별이 고통스러운지 몰랐습니다.
추억이 저를 혼란케 했으며
그대의 흔적이 저를 뒤흔들었습니다.
처음엔 이별이란 단어가
아름다운 헤어짐이란 말을 믿었어요.
하지만 이별이란 단어는
가슴을 짓뭉게는 헤어짐이더군요.
　　　　　　　　　　　　　　—이주행

다음날 아침, 마지막으로 불침번을 섰던 나는 날이 밝아오자마자 동굴을 나서 말들 주위에 쳐놨던 결계를 풀고 그들을 잠들게 했던 마법을 풀어 그들이 일어나서 풀을 뜯게 했다.

그리고는 운디네를 불러내어 그릇을 씻게 하고 그 그릇에 물을 받았다. 어차피 어제 비가 많이 왔으므로 냇가를 찾아봤자 흙탕물이 흐를 게 뻔했기에 그렇게 했던 것이다.

동료들이 일어나기 전에 미리미리 세수를 한 나는 이번에는 카사를 불러내어 동굴 앞 작은 공터 바닥에 깔린 흙을 말리게 했다. 이 앞에 모닥불을 피워 제대로 된 요리를 할 생각이었다.

근처에 가서 나뭇가지를 모아 오는데, 벌써 일어났는지 모저가 동굴 밖으로 나와서 기지개를 켜고 있었다. 그가 동굴 밖으로 나와 있으니 그의 키를 한눈에 알 수 있었다. 나보다 머리 하나는 더 큰 것 같은 걸 보면 한 190cm는 되는 것 같았다.

"아, 벌써 일어났어요? 일찍 일어났네요. 오늘 날씨가 참 좋지요?"

나는 그가 말수가 적은 것을 알고 있었기에 대답을 기대하지도 않고 가지고 온 젖은 나뭇가지들을 땅바닥에 내려놓았다.

"어떻게 하려고 그러지? 젖어서 불이 잘 안 붙을 텐데."

고개를 들어보니 모저가 의아한 얼굴로 나를 보고 있었다. 나는 그에게 싱긋 웃어 보인 뒤에 카사를 불러내었다.

"이 녀석에게 나뭇가지를 말리게 하려구요. 능력이 좋아서 금방 말릴 수 있거든요."

난 카사에게 부탁을 하고는 모닥불을 만들 곳에다 큰 돌들을 옮겨놓아 프라이팬과 냄비를 올려놓을 수 있는 디딤돌을 만들었다. 그리고는 다시 동굴 안으로 들어가 식량이 들어 있는 자루를 들고 나오면서 동시에 세이몬과 류미르를 깨웠다.

"일어나, 아침이야."

밤새도록 쭈그리고 자서 그런지 그들은 얼굴을 잔뜩 찡그린 채로 동굴 밖으로 나와서 가볍게 몸을 움직여 뭉쳐진 근육들을 풀었다.

"에구구, 이렇게 자는 것도 쉽진 않구나."

"다음부턴 좀 넓은 동굴을 찾아내라구."

아침을 먹고 난 뒤 우리는 자연스럽게 모저와 일행이 되어 영지로 향했다. 모저도 우리와 있는 것이 그다지 싫지는 않은 듯 같이 가자는 류미르의 제안에 별다른 말 없이 응했던 것이다.

그 뒤 우리는 사흘을 더 밖에서 노숙을 한 뒤에야 그레놀리 영지에 도착할 수 있었다. 그러나 그 뒤로 며칠 동안 같이 동행하면서 다시는 모저의 노래를 들을 수가 없었다.

첨에 그와 말을 달리면서 나는 제일 먼저 노래를 참 잘한다고 말해 주고 싶었다. 하지만 모저의 무뚝뚝하고 입을 꼭 다물고 있는 태도와 분위기상 왠지 그 말을 하면 안 될 것 같은 느낌이 팍팍 와닿았기 때문에 할 수가 없었다. 아마 류미르도 마찬가지였던 것 같다.

내가 그런 말을 안 하면 류미르가 나서서 말하곤 했었는데…….

그렇게 우리는 그레놀리 영지에 도착할 수 있었다. 하지만 그곳에 도착한 우리들은 의아함을 감출 수가 없었다. 그 영지가 산이 많고 평지가 적은 곳인 줄은 알았지만 공작이 가진 영지였기에 뭔가 좀 뭐랄까 부유하거나 아니면 잘 발달된 큰 도시를 가진 곳이라고 예측했었던 것이다.

하지만 웬걸.

그곳은 마을의 집이 채 100여 호나 될까? 자그마한 마을 겸 도시를 달랑 하나를 가진 영지였던 것이다. 이건 마치 변두리 시골의 자그마한 영지를 보는 듯한 착각이 들 정도였다.

물론 그런 곳에 있는 넓은 들판은 보이지 않았지만.

의아함을 느끼긴 했지만 모저가 아무런 말도 없이 묵묵히 그곳의 성문으로 다가가자 우리는 당황스런 마음을 누르고는 그의 뒤를 쫓아갔다.

성문을 지나 마을의 유일한 여관인 것 같은 낡고 오래된 2층 여관을 찾아 들어갔다.

낮이라서 그런지 식당으로 보이는 홀에는 몇몇의 험상궂게 생긴 사람들, 얼굴에 딱 '나는 날깡패요'라고 써져 있는 것 같은 사람들이 식사를 하고 있었다. 그들은 우리가 들어가자마자 흘끗 돌아보았지만 모저의 차가운 눈길을 한번 받더니 다시 고개를 돌려 자신들의 일에 열중했다.

"어서 오세요."

안쪽 주방으로 연결된 듯한 문에서 통통하고 인상 좋게 생긴 전형적인 인심 좋은 시골 아주머니의 모습을 한 여인이 걸어나오며 활기차게 인사를 했다.

"방 있지요?"

으레 그렇듯 이번에도 류미르가 나섰다.

"당연히 있지요. 묵으시게요?"

류미르는 그 중년 여인에게 고개를 끄덕여 보이고는 모저를 돌아보았다.

"혼자 쓰실 거죠?"

모저가 그렇다는 듯 고개를 까딱해 보이자 류미르는 다시 중년 여인을 돌아보며 말했다.

"혹시 3인실 있어요?"

그러자 여인이 난처한 웃음을 흘리며 미안한 듯 말했다.

"이걸 어쩌나? 큰 방이라고 해봐야 2인실인데."

그리고는 우리가 나갈 거라고 생각했는지 얼른 덧붙였다.

"이 근처에서는 여관이 우리 집밖에 없는데."

류미르가 어떻게 하냐는 얼굴로 나를 돌아보았다.

"류미르하고 세이몬이 한 방을 쓰는 게……."

그러나 내가 말을 끝맺기도 전에 류미르와 세이몬이 동시에 말했다.

"싫어."

나는 한숨을 한번 내쉬고는 다시 말했다.

"그럼 세이몬과 내가 한 방을 쓸까?"

그러자 류미르는 좋다는 얼굴을 했지만 세이몬의 얼굴은 풀리지 않았다.

"왜 난 독방을 주지 않는 거야?"

그가 부루퉁한 얼굴로 투덜거리자 류미르가 널름 대꾸했다.

"넌 혼자 두면 안심이 안 되거든."

"내가 왜?"

세이몬이 발끈 화를 내면서 류미르에게 달려들 자세를 취하자 나는 얼른 둘 사이에 끼어들었다.

"됐어. 알았으니까 둘 다 그만 하고 여기 1인실 네 개로 주세요."

나는 재빨리 아주머니를 보면서 말했고, 그러자 아주머니는 싱긋 웃으며 카운터로 가서 장부를 꺼내어 펴 들었다.

"1인실은 하룻밤에 10셀씩이에요. 요금 지불은 후불이니까 나갈 때 계산해 주시고요. 여기 이름 좀 써주겠어요?"

그러자 류미르가 얼른 나서서 그녀에게서 펜을 받아 들었다. 모저는 그런 류미르의 행동을 가만히 볼 뿐 별다른 제지를 하지 않았고, 또 자신의 이름을 따로 적으려 하지도 않아서 류미르의 이름으로 방 네 개를 적었다. 여인은 류미르가 다 적고 펜을 돌려주자 안쪽을 향해서 소리 높여 누군가를 불렀다.

"바스~ 바스, 거기 있니?"

그러자 곧 어떤 소년이 대답하며 뛰어나왔다.

"저 여기 있어요, 엄마."

16, 7세쯤 되어 보이는 얼굴 가득히 주근깨가 있는 소년이 초롱초롱한 파란 눈으로 우리를 호기심 어린 눈으로 바라보다 자신의 머리가 어떤 형태인지 깨달았는지 얼른 까치집같이 헝클어진 갈색 머리를 손으로 쓱쓱 빗어 넘기며 다가왔다.

"무슨 일이에요?"

중년 여인은 그런 자신의 아들을 사랑스럽다는 듯 바라보며 입을 열었다.

"이 손님들께 방을 안내해 드리렴. 1호실부터 4호실까지다."

그리고는 카운터에서 열쇠를 꺼내서는 자신의 아들에게 건넸다. 소년은 그 열쇠를 얼른 받아 들고는 우리에게 쾌활하게 말했다.

"저를 따라오세요."

그는 우리를 위층으로 연결되는 계단으로 안내하면서 계속 입을 놀렸다.

"여러분은 대단히 운이 좋으신 거예요. 요즘 영주님께서 용병들을 모으시는 바람에 방이 거의 찼거든요. 다행히도 며칠 전부턴 용병들이 여관에 묵지 않고 대부분이 성으로 가는 바람에 방이 비게 되었지요. 정말 운이 좋았다니까요. 아, 그런데 여러분도 용병이신가요? 지금까지 여기를 찾아온 용병들과는 좀 달라 보이는데요."

그의 끝이 없을 것만 같은 말에 모저는 질렸다는 표정을 지어 보이고는 2층에 올라오자마자 그 소년에게 손을 내밀며 말했다.

"제일 구석진 방으로."

그러자 그 소년이 의아하다는 표정으로 그를 바라보면서 말했다.

"여기 있는 방은 다 전망이 좋은데요? 아무 방에 들어가더라도 창밖으로 보이는 경치는 다 멋있거든요. 그리고 손님들께 배정된 방 중에는 구석방이 없구요."

그러자 모저는 재빨리 입을 열었다.

"그럼 아무거나."

그 소년은 싱긋 웃으며 네 개의 열쇠를 들어 보이며 다시 입을 열었다.

"어느 걸로 고르실래요?"

모저는 오른쪽 맨 끝에 있는 열쇠를 거의 잡아채다시피 가져가고는 스스로 열쇠 끝에 매달려 있는 번호표를 보고는 자신의 방을 찾아 들어갔다. 그 소년이 모저의 뒤를 따라 그의 방으로 들어가려고 하자 류미르는 재빨리 그런 그를 만류했다.

"저기, 우리 방 좀 안내해 줄래?"

소년은 다시 우리를 바라보더니 그 특유의 쾌활함으로 말했다.

"기꺼이. 너희들도 하나씩 열쇠를 골라. 그럼 내가 안내해 줄게."

우리는 그가 더 말하기 전에 얼른 열쇠를 가져갔다. 세이몬이 1호실, 류미르가 2호실, 내가 3호실 열쇠였다.

"그런데 말야, 너희들도 용병이니? 나이가 나랑 비슷해 보이는데 용병이라니 믿어지지 않아. 하지만 설마 이런 구석진 곳에 다른 일로 왔다는 것도 믿어지지 않는 일이지. 여기에 몬스터들이

왕창 생겨서 영주님께서 용병들을 모으기 전에는 이곳에 오는 사람들이라곤 영주님께 일이 있는 사람이나 장사꾼들이 대부분이었는데 말야."

우리는 방에도 못 들어가고 계속 복도에 선 채로 그 소년이 신나게 말하는 것을 계속 듣고 있어야만 했다. 너무 즐겁게 이야기하고 있어서 차마 그의 말을 끊을 수 없어 난처해하고 있을 때 아래층에서 우리를 구원하는 목소리가 들려왔다.

"바스, 바스?"

"아, 엄마가 부르신다. 난 가봐야겠어. 필요한 것이 있으면 날 불러."

그는 다급히 우리에게 말한 뒤 얼른 계단을 뛰어 내려갔다. 그리고 그가 사라지고 나자 우리는 안도의 한숨을 내쉴 수 있었다.

"에휴, 언제까지 들어야 하는지 은근히 걱정되었어."

세이몬이 너무 다행이란 표정이 확연히 드러나는 얼굴로 우리를 바라보며 말하자 나는 피식 웃었다.

"그래도 그 아이에게 얻을 정보가 꽤 있을 것 같아. 이곳에서 살아온 데다 여관에 있고 말하길 좋아하니 이보다 더 좋은 정보 제공자가 어디 있어?"

그러자 류미르가 손을 휘휘 내저으며 피곤하다는 얼굴로 말했다.

"몰라, 몰라. 정보도 좋지만 난 지금 무지 피곤하다고. 나 먼저 들어가서 자련다. 밥 먹으러 내려갈 때 깨워줘."

류미르가 먼저 자신의 방문을 열고 들어가자 세이몬과 나도 각각 방문을 열고 들어갔다.

두어 시간 동안 단잠을 잔 나는 날이 어두워졌을 때에야 일어나 류미르와 세이몬, 그리고 모저를 깨워 저녁을 먹기 위해 식당으로 내려갔다. 우리가 좀 늦었는지 거의 다 식사를 한 몇몇 테이블을 제외한 대부분의 테이블에는 하루 일과를 끝내고 시원한 맥주 한잔을 즐기기 위하여 모여든 사람들이 앉아 있었다.

몇몇의 사람들은 벌써 많이 마셨는지 벌게진 얼굴로 떠들썩하게 이야기를 하고 있었다.

우리들이 계단을 다 내려오자 막 음식을 날라다 주고 빈 쟁반을 들고 주방으로 가려던 중년 여인이 우리를 발견하고는 환하게 웃음 지었다.

"일어났구려? 지금까지 아무것도 안 먹고 잠만 잤으니 배가 무척 고프겠네. 어서 저쪽으로 앉아요. 내 푸짐하게 가져다 줄 테니."

그녀는 구석진 자리에 놓여 있는 빈 테이블을 가리키더니 주문도 듣지 않은 채로 음식을 가져다 주겠다는 말만을 남기고 재빠른 걸음걸이로 안쪽으로 들어가 버렸다. 그녀의 행동에 우리는 얼떨떨함과 동시에 왠지 모를 푸근함을 느끼며 그녀가 가르쳐 준 테이블에 앉았다.

얼마 기다리지 않아 중년 여인은 커다란 쟁반 가득히 빵과 수프, 그리고 고기 완자 등을 듬뿍 가져와서는 내려놓았다.

"자, 먹어요. 이곳은 메뉴가 한 가지밖에 없어서 일부러 주문은 안 받은 거니 이상하게 생각하지 말고. 아, 이걸로 모자르면 날 불러요."

그녀는 사람 좋은 웃음을 가득 머금고는 식탁 위에다 접시를 하나하나 내려놓았다.

그런데 그녀는 식탁 위에 가져온 접시를 모두 내려놓고는 식탁 곁을 떠나려고 하지 않고 우리를 동정 어린 눈으로 바라보는 것이었다. 순간 당황한 우리가 그녀를 마주 보자 그녀가 입을 열었다.

"쯧쯧, 어쩌다가 이런 곳까지 왔담. 이곳 사람들이야 몬스터들이 자주 쳐들어오니 용병들이 많이 와주면 좋겠지만 아직 내 아들 또래처럼 보이는데 이런 외진 곳으로 오다니… 그나마 돈이나 많이 주면 몰라, 돈도 별로 주지도 않는다는데… 그동안 얼마나 고생했으면… 자자, 내가 다른 건 몰라도 음식만은 싸게 많이 줄 테니 많이많이 들어요. 속이 든든해야지 내일부터 몬스터들과 잘 싸울 거 아녜요?"

졸지에 가여운 어린 용병들이 되어버린 우리는 아무런 말도 하지 않은 채 고개만 끄덕일 수밖에 없었다. 그녀가 다시 주방으로 가버리자 우리는 모저에게로 시선을 돌렸다.

"돈을 많이 준다면서요?"

류미르의 의아함이 담긴 시선에 모저는 단지 어깨만 으쓱해 보였을 뿐이었다.

"내 기준으로는. 어차피 너희들과 상관없는 일 아닌가? 설마 너희들이 용병 일로 이곳까지 왔을 리는 없을 텐데?"

그의 말이 끝나자마자 나는 류미르나 세이몬이 다른 말을 꺼내기 전에 재빨리 입을 열었다.

"아뇨. 당신을 만난 뒤에 갑자기 흥미가 생겨서요. 우리도 그 일에 참여해 보려구요."

류미르와 세이몬의 얼굴에 황당함이 어리며 그들의 눈이 이의가 있다는 듯 커졌다.

모저도 순간 한심하다는 듯이 나를 바라보며 뭐라고 입을 열려고 하였다. 그러나 그가 채 말하기도 전에 누군가가 걸쭉한 음성으로 나를 비꼬았다.

"헹, 여기가 어린애 놀이턴 줄 아나?"

소리가 난 쪽으로 고개를 돌려보니 아까 낮에 이 여관에 왔을 때 한 개의 테이블을 차지하고 앉아 식사를 하고 있다가 우리와 눈이 마주친 날깡패처럼 생긴 용병들이었다.

그들 중 한 명이 입을 열자 다른 한 명이 킥킥거리며 말을 받았다.

"놔둬, 내일 하루만 지나면 당장에 짐을 싸서 튈 텐데 뭘."

그는 길쭉한 얼굴을 하고 있는 빼빼 마른 사내였다. 나이는 한 30대 후반이나 40대 초반으로 보였는데 매우 얍삽하게 생긴 사내였다. 그러자 처음에 입을 연 우락부락하고 불그스름한 피부를 가진 얼굴에 흉터가 많은 사내가 다시 말을 받았다.

"뭐, 원한다면 지금 당장이라도 튀게 해줄 수 있는데 말야."

그의 비웃는 소리를 제대로 알아들었는지 세이몬이 화가 난 얼굴로 벌떡 일어서자 류미르가 재빨리 그의 옷자락을 붙들며 만류했다. 그러나 그때 다시 빼빼 마른 사내가 노골적으로 비웃음을 날렸다.

"호오, 일어섰네? 꼬마 주제에 제법 자존심이 있나 보지? 하지만 자존심만으로는 이 세계에서 살아남기 힘들지."

세이몬의 눈썹이 다시 꿈틀거렸지만 류미르가 계속 옷가지를 잡고 있는 데다 나도 그의 손을 잡고 앉으라는 뜻으로 밑으로 잡아당겼으므로 그는 어쩔 수 없다는 표정으로 다시 자리에 앉았다. 그들은 정말 세이몬의 한 주먹감도 안 될 테지만 지금 여기서 우리의 힘을 보여주었다간 주목받을 게 뻔했고, 그러면 우리의 일에 차질이 생기기 쉽기 때문이었다.

저놈들은 나중에 잘근잘근 밟아주어도 될 터였다.

그런데 그때 그 근처에서 서빙을 하고 있던 바스가 슬그머니 다가와 우리에게 속삭였다.

"저 사람들은 형편없는 작자들이니까 아예 상대도 하지 마. 용병으로 왔으면서도 용병 진지에 들어가지도 않고 매일 여기서 자고 있는 데다가 거의 싸우러 가지도 않거든. 그러면서 여긴 뭐 하러 왔는지."

그의 마지막 말이 조금 컸던 탓인지 그의 말을 들은 붉은 피부의 사내가 움찔했다.

그리고는 사나운 눈으로 바스를 노려보며 살벌하게 말했다.

"이 꼬마 놈이… 모르면 가만히 있어. 우리가 그런 하찮은 일로 이런 촌구석까지 온 줄 알아?"

그러자 그동안 아무 말도 없이 잠자코 있던 뚱뚱하고 윗머리가 대머리인 40대 초반의 남자가 험상궂은 눈초리로 붉은 피부의 사내를 쏘아보았다.

"닥쳐! 함부로 입을 놀리지 마."

그러자 붉은 피부의 사내가 움찔하더니 기가 죽은 표정으로 대답했다.

"잘못했습니다, 형님."

그리고 그들은 다시 묵묵히 하던 식사를 계속했다. 그들의 그런 수상한 말과 행동으로 인하여 나는 그들에 대한 의심이 스멀스멀 피어 오르는 것을 느꼈다. 하지만 우리의 일도 있는 데다가 괜히 처음 보는 그들에게까지 신경 쓸 필요가 없다고 생각한 나는 그 의심을 저편으로 밀어두었다.

저녁을 다 먹은 뒤 2층으로 올라가자 모저가 자신의 방으로 가려다 말고 잠깐 멈칫하더니 우리를 돌아보았다.

"내일 아침에 성으로 찾아갈 거다. 너희도 몬스터 방어 용병 부대에 끼려면 같이 가도 좋아."

나는 기꺼이 가겠다고 대답했다. 그러자 모저는 고개를 끄덕이는 것으로 알았다는 것과 잘 자라는 인사를 동시에 한 후 자신의 방으로 들어가 버렸다. 그가 그의 방으로 들어가자마자 류미르와 세이몬은 나를 데리고 내 방으로 들어왔다.

"뭘 하려고 그래? 뜬금없이 갑자기 방어 부대에 끼겠다니……."

류미르가 치켜뜬 눈으로 나를 노려보며 사납게 물었다.

"맞아. 그것도 우리랑 사전에 의논도 없이."

세이몬도 류미르의 말에 맞장구를 치면서 같이 노려보았다.

"야, 너무 그렇게 노려보지 마라. 내 얼굴에 구멍 나겠다."

내가 분위기를 좀 풀게 하려고 웃으면서 농담을 던졌지만 그들의 눈초리는 변함이 없었다.

"아, 알았어. 설명해 줄 테니까 너무 그러지 마. 미리 이야기 안한 건 미안하게 생각해. 하지만 너희들도 알다시피 내가 말할 시간도 없었잖아. 원래 저녁을 먹고 이야기를 하려고 했는데 하필 식사 중에 이야기가 나와서 내 맘대로 말한 거야."

"왜 우리가 그 부대에 참가해야 한다고 생각한 건데?"

류미르가 약간 누그러진 어조로 말하자 그제야 살벌했던 분위기가 조금은 풀린 것 같은 느낌이 들었다.

"그건 말야, 생각해 보니까 우리가 성으로 들어갈 방법이 없더라고. 그런데 아까 낮에 그 바스라는 아이가 말한 것 생각 나? 그애가 용병들은 다 성으로 갔다고 했잖아."

"오라, 그러니까 우리가 실력을 보여줘서 성으로 들어가자, 이

거야?"

세이몬이 금방 이해했다는 듯 물어오자 나는 기분이 좋아져서 고개를 끄덕끄덕해 보였다.

"맞았어. 어차피 우리의 실력을 전부 보여줄 필요도 없어. 성에 들어갈 만큼만 보여주면 돼."

"그래서 자연스럽게 성으로 들어간다면 공작 부부가 어떤 사람들인지 쉽게 알 수 있을 거고, 일도 훨씬 쉽게 할 수 있겠다, 이거지?"

류미가 내 뒤를 이어 부연 설명까지 덧붙이자 입 아프게 끝까지 설명할 필요가 없게 된 나는 기분 좋게 웃으며 고개를 끄덕였다.

"응, 바로 그거야."

"뭐, 그렇다면 사전에 동의없이 맘대로 결정한 것 용서해 줄게. 일부러 그런 게 아니었다니까."

세이몬은 정말 자신이 넓은 마음으로 용서를 해준다는 표정을 지으며 말했기에 나는 슬며시 웃음이 나왔지만 웃지 않고 너무나 고맙다는 표정을 지으며 말했다.

"고마워, 세이몬. 역시 넌 마음이 넓구나."

"이 정도야 뭘."

세이몬이 정말 쑥스러운 듯 머리를 긁적이자 류미르와 나는 그에게 들키지 않게 소리를 죽여 웃었다.

다음날 아침, 모저는 아침 식사를 끝내자마자 곧장 성으로 향했다. 마을이 워낙 작은 탓인지 길은 복잡하지 않아 마을을 가로지르는 큰길을 따라가기만 하니까 성의 입구까지 다다를 수 있었다.

입구 앞을 지키고 있던 긴 창을 들고 있던 병사 둘은 우리들이 다가가자 거의 기계적으로 창으로 입구를 막아섰다. 하지만 그들 얼굴 표정에는 살기가 아니라 호기심이 감돌고 있어서 덕분에 우리는 기분 좋게 그들에게 웃어주면서 순순히 그들 앞에서 걸음을 멈췄다.

"무슨 일이오?"

병사 중 한 명이 호기심이 가득한 목소리로 물어오자 모저가 우리들 중 제일 먼저 입을 열었다.

"이곳에서 몬스터 방어를 위한 용병을 모집한다고 하기에 찾아왔소."

그러자 다른 병사가 의아한 듯이 물어왔다.

"당신이 용병이라는 것은 알겠는데, 당신 뒤에 있는 그 아이들은 뭐요?"

모저는 병사가 손으로 가리킨 우리를 고개를 돌려 한번 쓰윽 보더니 어깨를 으쓱해 보이며 말했다.

"이곳으로 오는 도중에 만난 아이들인데, 자기들도 용병대에 참여하기 위해 왔다더군."

모저의 그 말에는 같잖다는 듯한 느낌이 포함되어 있어서 나는 병사들도 그와 같은 표정을 지을 것이라고 생각했다. 그러나 의외로 그 병사들은 두 눈 가득히 동정의 빛을 담고는 우리를 쳐다보며 혀를 끌끌 찼다.

"쯧쯧쯧, 가여워라… 얼마나 먹고 살기 힘들었으면……."

"이런 외지까지… 아직 어린것들이……."

우리는 성에 들어가는 대신 성안에서 나온 다른 병사에게 인도되어 우리가 이 마을로 들어온 쪽의 반대쪽 외성 문으로 안내되

어 갔다. 성으로 들어가는 줄 알고 있다가 다른 곳으로 안내되어
가자 의아하게 생각했지만 그냥 잠자코 따라갔다.

그곳에는 그렇지 않아도 없는 집들이 아예 없었고 대신 작은
밭들이 옹기종기 모여 있었다. 그리고 성벽 근처에는 커다란 막사
가 여러 개 지어져 있었고 용병들로 보이는 사람들이 여기저기
돌아다니고 있었다. 그리고 그들과는 좀 떨어진 곳엔 용병 막사보
다는 수가 적은 여러 개의 막사들이 있었는데, 그곳에는 아까 성
문을 지키고 있는 병사나 우리를 안내해 온 병사와 같은 옷을 입
고 있는 병사들이 보였다.

우리는 용병들이 보이는 막사 쪽으로 인도되어 갔고, 그 막사들
가운데 있는 제일 작아 보이는 막사로 들어갔다. 그 안에는 작고
엉성해 보이는 침대 하나가 구석진 자리를 차지하고 있었고 중앙
에는 커다란 탁자가 하나 놓여 있었다. 그리고 탁자 위에는 이 성
과 산맥을 그려놓은 커다란 지도가 놓여져 있었고 엄지손가락 크
기만한 빨간 깃발들과 파란 깃발들이 나란히 세워져 있었다. 그리
고 탁자 옆에 의자가 없어서 서 있는 것처럼 보이는 두 명의 우락
부락한 용병들이 막사 안으로 들어서는 우리를 의아한 눈으로 보
고 있었다.

"무슨 일이야?"

그들 중 키가 더 크고 햇볕에 그을린 검은 피부를 가진 40대 초
반으로 보이는 남자가 굵직한 목소리로 물어왔다.

"아, 새로 온 용병이 있어서 데리고 왔습니다."

우리를 인도해 온 병사가 손으로 우리를 가리키자 막사 안에
있던 두 용병의 시선이 우리에게로 쏠렸다.

"그럼 전 이만."

병사는 그들의 시선이 우리에게로 쏠리자 자신의 일은 다했다는 듯한 표정으로 고개만 까딱해 보이는 걸로 인사를 대신하고 나가 버렸다. 병사가 나가 버리자 그 둘은 아예 우리 쪽으로 한 걸음 다가와서는 노골적으로 아래위로 훑어보기 시작했다. 그러더니 잠시 후에 병사에게 질문을 하던 그 용병이 모저를 향해 손을 내밀어 악수를 청하며 입을 열었다.

"난 이 용병대 대장을 맡고 있는 크러스티일세."

모저는 자신을 대장이라고 소개한 크러스티의 손을 마주 잡으면서 말했다.

"모저입니다."

"이쪽은 부대장인 박스터지."

크러스티가 자신의 옆에 있는 30대로 보이는 엄청 부스스한 짧은 검은 머리를 가진 사내를 손으로 가리키며 말하자 그는 자신의 손을 모저를 향해 내밀었다.

"어서 오게."

"잘 부탁합니다."

그렇게 자신들끼리 인사를 나누자 크러스티는 막사 바깥쪽으로 나가더니 큰 소리로 누군가를 불러댔다.

"이봐, 존 어딨나? 가서 존보고 이리로 좀 오라고 해."

그러더니 다시 막사 안으로 들어와서는 그제야 우리를 돌아봤다. 그러나 그의 눈은 모저를 볼 때와는 달리 무척 차가웠다.

"이곳은 놀이터가 아니니 그만 집으로 돌아가라."

그러더니 그 상태로 몸을 돌려 탁자 쪽으로 다가가는 것이었다. 황당해진 우리는 잠시 멍하니 그곳에 그냥 서 있었다. 그러나 그 것도 잠시, 화가 난 류미르가 뭔가 한마디하려고 입을 열려는 찰나, 부대장인 박스터가 우리의 어깨를 톡톡 쳐서 자신을 보게 하더니 입을 열었다.

"자, 나를 따라오너라. 마을로 데려다 주마."

그러자 그때 우리를 향해 등을 보이고 있던 크러스티가 말했다.

"돈 좀 쥐어서 보내줘, 집에 갈 때 여비에 보태라고."

'우리가 그렇게 가난해 보이나?'

하긴 그럴 만도 했다. 이곳에 오면서 우리는 돈 있는 티를 내지 말자고 이야기가 된 상태였기 때문에 우리가 가지고 있던 옷들 중 가장 오래되고 낡은 여행복을 입고 있었던 것이다. 나도 아무리 마법의 망토와 부츠를 신고 있었다고 해도 평소 보기에 약간 오래되고 낡아 보이는 데다 오랜 여행 동안 한 번도 빨지 않아서 때가 꼬질꼬질하게 껴 있었던 것이다.

류미르와 세이몬도 사정은 같았다. 단지 그들은 나처럼 마법의 망토나 부츠 같은 것이 없었기에 겉보기만 그럴 뿐이 아니라 정말로 그렇다는 것이 달랐을 뿐이다.

그런데 그건 둘째치고 우리가 지금 쫓겨 나가는 이유가 어리다는 것 때문에 그런 것 같은데, 이렇게 쫓겨갈 수는 없는 일이었다.

"이것 봐요."

나는 우리를 향해 등을 돌리고 있는 크러스티를 향해 소리쳐서 그를 불렀다. 그러자 그가 천천히 몸을 돌려 날카로운 눈빛으로 나를 바라보았다.

"뭐지?"

"왜 모저는 그냥 받아들이면서 우리보고는 가라고 하는 거죠?"

그러자 그는 코웃음을 치면서 대답할 가치조차 없다는 듯 다시 몸을 돌렸다.

"우쒸~"

내가 그런 그의 태도에 화가 나서 다시 뭐라고 말하려고 할 때 박스터가 나의 어깨를 잡았다. 내가 그를 돌아다보자 그는 부드러운 눈으로 나를 바라보면서 입을 열었다.

"여긴 목숨을 걸어야 할 만큼 위험한 곳이지. 너희들은 이런 곳에서 죽기에는 아직 너무 어리지 않니?"

그러자 옆에 있던 류미르가 입을 열었다.

"왜 위험하다고 하는 거죠? 몬스터 토벌대가 아니라 그냥 방어대잖아요?"

"흥, 그건 실력이 방어가 고작이기 때문에 토벌대가 아닌 거야. 그렇다고 사람들이 다 무사한 줄 알아? 여긴 하루에도 몇십 명씩 다치거나 죽는 곳이라고."

평생 우리에게는 입도 뻥끗 안 할 것 같이 굴던 크러스티의 입에서 나온 말이라 우린 잠시 동안 정말 그가 대답한 것인지 어리둥절했다. 하지만 그 뒤를 이어 박스터까지 입을 열었기에 크러스티가 우리에게 말했다는 것을 다시 확인할 수 있었다.

"대장 말이 맞아. 그러니 너희들은 그냥 돌아가도록 해라. 여비는 넉넉하게 줄 테니까."

그러나 그때 갑자기 요란하게 종을 울려대는 소리와 함께 막사 바깥쪽이 무척 소란스러워졌다. 그리고 그 종소리를 들은 크러스티와 박스터는 우리를 제쳐 두고는 급하게 막사 밖으로 뛰쳐나갔다. 무슨 일이 생겼다는 것을 쉽게 눈치 챈 우리도 그냥 있지 않고 슬쩍 그들의 뒤를 따라 나갔다.

밖으로 나가자 용병들이 모두 저마다의 무기를 급하게 챙겨 들고 굳건하게 서 있는 성벽 위로 올라가는 것이었다. 그리고 고개를 돌려 크러스티와 박스터를 찾아보니 그들은 성벽에서도 위로 솟아오른 망루에 올라가고 있었다. 모저가 그들의 뒤를 따라 재빨리 발걸음을 재촉하고 있었기에 우리도 슬쩍 그의 뒤를 따랐다. 그곳에 있는 용병들은 모두 정신이 없는 상태라 아무도 우리가 망루로 올라가는 것을 막지 않았다. 덕분에 우리는 무사히 망루로 올라갈 수 있었다. 우리가 망루에 올라갔을 때쯤 세 명의 기사들이 그쪽으로 급하게 뛰어왔다. 그들은 모두가 30대 중반이나 후반으로 보이는 사람들이었고, 그들 중 가장 값비싸 보이는 갑옷을 입고 있는 사람이 가장 늙어 보였다.

그들이 뛰어오자 그들을 보는 사람들이 저마다 그 급한 상황에서도 고개를 까딱여 인사하는 것으로 보아 아마 이 성에 있는 기사들 중 가장 높은 사람들인 것 같았다.

그 기사들 중 가장 나이가 많아 보이고 멋진 은빛 콧수염을 기른 근엄한 기사가 크러스티를 보자마자 다급하게 물었다.

"이번엔 얼마나 왔소?"

그러자 크러스티가 성 바깥쪽이자 내 레어가 있는 골짜기 쪽으로 이어진 곳을 손으로 가리키며 말을 이었다.

"이번에는 좀 수가 많습니다. 평소처럼 오크와 고블린이 섞여 있는데 그 수가 평소보다 2, 30이 더 많은 데다 가고일까지 섞여 있습니다. 간간이 놀까지 보이는군요."

은빛 수염을 기른 기사는 침중한 눈으로 크러스티가 가리킨 산으로 이어지는 언덕들을 바라보며 낮은 신음을 흘렸다.

"으음……."

"아니, 너희들!!"

박스터가 뒤쪽에 서 있는 우리를 발견하고 소리친 것이었다. 그의 소리와 함께 모든 시선이 우리에게로 쏠리자 우리는 씨익 웃어주었다. 크러스티가 슬쩍 고개를 돌리다가 우리와 눈이 마주치자 정말 우리를 죽일 것 같은 눈빛을 살벌하게 뿌리면서 씹어 내뱉듯이 말했다.

"이 녀석들, 제기랄! 지금은 여기서 꼼짝 말고 있어라. 나중에 내가 볼기를 쳐줄 테다."

이곳에 있는 것을 허락받은 우리는 이제는 아주 당당하게 성벽 끝으로 가서 밖을 내다보았다. 지금까지는 사람들 뒤쪽에 있느라고 그들이 말하는 상황을 보지 못하고 있었던 것이다.

"와우~"

감탄을 터뜨린 것은 류미르였다. 세이몬도 성 밖에 포진해 있는 많은 숫자들을 보고 꽤나 놀란 눈치였다. 하긴 그동안 우리가 여행을 하면서 몬스터들을 만나기는 했지만 한꺼번에 이렇게 많은 숫자들과 대면해 보기는 처음이었던 것이다. 나도 예전에 엄마와 할아버지와 함께 여행할 때 레드 드래곤이 있다고 소문난 숲에서 떼거지로 만난 몬스터들을 제외하고는 이렇게 많은 수의 몬스터들을 보는 것은 처음이었다. 이번에는 그때보다도 더 많은 수인 것 같았다. 그러나 그때에는 마법사가 그 많은 몬스터들을 지휘하고 있어서 그들의 종류도 다양했거니와 그들의 능력에 따라 체계적으로 공격을 했었다. 그런데 이번에는 그런 지휘자가 없는 듯 그들은 우왕좌왕하면서 서로 치열하게 싸우고 있었다.

의외인 것은 평소 한 지역에 많은 수들이 같이 살고 있기는 하지만 떼를 지어 행동하는 일이 적은 고블린들이 이번에는 왕창 떼를 지어 오크들과 놀들, 그리고 하늘을 날며 가끔 그들을 공격하는 가고일들과 대항하고 있는 것이다. 그들은 자신들과는 다른 종족들과 무조건 싸우고 있는 것인지 여러 종족들이 뒤엉켜 싸우면서 점점 성벽 쪽으로 밀려오고 있었다. 이러다가는 얼마 안 있어 몬스터들이 성벽과 부딪칠 것이고, 그랬다가는 날개를 가지고 있는 가고일들이 이 성벽 위에 있는 우리들을 공격할 테고, 밑에 있는 몬스터들도 성을 공격할 형세였다.

"궁수 부대!!"

그 모습으로 보고 있던 은빛 콧수염 기사가 소리 높여 외치자 성벽 곳곳에서 활을 든 병사들과 용병들이 앞으로 나섰다.

"불화살을 준비햇!!"

크러스티의 명령이 뒤를 따르자 활을 든 병사들 주위로 두세 명의 다른 사람들이 달려와서는 기름에 젖은 화살들과 횃불을 가져왔다.

몬스터들이 화살이 닿을 정도의 거리까지 다가왔을 때까지 우리는 모두 초조하게 그들의 모습을 바라보며 긴장하고 있었다.

"발사!!"

기사의 커다란 고함 소리와 함께 성벽 위에서 많은 수의 불화살들이 몬스터 쪽으로 쏟아져 들어갔다. 그러나 그 불화살들은 그들에게 커다란 타격을 주지 못했고, 그들은 계속해서 다가와 결국은 성벽 바로 밑에까지 다가왔다. 그러자 이번에는 성벽 위에서 팔팔 끓인 물들과 돌들이 쏟아져 내렸다. 성 바로 아래에는 뜨거운 물에 데이거나 돌들에 맞거나 아님 다른 몬스터들에게 다쳐서 지르는 비명들이 난무했고, 그들이 성벽에 부딪혀 울리는 진동이 성벽 위에 있는 나에게까지 느껴졌다.

몬스터들은 자기들끼리 뒤엉켜 싸우면서도 필사적으로 피할 곳을 찾는지 굳건한 성문을 보자마자 무조건 달려들어 두들겨 댔다.

아무리 굳건한 문이라고는 해도 나무로 되어 있는 데다 이런 공격이 오래되었는지 성문 곳곳에는 커다란 상처들이 나 있었다.

물론 성문 안쪽에 모래주머니들로 장벽들을 쌓아놓기는 했지만 무식한 고블린들이 쿵쿵 부딪쳐 오자 성문은 물론 모래주머니들까지 흔들렸다.

그런데 그때였다.

하늘 위에서 날아다니다가 가끔씩 하강하여 몬스터들만 공격하던 가고일들 눈에 성벽 위에 있는 사람들이 띈 것이었다. 이제 그들은 몬스터들뿐만이 아니라 성벽 위에 있는 사람들을 향해서 그들의 날카로운 발톱과 부리들을 들이대기 시작했다. 그러자 성벽 아래의 몬스터들을 향하던 활들 중 몇몇이 하늘을 향했고 병사들과 용병들은 저마다 자신들의 무기들을 거머쥐었다.

키에에엑~

가고일들의 울부짖는 소리가 한번 울릴 때마다 성벽 위의 사람들이 쓰러졌고, 그때마다 누군가가 피를 흘렸다.

"제기랄, 저놈들을 어떻게 좀 할 수 없나?"

크러스티는 그런 모습을 보고는 참을 수 없다는 듯이 주먹으로 망루 난간을 내려쳤다. 하지만 내가 봐도 마땅히 뾰족한 수가 없어 보였다. 우선 지금 가고일을 공격하는 유일한 무기인 화살로는 가고일의 두터운 피부를 뚫을 수 없었다. 게다가 활이 안 먹힌다고 가고일에게 치명적인 타격을 줄 수 있을 만한 무기를 던질 수는 없었다. 만약 던졌다가 잘못해서 성 안쪽으로 떨어질 경우 밑에 있는 사람들이 위험했기 때문이었다. 그렇기에 할 수 있는 방법이란 활로 가고일의 눈을 정확히 노린다든가 아니면 가고일이 날갯짓을 할 때 생기는 바람을 견딜 수 있는 사람이 가고일이 성벽 가까이 내려왔을 때 공격하는 방법인데, 이곳에는 그것을 견딜 수 있을 만한 사람이 보이지 않았다. 결국 그들은 무의미한 화살만을 하늘을 향해 계속 쏘아 올릴 뿐이었다.

"우아아악~!"

다시 한 번 가고일이 하강하자 성벽 위의 사람들이 모두 엎드렸고 그 모습을 보다 못한 망루 위에 있던 기사 한 명이 자신의 검을 거머쥐고 달려들었다.

"안 돼! 무모한 공격이야!!"

은빛 콧수염의 기사가 달려가는 기사의 뒤를 쫓아가면서 소리쳤지만 앞서 달려간 기사는 멈추지 않았다. 그런데 그때 또 다른 가고일이 막 성벽 위를 달려가는 두 사람을 향해 하강하기 시작했다. 그러자 남아 있던 기사 한 명이 그 모습을 보고는 자신의 검을 뽑아 들며 달려갔다.

"공작 각하, 위험합니다."

그리고 그 모습을 본 박스터도 재빨리 기사의 뒤를 따라 달려가며 이제 거의 성벽 위로 다다른 가고일의 몸을 향해 자신의 무기를 던졌다. 그의 무기는 길다란 쇠사슬 끝에 큰 낫이 달려 있는 거였는데 그의 낫은 목표를 향해 정확히 날아가 가고일의 발에 상처를 내주었다.

"맞았다!!"

누군가의 외침과 함께 가고일은 분노에 찬 괴성을 지르며 다시 날아오르더니 이번에는 박스터를 향해 달려들었다. 그러나 그때 누군가가 성벽 위에서 뛰어오르더니 달려드는 가고일을 향해 일 검을 내려쳤다.

은빛 콧수염의 기사였다.

그러나 안타깝게도 그의 공격은 가고일이 일으킨 강한 바람에 의해 가고일에게 조금의 타격도 주지 못하고 무산되어 버렸다. 하지만 다행히도 그 가고일이 박스터에게서 눈을 돌리게 하는 데는 성공하였다. 그러나 대신 그 기사에게로 가고일의 공격이 쏟아져 갔다.

　그 기사는 뛰어올랐다가 가고일이 일으킨 바람에 균형을 유지하지 못한 채 다시 성벽 위로 떨어졌기 때문에 가고일이 다가오는 데도 미처 몸을 일으키지 못하고 있었다.

　"공작님!"

　누군가의 목소리가 들리며 가고일이 은빛 콧수염의 남자를 덮치기 직전 내가 소리 높여 외쳤다.

　"매직 미사일!!"

　3클래스에 해당하는 마력이 담긴 커다란 불화살이 정확히 가고일의 머리에 맞아 폭발했고, 그러자 머리가 날아가 버린 가고일은 폭발에 의해 조금 방향이 비틀려 은빛 콧수염 기사의 바로 옆에 떨어진 뒤 튕겨져 나가 성벽 밖의 몬스터 위로 떨어졌다. 그러나 사람들의 시선은 성 밖으로 떨어진 가고일의 시체를 향해 있지 않고 모두 나를 향해 놀란 눈길을 보내고 있었다.

　"마, 마법사?"

　겨우 정신을 차린 듯한 크러스티가 놀라움에 찬 목소리로 입을 열었다. 그러나 그때 또 다른 가고일이 커다랗게 괴성을 지르며 우리가 있는 망루로 달려들었다. 그 모습을 본 류미르가 다급하게 중급의 바람의 정령을 불러내었다.

　"윈디!"

　그러자 허공에서 온몸이 새파란 반인반마의 모습을 하고 있는 정령이 스르르 나타나 곧장 가고일을 향해 달려들었다. 가고일은 허공에서 갑자기 나타난 정령을 보고 놀란 듯했지만 완력에 자신 있는 듯 무작정 부딪쳐 들어왔다. 정령은 그 모습을 보고는 가소롭다는 듯이 코웃음을 치더니—정령의 그런 모습 처음 봤다—오른손을 허공으로 들어 올렸다.

그와 동시에 그 정령의 몸 주위에서 거센 바람이 휘몰아치더니 그 기세를 몰아 가고일을 덮쳤다. 가고일은 자신을 덮쳐 오는 거센 바람을 이기기 위해 힘껏 날갯짓을 했지만 바람이 더 강했는지 그의 날개가 부러지면서 더 이상 날지 못하고 땅으로 곧장 추락했다.

쿵! 하는 거대한 소리와 함께 몬스터 떼 위에 떨어진 가고일은 몇 번 꿈틀대더니 곧 더 이상 움직이지 않았다. 성벽 위에서 아무리 용병들과 병사들이 뜨거운 물을 들이붓고, 활을 날리고, 돌을 떨어뜨려도 꿈쩍도 하지 않고 계속 몰려오던 몬스터들은 나와 류미르가 가고일을 한 마리씩 떨어뜨리자 그제야 모두 싸움을 멈춘 채 성벽 위를 올려다보았다.

나는 그때를 놓치지 않고 오른손을 들어 올려 그 위에 아주 거대한 불꽃으로 이루어진 볼을 만들어 보였다. 맹렬한 기세로 뜨겁게 타오르는 거대한 불꽃을 본 몬스터들은 얼굴이 창백해지더니, 이제는 사이 좋게 서로 산속으로 도망치기 시작했다.

"흐음, 역시 질보다는 양이라니까."

그 모습을 본 류미르가 씨익 웃으면서 말했다. 그러자 그의 말을 못 알아들은 세이몬이 멀뚱하게 물었다.

"뭔 소리야?"

"아아, 이게 급이 낮은 마법이거든. 단지 마력을 조금 많이 넣어서 크게 부풀린 것뿐이야. 그런데 저놈들은 이게 센지 약한지도 모르는 채 크기만 보고 놀라서 도망가니까 하는 말이야."

류미르가 세이몬을 향해 친절히 설명해 주고 있을 때 망루에서 뛰어내려 성벽 위로 달려갔던 세 기사와 박스터가 돌아왔고, 크러스티도 긴장된 눈으로 우리에게 다가왔다.

"굉장한 실력들이군."

그는 우리를 좀 의심스럽다는 눈초리로 바라보고 있었지만 세 명의 기사들, 그중에서 은빛 콧수염을 멋지게 기른 기사는 기쁨에 찬 눈으로 허겁지겁 달려와서는 류미르의 손을 덥석 잡았다.

"굉장해, 정말 굉장한 실력이야. 도대체 자네들은 누구지? 이렇게 우리 성에 와서 도와주다니 정말 고맙네!"

그러자 크러스티가 나서서 류미르와 그 기사를 갈라놓으며 우리를 의심스러운 눈으로 바라보며 말했다.

"공작님, 아직 이들을 신임할 수는 없습니다. 이렇게 어린 나이에 너무 굉장한 실력들을 가지고 있지 않습니까? 게다가 그런 실력을 가지고 있으면서 이런 곳에 온다는 것 자체도 이상합니다."

'헤에, 저 은빛 콧수염의 남자가 공작이었군?'

크러스티의 말에 공작은 고개를 천천히 가로저었다.

"당신 말이 옳기는 해요. 하지만 만약 이들이 다른 목적이 있다면 지금 여기에 있지 않고 그들의 목적을 이루러 갔을 거라고 생각되는군요."

"하지만……."

크러스티는 뭔가 또 다른 말을 하려고 했다. 그러나 그전에 공작이 그를 제지하며 말했다.

"괜찮다고 생각해요. 더욱이 이들 덕분에 오늘은 무사히 넘기지 않았습니까? 이것만 해도 나는 이들에게 충분히 감사할 이유가 있다고 생각합니다."

"그거야 그렇지만……."

크러스티는 더 이상 뭐라고 하지는 못했지만 계속 의심스러운 눈초리로 우리를 바라보았다. 그 모습에 공작은 뭔가를 생각하는 듯하더니 활기차게 입을 열었다.

"그렇게 걱정된다면 이들은 내 곁에 두도록 하지요. 만약 무슨 일이 생긴다면 내가 책임지도록 하구요. 그럼 조금이나마 안심이 되겠지요?"

공작이 거기까지 말하자 크러스티는 마지못한 듯이 고개를 끄덕였다.

"각하께서 그렇게 말씀하신다면야 저로서도 더 이상 반대할 이유는 없지요."

"그렇게 말해 주니 고맙군요. 그럼……."

공작이 우리를 향해 몸을 돌리려 하자 크러스티가 그런 그를 향해 입을 열었다.

"잠깐, 기다리십시오."

공작은 몸을 돌리려던 것을 멈추고 의아한 듯이 그를 돌아보았다.

"무슨 일인가요?"

"이자도 같이 데려가십시오."

크러스티가 가리킨 사람은 모저였다. 모저는 갑작스레 크러스티가 자기를 가리키자 황당한 눈으로 그를 바라보았다. 그러나 그런 그의 눈길은 무시해 버린 채 크러스티는 공작을 향해 입을 열었다.

"이자는 이 아이들을 데리고 온 용병입니다. 같은 일행이니 같이 데리고 가도록 하십시오."

"오, 그런가요? 그럼 그러도록 하지요."

공작이 쾌히 승낙하자 모저는 황당한 얼굴로 얼른 손을 휘저으며 부정하려고 했다. 그러나 그전에 크러스티가 그에게 가까이 가더니 귓속말로 뭐라고 속삭이자 그제야 고개를 끄덕이며 입을 다물었다.

이렇게 해서 우리는 성으로 초대되어 그곳에서 묵게 되었다. 그리고 공작을 따라 그의 성으로 들어가 저녁 식사에 초대되었을 때 우리는 목걸이를 가지고 있는 공작부인과 처음으로 만날 수 있었다. 그녀는 부드러운 갈색 머리를 우아하게 틀어 올려 묶고 있어 그녀의 가늘고 긴 목을 드러내고 있었고, 여자치고는 작지도 크지도 않은 적당한 키에 너무 가느다란 몸매를 지니고 있었다. 하지만 그녀의 눈빛과 굳게 다문 입술은 그녀가 고집은 물론 의지가 강하다는 것을 은연중에 암시하고 있었다.

그리고 그녀와 함께 공작의 10살이 된 아들을 만날 수 있었다. 그 소년은 엄마를 닮아 밝은 갈색 머리에 제비꽃 같은 보라색 눈동자를 지닌, 발그레하고 통통한 볼이 무척이나 귀여운 소년이었다.

공작은 자신의 아들을 무척이나 귀여워했다. 성으로 들어가자마자 자신에게 달려온 아들을 번쩍 들어 한 바퀴 돌려주는 것은 예사였고, 아들을 보기만 하면 머리를 쓰다듬어 주거나 어깨를 두드려 주며 이야기를 나누는 것이었다. 그 모습은 너무나 보기 좋아서 우리로 하여금 저절로 미소를 띠게 만들었고, 은연중에 나로

하여금 엄마와 할아버지, 그리고 할머니를 생각나게 하였다. 그리고 그와 더불어 공작이란 사람을 꽤나 좋게 보게 만들었다.

저녁 식사 시간에 공작은 우리에 대해 거의 묻지 않았다. 아마도 아까 크러스티가 말한 것을 우리가 들은 이상 그가 우리에 대하여 묻는 것이 우리를 의심하는 것처럼 보일 것 같아 배려해 주는 듯했다. 그래서 류미르는 공작이 묻지는 않았지만 적당하게 우리는 켈튼 연합국 출신인 형제라고 소개했으며 레스틴 왕국을 두루 여행하다가 이곳 이야기를 듣고 한번 와봤다가 모저를 만나 같이 오게 된 것이라고 둘러대었다. 그렇게 모저를 만난 이야기까지 나오다 보니 우리 모두의 시선은 자연스럽게 모저를 향했다.

그런데 그는 우리들의 시선이 느껴지지도 않는지 식사가 시작된 뒤부터 음식만 바라보는 똑같은 자세로 계속 굳게 입을 다물고 묵묵히 식사만 했다. 괜히 그의 분위기에 눌려 화제는 다른 걸로 넘어갔지만, 그 뒤로 그만 왕따시키는 것 같아 간간이 류미르나 내가 말을 걸었다. 그러나 그는 우리 말에 대꾸조차 하지 않았고 말을 걸 때마다 말을 걸지 말라는 뜻을 온몸으로 너무나 강렬하게 내뿜고 있었기에 종국에 가서는 아예 신경을 끄고 말았다. 그러나 공작부인은 그가 신경이 쓰이는지 가끔씩 흘끗흘끗 보는 눈치였다.

저녁을 먹고 공작은 으레 그렇듯이 거실로 옮겨와 우리와 이야기를 나누려고 하였지만 모저가 식사를 끝내자마자 피곤하다고 일어서는 바람에 우리도 덩달아 같이 일어날 수밖에 없었다. 평소 같으면 그가 일어서나 말거나 맘에 든 공작과 이야기를 나누었을 테지만 오늘 밤만은 나도 할 일이 있었기 때문에 모저가 먼저 말을 해준 것을 고맙게 여기고 그가 일어나자마자 같이 일어나 공작의 양해를 구했다. 그리고 나 때문에 덩달아 같이 일어선 류미르와 세이몬에게 밤 인사를 건네고 재빨리 내 방으로 돌아왔다.

방에 돌아온 나는 누가 들어올까 봐 문을 잠근 후 베란다로 나갔다. 밖은 캄캄했고 저 멀리 성벽에서 피우는 화톳불만이 자그마하게 보였다. 나는 한번 심호흡을 한 뒤 난간에 올라 살짝 발돋움을 하면서 동시에 주문을 외웠다.

"플라이!"

나의 몸은 가볍게 어두운 허공을 날아올랐다. 지금 나는 나의 레어로 가는 길이었다.

오늘 낮에 본 몬스터들이 나의 레어가 있는 쪽에서부터 왕창 몰려온 것과 그들의 이상한 행동들이 마음에 걸려서 한번 가보려는 생각이었다. 보통 그들은 각자의 영역을 가지고 있었으므로 될 수 있으면 마주치지 않고 살았으며, 또한 거의 자신의 영역에서 벗어나지 않았다. 만약 벗어난다면 타 종족의 영역을 침범할 수 있으므로 그렇게 된 몬스터들은 영역의 주인들에게 죽임을 당하는 것이 몬스터들의 세계에서는 거의 불문율이다시피 한 일이었다.

그런데 이렇게 많은 수의 몬스터들이, 그것도 여러 가지 종들이 한꺼번에 이렇게 몰려온다는 것은 뭔가 좀 이상했다. 게다가 하필이면 나의 레어가 있는 쪽에서부터 나왔다는 것은 더 더욱 꺼림칙했다.

나의 레어가 있는 주변에는 원래 몬스터들이 거의 보이지 않을 정도로 소수만이 살고 있었다. 뭐, 내가 100년 동안 동면을 한 뒤로 곧바로 성룡식을 치르고 레어를 떠나와서 근간의 사정은 잘 모르지만 거의 200년이란 세월 동안 내가 이곳에 머물고 있었고, 할아버지가 근처 인간들을 싹 쓸어버리셨으니 그동안 몬스터들이 꼬였을 수도 있겠지만 그렇다고 해서 이렇게 떼거지로 몰려다니는 것은 거의 생각하기 힘든 일이었다.

게다가 내가 여행을 시작할 때 집에 있는 것을 싸그리 몽땅 챙겼기 때문에 도둑 걱정을 전혀 안 했었다. 그래서 보통 드래곤이 레어를 비울 때처럼 레어의 침입을 막는 결계 같은 것을 만들어 놓지 않고 길을 떠났었기에 나의 레어 상태가 무척 걱정이 되었다.

빠른 속도로 날아올라 얼마 지나지 않아 골짜기 안으로 들어올 수 있었다. 이곳은 불빛이 하나도 없는 아주 어두운 상태였기 때문에 나는 실프를 불러내어 길을 안내하게 했다. 아무리 내가 시력이 좋다고 하지만 그건 인간들과 비교할 때였고 인간으로 폴리모프한 상태에서는 드래곤일 때와는 비교할 수도 없을 만큼 시력이 낮기 때문에 밤하늘의 달빛이나 별빛만 가지고서는 숲 속을 헤쳐 나갈 수가 없었던 것이다.

몸 자체에서 희미한 빛을 발산해 내는 실프를 따라 골짜기 안으로 더욱더 들어가자 그래도 희미하게 보이는 풍경이 점점 낯익어 보였고, 아예 땅으로 내려와 둘러보자 그제야 이곳이 어디인지 기억이 났다.

나는 실프를 돌려보내고 기억을 더듬어가며 걸어서 내 레어로 갔다. 그러나 그곳은 이미 고블린들이 다 차지하고 있었고 레어 앞 주변에는 녀석들이 아예 진을 치고 있었다. 전혀 예상치 못한 그 모습을 본 나는 너무 경악해서 레어에 들어가 볼 생각도 못하고 멍한 상태로 그 자리에 서 있었다. 잠시 동안 그렇게 서 있자 천천히 머리 속이 정리되면서 그와 동시에 녀석들에 대한 분노가 느껴졌다. 생각 같아서는 확 다 뒤집어엎고 싶었지만 이 정도에 날뛰는 멍청한 모습을 보이고 싶지 않은 생각이 더 커서 숨을 천천히 고르면서 분노를 진정시키고, 이 녀석들에게 어떻게 하면 맛을 잘 보여줄 수 있을지 생각하고 있을 때였다. 놈들이 나를 발견했는지 녀석들 사이에서 작은 웅성거림이 터져 나왔다. 그리고 얼마 안 있어 무리 중에서도 덩치 큰 놈들이 몽둥이 하나씩을 들고 나에게 다가왔다.

"크르르… 인간……."

그놈들 중 하나가 나를 손가락으로 가리키며 어색한 인간어로 말하자 나머지 고블린들이 각자 그 자리에 멈춰 섰다. 아마 그 녀석이 대장인 것 같았다. 그 녀석이 혼자 앞으로 걸어나오자 나는 이 녀석이 꽤나 지능이 높고 현명해서 나를 공격하기 전에 내가 왜 이곳에 왔는지 물어보려고 하는 줄로만 알고 느긋하게 놈이 다가오는 모습을 바라보았다.

그러나…….

"넌… 내가… 잡느은다……."

나는 순간 다리에 힘이 빠져 주저앉을 뻔했다.

나는 나를 주저앉게 할 뻔한 고블린을 정면으로 노려보면서 서서히 내 몸속에 갈무리해 놨던 드래곤의 기운을 뿜어내었다. 그리고 드래곤 피어를 담아서 한 자 한 자 천천히 내뱉었다.

"이노무 시키가… 감히 고블린 주제에……."

그러자 그곳에 있던 고블린들이 부들부들 떨더니 자신들의 손에 쥐어져 있는 무기들이 땅에 툭툭 떨어진 것도 모르는 채 공포와 경악에 질린 눈으로 나를 바라보았다.

그러나 내가 그들을 한번 쓰윽 훑어보자 나와 눈이 정면으로 마주친 놈들은 허겁지겁 땅에 엎드렸다.

맨 처음 내가 지그시 바라봐 준 고블린의 대장 쪽으로 다시 시선을 돌리니, 그 녀석은 그 자리에 털썩 주저앉아서 부들부들 떨며 움직이지 못하고 있었다. 나는 그 대장 녀석에게 다가가 그의 안면을 발로 한번 강하게 걷어차 그를 뒤로 한 바퀴 구르게 한 뒤 그의 가슴을 지그시 밟으며 말했다.

"이 간뎅이가 부은 놈들이… 감히 내 집에다가 지들 살림을 차려? 네놈들은 오늘 주우거써~!!"

그러자 내 발 밑에 깔려 있던 고블린이 부들부들 떨려 잘 움직여지지도 않는 입을 필사적으로 열었다.

"제발… 제발… 자비를……"

"호오, 그래도 지가 대장이라고… 흐음, 그래도 대단한걸? 비록 내가 드래곤 피어를 아주 조금 썼다고는 하지만 나에게 입을 열다니 말이야."

나는 필사적으로 자신의 무리를 구하려고 하는—정말 자신이 거느린 무리를 구하려고 했는지는 모르겠지만—그 녀석의 노력에 쬐끔 감동을 받아 그의 가슴에 올려놓았던 발을 치웠다.

"야! 너네 무리가 이곳에 있는 무리들 중에서 제일 강하냐?"

"제일… 강한 건… 가고일……"

"가고일? 아, 아까 낮에 봤었지? 그래, 그놈들은 어디 있는데?"

그러자 그 고블린은 내 레어를 손가락으로 가리키며 더듬더듬 말했다.

"아, 안쪽에……"

"뭐시라? 내 집에 놈들이 있단 말야? 어쭈구리."

나는 그놈들을 제쳐 두고는 내 레어로 성큼성큼 다가갔다. 그러자 그 안에서 동정을 살피고 있던 고블린들이 자신들의 물건도 챙기지 못한 채 재빨리 튀어나와 나에게 길을 열어줬다. 그리고 내가 지나간 뒤에 남은 고블린들은 슬금슬금 숲 속으로 도망갔지만 나는 일부러 모른 척했다.

레어 안은 녀석들이 살았다는 증거를 단정적으로 보여주듯 악취가 코를 찔렀다.

"우쒸, 젠장할… 이럴 줄 알았으면 미리미리 집 단속을 해놓고 갈걸."

코를 부여잡고 투덜투덜대며 걸어가자 내가 평소 잠을 자던 내 침실, 즉 동굴 속의 넓은 공간이 나왔다. 그런데 그곳에는 가고일들이 떼를 지어 자신들의 날개를 접고, 그 날개 속에 고개들을 파묻고 태평하게 잠을 자고 있는 것이었다.

"어쭈구리, 이것들이……!"

나는 그 모습에 열받아서 다짜고짜로 농구공보다 더 큰 파이어 볼을 형성하여 공간의 중앙을 향해 던졌다.

갑작스런 커다란 불꽃과 폭발음에 단잠을 자고 있던 가고일들이 놀라서 저마다 날개를 푸드덕거리며 날아오르는 바람에 레어 안은 순식간에 난장판이 되어버렸다.

놈들 중에서는 잠이 덜 깬 채로 날아오르다가 천장에 머리를 박고 밑으로 꼬꾸라지는 놈들이 있는가 하면 정신을 제대로 차리지 못한 주제에 그래도 지 딴에는 적을 물리친다고 하면서 자신의 동료와 싸우는 놈들도 있었다.

그러나 대부분의 녀석들은 내가 서 있는 레어 입구 쪽으로 날아왔기에 나는 재빨리 실드를 쳐서 그들이 나에게 부딪치게 하지도, 그리고 밖으로 나가지도 못하게 하였다.

가고일들은 밖으로 나가려다가 보이지 않는 벽에 부딪치자 나가지도 못하고 우왕좌왕하면서 어쩔 줄 몰라 했다. 그런데 그때 그들 중 한 녀석이 나를 발견했는지 커다란 괴성을 지르며 나에게 달려들었다. 하지만 나에게 다가오기도 전에 그 녀석은 보이지 않는 벽에 부딪쳐 그냥 꼬꾸라져 버렸다. 그런데도 다른 녀석들은 그 모습을 보고도 지들은 괜찮을 줄 알았는지 녀석이 고꾸라지자마자 나에게 달려들기 시작했다.

나는 한참 동안이나 나에게 달려들다가 내가 친 바리어에 부딪쳐 튕겨나가는 녀석들의 모습을 구경하다가 갑자기 더 좋은 생각이 들어 내 레어 밖의 허공으로 공간 이동하는 동시에 내가 친 실드를 모조리 사라지게 만들었다.

내가 허공에 몸을 띄우자마자 내 레어 안에서는 커다랗게 우당탕! 하는 요란한 소리가 들리더니, 잠시 후에 가고일 떼들이 쏟아져 나오기 시작했다. 그들이 한꺼번에 나오는 소리는 무척이나 요란했고 덕분에 그 소리를 들은 숲 속에 있던 몬스터들까지 일어나서 소동을 벌이는 바람에 주위가 정말 소란스러워져 버렸다.

하지만 그 상황에서도 나는 유유히 허공에 떠 있다가 더 이상 레어 안에서 나오는 가고일이 없자 천천히 땅으로 내려가 느긋하게 레어 안으로 걸어 들어갔다.

레어 안에는 아까의 고블린들도, 단잠을 자던 가고일도 한 마리도 남아 있지 않고 텅 비어 있었다. 단지 녀석들이 있었다는 증거만은 남아 있어야 한다는 듯 놈들의 깃털들과 녀석들이 주워다 놓은 금속의 잡동사니들이 잔뜩 쌓여 있었다.

"쳇, 청소 좀 해야겠군."

나는 내 몸 주위에 단단한 실드를 형성한 뒤에 강한 마력을 넣은 마법을 실현시켰다.

"윈드 스톰!"

강력한 회오리바람이 내 주위에서 형성되어 레어 안을 휘몰아치면서 단 하나뿐인 입구를 통해 밖으로 뻗어 나갔다. 그리고 그와 함께 레어 안에 있던 수많은 지저분한 것들을 모두 함께 가지고 나가 버렸다. 그제야 조금 깨끗해진 모습에 나는 만족스레 고개를 끄덕이다가 아직 냄새가 가시지 않은 것을 느끼고는 살짝 인상을 쓰며 다시 마법을 사용했다.

"워터 사이클론!"

거대한 물줄기가 내 손으로부터 생성되어 레어 안을 휘감으며 소용돌이를 일으켰다. 물론 이 마법은 제대로만 하면 정말 엄청난 대폭풍을 일으키지만 내 레어를 날려 버릴 생각은 없었기 때문에 아주 작게 일으켰고, 덕분에 굵은 물줄기가 레어 안을 한번 쓸어주고 나서는 밖으로 나가는 정도에서 그쳤다. 덕분에 레어 안은 물에 완전히 젖어버렸지만 그래도 냄새는 나지 않아서 나는 만족감을 느끼고는 밖으로 나왔다.

레어 앞쪽 공터는 아까 내가 사용한 마법의 영향을 받아 엉망진창이 되어 있었다. 게다가 숲 쪽에서는 아직도 소란스런 소동이 끝나지 않고 있었다.

나는 괜히 미안함을 느껴 그쪽을 향해 한번 해쭉 웃어주고는 레어 주위를 돌며 결계를 펼쳤다. 아무도 못 들어가고, 어떤 물리력도 영향력을 끼치지 못하며 7클래스 이하의 마법으로는 깨트리지 못하는, 게다가 동굴이 아닌 바위투성이인 언덕으로 보이게 하기 위하여 약간의 환상 마법까지 곁들었다.

결계를 다 만들고 나자 이제 나의 레어는 어디론가 사라져 버렸고, 그 대신 많은 바위들이 옹기종기 모여 있는 언덕만이 남아 있었다.

나는 그 모습을 보고 만족하여 고개를 끄덕이고는 성으로 가기 위하여 날아올랐다. 그런데 성의 모습이 점점 가까워질 때 나는 불현듯 어떤 생각이 떠올랐다.

"아차, 왜 그렇게 몬스터들이 모였는지 알아내지 못했다."

내 레어의 엉망인 모습에만 신경 쓰느라고 딴 목적은 까맣게 잊어버리고 말았던 것이다.

"에이, 몰라, 몰라. 까짓 거 어떻게는 되겠지 뭐. 아, 그런데 아까 그 녀석들 혼내주는 걸 또 깜빡했네? 에휴~ 내가 그렇지 뭐… 지금 다시 가서 들쑤셔 놓기도 귀찮으니까 그냥 들어가자."

이렇게 무책임한 말을 중얼거리며 내 방의 베란다로 조심스레 접근할 무렵 나는 누군가가 그 옆방의 베란다에 나와 있는 것을 볼 수 있었다.

"응? 모저네? 아직 안 잤나?"

그는 베란다의 난간에 걸터앉아서 멍하니 밤하늘을 바라보고 있었다.

"에구~ 이렇게 가다간 들키겠군. 차라리 공간 이동을 해야겠다."

그런데 그때 모저가 갑자기 움직이는 바람에 나는 깜짝 놀라 공간 이동하려던 것을 멈추고 숨죽여 그를 바라보았다. 그는 이제 밤하늘을 올려다보는 대신 자신의 무릎 위에 올려놓고 있던 기타를 손으로 어루만지더니, 연주를 하려는 듯 자세를 잡았다.

"호오, 연주하려나 보네? 그럼 노래만 듣고 들어가야겠다."

모저의 손이 기타의 줄 위로 올라가자 곧 이어 기타 소리가 들려왔고, 잠시 후에는 모저의 굵고 저음인 멋진 목소리까지 들려왔다.

아직 사랑이 무엇인지 몰랐을 때
그대는 사랑으로써 다가왔습니다.
그대는 사랑의 힘으로써 저를 가능케 했고
그대의 사랑은 저를 지탱하게 했습니다.
하지만 저는 사랑의 이름으로써
당신을 떠나려 합니다.
허락해 주시겠어요?
비록 그대는 힘들겠지만 저에겐 행복을 줍니다.
제가 이기적이라고 해도 좋습니다.
저에게 사랑을 가르쳐 준 건 당신이니까요.
사랑의 이름으로써 그대의 품 안에 행복만이 있기를…….

사랑의 힘이 무엇인지 몰랐을 땐
그것을 비웃고 의심을 했었습니다.
하지만 그대는 저에게 사랑의 힘을 깨우쳐 주었습니다.
그대는 사랑의 힘으로써 저를 가능케 했고
그대의 사랑은 저를 지탱하게 했습니다.
하지만 저는 사랑의 이름으로써
당신을 떠나려 합니다.
허락하지 않아도 좋아요.
제가 새로 얻은 사랑을 욕해도 좋아요.

하지만 그대와 나의 사랑은 기억해 주세요.
아름다웠다고…….

사랑의 힘이 무엇인지 몰랐을 땐
그것을 비웃고 의심을 했었습니다.
하지만 그대는 저에게 사랑의 힘을 깨우쳐 주었습니다.
그대는 사랑의 힘으로써 저를 가능케 했고
그대의 사랑은 저를 지탱하게 했습니다.
하지만 저는 사랑의 이름으로써
당신을 떠나려 합니다.
허락해 주시겠어요?
비록 그대는 힘들겠지만 저에겐 행복을 줍니다.
제가 이기적이라고 해도 좋습니다.
저에게 사랑을 가르쳐 준 건 당신이니까요.
사랑의 이름으로써 그대의 품안에 행복만이 있기를.

—이주행

다음날, 공작과 우리 일행은 아침을 먹고 성벽으로 향했다. 성벽의 막사에는 용병 이외에도 이 성의 병사들의 막사도 있었는데, 그 막사의 지휘를 담당하고 있는 기사는 예전에 우리가 망루에 있을 때 공작과 함께 올라왔던 기사 중 한 사람이었다. 그는 공작이 성벽 위로 뛰어 내려가자 자신도 같이 뛰어 내려갔던 30대 중반으로 보이는 기사였는데 그때 본 기억으로는 제법 실력이 있는 기사였다. 공작이 미처 막사 가까이 가기도 전에 그가 앞으로 뛰어나와서 공작을 마중했다.

"어서 오십시오, 각하."

절제된 동작으로 거수경례를 하는 그의 행동은 한 치의 흐트러짐도 없었지만 잠을 잘 못 잤는지 그의 눈은 벌겋게 충혈이 되어 있었다.

"잠을 못 잤는가, 에렌 경?"

그의 인사를 받으면서 고개를 끄덕이던 공작은 그의 눈이 벌겋다는 것을 발견했는지 근심스런 얼굴로 물었다. 그러자 에렌 경이라고 불린 그 기사는 황급히 눈을 비비면서 대답했다.

"아, 예. 어제 몬스터들이 평소와는 달리 밤중에 소동을 벌였기 때문에 모든 병사들이 밤새도록 대기 상태를 유지하고 있었습니다."

"몬스터들이?"

공작이 의아한 듯이 묻자 그는 다시 차렷 자세를 유지하고는 대답했다.

"예, 그렇습니다. 어제 한밤중에 갑자기 소란스러워지더니 가고일로 보이는 몬스터 떼가 밤하늘로 날아오르면서 숲 속이 무척 시끄러웠습니다. 아마 무슨 소동이 일어난 듯합니다. 그러나 다행히도 성벽으로 내려오는 몬스터가 없어서 저희와의 싸움은 없었습니다."

"그런가? 도대체 무슨 일로……"

"그건 저희도……"

공작이 턱을 만지작거리며 생각에 잠긴 듯한 목소리로 중얼거리자 에렌 경은 자신에게 질문한 줄 알고 황급히 입을 열었다. 하지만 그 자신도 대답을 해줄 수가 없었기 때문에 자신없는 목소리로 말끝을 흐렸다. 그러자 공작은 미안한 듯한 미소를 지으며 손을 휘휘 내저어 보였다.

"아냐, 아냐. 그냥 혼잣말을 한 거니 너무 신경 쓰지 말게. 한밤중에 숲 속에서 일어난 일이니 그런 것까지 알 수 없지 않나?"

그들이 대화할 때 옆에서 듣고 있던 나는 괜히 쿡쿡 찔렸지만 애써 태연한 척했다.

하지만 그게 좀 어설펐는지 류미르와 세이몬이 의아한 눈초리로 나를 바라봤기 때문에 나는 그들에게 아무것도 아니라는 듯 미소를 지어 보였다. 그러나 내가 느끼기에도 얼굴 근육이 경직되어서 아마 그들이 봤을 때도 엄청 어색한 미소였을 것이다.

"흐음, 그렇다면 오늘은 어쩌면 몬스터들이 숲을 나오지 않겠군. 밤에 그렇게 소동을 벌였는데 설마 하니 낮에도 소동을 벌이겠는가?"

"아, 예. 그래서 성벽 위의 병사들도 반으로 줄이고 나머지는 쉬게 했습니다. 아무래도 평소 같은 대기 상태로 있는 것은 무리일 테니까요."

"그래, 잘했네."

하지만 공작의 칭찬이 무색하게도 그의 말이 끝나자마자 망루에 달려 있던 종이 요란하게 울렸다.

"놈들이 온다아아아~"

새파랗게 질린 에렌 경은 재빨리 자신들의 수하들을 향해 병사들을 깨우게 했고 공작을 위시한 우리들은 망루로 달려갔다.

"젠장, 저놈들은 잠도 없나?"

에렌 경과 마찬가지로 벌겋게 충혈된 눈을 잔뜩 찌푸리며 망루 위에서 밑을 바라보던 크러스티는 나무로 만들어진 난간을 주먹으로 내려치며 욕설을 내뱉었다. 그리고 그의 뒤에서 역시 잠을 못 자 퉁퉁 부운 눈에 걱정스러움을 가득 담은 채 서 있던 박스터는 달려오는 공작으로 보고 고개를 숙여 인사했다. 공작은 그의 인사를 받는 둥 마는 둥 하면서 재빨리 난간으로 다가가 밑을 내려다보았다.

나의 느낌인지는 모르겠지만 왠지 몬스터들의 숫자가 어제보다 많아진 듯한 느낌이었다.

그리고 싸움도 조금 더 격렬해졌다.

"젠장, 어제 무슨 일이 있긴 있었던 모양입니다. 어제보다 훨씬 숫자가 많아요. 게다가 하늘에 떠 있는 가고일도 어제의 두 배나 됩니다."

크러스티가 공작에게 하는 말에 고개를 하늘로 들어보니 과연 어제는 겨우 10마리가 될까 말까 한 가고일들이 오늘은 10마리가 훨씬 넘어 보였다. 성벽 위에서는 헐레벌떡 병사들과 용병들이 올라왔지만 너무 다급한 나머지 어제처럼 제대로 준비하지도 못한 채 이리저리 우왕좌왕하기만 하는 것 같았다. 그 뒤에서 기사들이 큰 소리로 그들에게 명령을 내리는 것 같았지만 워낙 몬스터들의 비명 소리가 커서 그 소리는 들리지도 않았다.

"하아, 이것 참……."

나는 그 모습을 보며 입맛을 쩝쩝 다시다가 류미르와 세이몬에게 휙 시선을 돌렸다.

"애들아~"

류미르와 세이몬은 의아한 듯한 눈길로 내 쪽으로 고개를 돌리다가 나와 눈이 마주치자마자 '헉!' 하는 신음 같은 소리를 내며 뒤로 주춤주춤 물러섰다.

"왜 그러는 거야? 내가 뭐라고 했어?"

내가 의미심장한 눈으로 그들을 그윽하게 바라보며 말하자 류미르가 땀을 삐질삐질 흘리며 말했다.

"아린, 미리 말해 두는데 웬만하면 우리는 빼주라~"

"어? 그게 무슨 말이야?"

나는 정말 영문을 모르겠다는 듯 씨익 웃어 보이자 세이몬이 툴툴거렸다.

"니가 그런 눈을 하는 거 보면 뭔가 귀찮은 일을 시키려고 하는 거잖아."

"호오, 눈치도 빠르셔라. 역시 내 일행이야. 척하면 삼천리라니까."

그러자 류미르가 한 걸음 더 뒤로 물러서며 말했다.

"이번에는 제발 빼줘."

세이몬도 얼른 류미르의 옆으로 다가서며 고개를 끄덕였기에 나는 말로써 이들을 설득(?)하기에는 시간이 오래 걸릴 거라는 것을 깨달았다. 그래서 어쩔 수 없다는 듯이 어깨를 으쓱였다.

"뭐, 너희들이 싫다면 하는 수 없지."

그러면서 그들에게 빙글 등을 돌리자 그들은 안도의 한숨을 내쉬더니 다시 난간 쪽으로 걸어와서 밑을 내려다봤다.

"헤에, 오늘은 조금 고전을 면치 못하겠는걸?"

세이몬이 몰려오는 몬스터와 성벽 위의 우왕좌왕하는 병사들을 번갈아 바라보면서 중얼거리자 류미르가 고개를 끄덕였다.

"흐음, 확실히 어제보다 저 녀석들 몰려오는 폼이 더 격렬해."

나는 그들이 나누는 대화를 들으면서 은근 슬쩍 난간에서 한 걸음 뒤로 물러섰다. 그리고…….

"윈디!"

그들을 향해 손을 내뻗으며 소리쳤다. 그러자 내 손에서부터 형성된 강력한 바람이 그 둘에게 쏟아져 가더니 그들을 살짝 공중에 띄워 성벽 밑으로 날려 버렸다.

"우아아악, 아리이이이인~!!"

"우갸갸갸, 이게 무슨 짓이야!!"

그들은 요란스럽게 비명을 지르며 떨어져 내리더니 그들 나름대로의 실력으로 사뿐히 바닥에 착지했다. 그러더니 아직 망루에 있는 나를 바라보며 고래고래 소리 질렀다.

"우쒸, 갑자기 무슨 짓이야!"

"다치면 어쩌려고!"

"흥, 네놈들 실력을 빤히 아는데 뭘 그래? 그나저나 놈들이 몰려오는데 그냥 그렇게 서 있을 거야?"

나의 장난기 어린 말에 그들은 황급히 나에게서부터 자신들에게 몰려오는 몬스터들의 떼를 향해 시선을 돌리더니 싸울 태세를 취했다. 나는 그 모습을 낄낄 웃으며 바라보다가 왠지 얼굴이 따끔따끔거리는 걸 느꼈다. 의아함을 느껴 그쪽으로 고개를 돌리자 망루 위에 있던 모든 이들의 황당함과 경악이 담긴 시선들과 마주쳤다. 크러스티는 얼마나 놀랐는지 입을 열어 뭐라고 말을 하고 싶어하는데 말이 나오지 않아 붕어처럼 뻐끔뻐끔거리기만 했다.

그들에게 한번 실없이 씨익 웃어주고는 다시 고개를 돌려 성벽, 아니, 이제는 류미르와 세이몬을 향해 몰려드는 몬스터들을 바라보았다. 그리고 가볍게 두 손을 내밀어 그들을 향해 쭉 폈다.

"버스트 프레아!"

나의 마법으로 형성된 수십 개의 불덩어리가 몬스터들을 향해서 날아갔다. 이번에도 나는 그들을 아예 전멸시킬 생각은 없었기 때문에 마력을 최대한 자제하고 보기에만 커다랗게 만들어서 날렸다. 그 불덩어리들이 몬스터들 바로 앞에 떨어지며 커다란 폭음을 내자 몬스터들은 더 이상 진전하지 못하고 주춤거렸다.

하지만 그것도 잠시…….

그들은 불꽃과 먼지가 가라앉자 다시금 밀려오기 시작했다. 그러나 이번에는 날아오는 마법이 두려웠던지 맨 앞쪽에 있는 녀석들은 필사적으로 안 밀려가려고 버둥댔다.

나는 다시 그들을 향해 마법을 날리려고 손을 내밀었다가 들려오는 물음에 멈칫했다.

"무슨 짓이야?!"

고개를 돌려보니 크러스티가 무척 화가 나서 벌게진 얼굴로 나를 노려보았다.

"뭐가요?"

나는 영문을 몰라 어리둥절한 얼굴로 그를 쳐다보며 묻자 그는 내가 일부러 모르는 척한다고 생각했는지 더욱더 서슬이 시퍼레져서는 입을 열었다.

"네 친구들을 죽일 셈이냐?!"

"엥?"

여전히 그의 말에 고개를 갸웃거리자 크러스티는 이제는 아예 자신의 검을 빼 들었다. 그는 정말 오래되어 보이는 바스타드 소드를 가지고 있었다. 손잡이 부분은 그 검의 나이를 말해 주듯 여기저기 흠집이 생겼으며 손잡이 끝에 달려 있는 약간 긴 가죽 끈은 낡아 보였다. 그러나 검날만은 여전히 날카롭게 서서 새파란 광채를 내뿜었다. 그가 검을 뽑아 들어 나에게 달려들 자세를 취하자 분위기가 험악해지는 걸 원치 않았는지 박스터가 그런 그를 말리며 나섰다.

"왜 네 친구들을 성벽 밑으로 밀었지? 몬스터들이 온다는 것을 알고 있으면서……."

그러나 박스터의 표정도 별로 좋지 않았고 목소리도 차가웠다. 하지만 그제야 그들이 왜 분노하는지 알게 된 나는 피식 웃었다.

"그들이 이 정도에 죽을 것 같으면 내려보내지도 않았어요."

나는 가볍게 대꾸해 주며 다시 마법을 날리기 위해 몬스터들을 향해 시선을 돌렸다. 하지만 그때 또다시 박스터의 질문이 날아들었다.

"네 실력 정도면 그들이 밑으로 내려가지 않아도 충분히 처리할 수 있다고 보는데?"

어쩔 수 없이 나는 다시 고개를 돌려 그를 바라보았다. 그리고 이제는 진지한 표정으로 대꾸해 주었다.

"물론 그렇지요. 하지만 그전에 성문이 부서져 버릴걸요?"

그들이 내 말을 못 알아들었는지 의아한 표정을 짓자 나는 부연 설명을 덧붙였다.

"며칠 동안의 공격에 의해 성문이 많이 약해져서 이번 한 번만 더 몬스터의 공격을 받으면 부서질 거라구요. 그리고 내가 성문을 부수길 바라지 않는 한 마법을 성문 바로 앞에 날릴 수는 없잖아요? 그래서 내가 위에서 공격을 할 동안 저들은 성문을 지키라고 내려보낸 거라구요. 자, 이젠 대답이 되었나요?"

망루는 성문 바로 위에 있었기 때문에 여기서 떨어지면 바로 성문 앞에 도착했기에 나는 그들을 성문 앞으로 보내기 위해서는 그냥 밀어 떨어뜨리기만 하면 되었던 것이다. 나는 그들의 대꾸는 바라지 않았으므로 그 즉시 고개를 돌려 밑을 내려다봤다. 그들이 나를 방해하는 바람에 몬스터들이 빠른 속도로 밀려 내려와 벌써 전투가 벌어지고 있었다. 류미르는 바람의 중급 정령과 불의 중급 정령을 각각 하나씩 불러내고는 자신도 단검을 들고 몸을 날리고 있었고, 세이몬도 온몸에 검은 마기를 풀풀 날리면서 손을 뻗고 있었다.

뭐, 그들이 이 정도 가지고 쩔쩔맬 실력들이 아니란 걸 알고 있었기 때문에 그들의 그런 모습을 보고 나는 살짝 미소를 띤 채로 느긋하게 손을 들어 올려 몬스터 떼의 중앙을 향했다.

"윈드 스톰!"

강력한 회오리바람이 그들을 덮쳐 갔다. 녀석들은 강렬한 소용돌이를 일으키며 다가오는 바람의 폭풍을 보고 놀라서 서로 앞을 다투어 달아나려고 했지만 워낙 그들이 밀집되어 있었고, 또한 그들도 서로 싸우고 있었던 터라 몸을 피하는 녀석들보다는 바람에 날려 하늘 높이 날아가는 녀석들이 더욱더 많았다. 그러나 그때 그 소용돌이를 피해 나를 향해 가고일 두 마리가 괴성을 지르며 달려들었다.

쿠어어어~

"흥, 바보 같은 놈들."

나는 그 모습을 코웃음을 치며 바라보다가 가고일과 나와의 거리가 거의 10m 정도 되었을 때 여유있게 손가락을 부딪쳐 딱 소리를 내며 중얼거렸다.

"매직 미사일!"

두 개의 거의 어른 팔뚝만한 불화살이 내 주위에서 생겨났다. 내가 가고일을 손가락으로 가리키자 불화살들은 알아들었다는 듯이 곧장 놈들의 머리를 향해 날아갔다. 가고일들은 자신들의 눈앞으로 다가오는 불화살을 보고 얼른 몸을 피하려고 날개를 퍼득거렸지만 나에게 달려들던 속도가 있었던지라 피하지는 못하고 겨우 제자리에 멈췄을 뿐이었다.

그리고 곧 두 가고일이 사이 좋게 얼굴 중앙에 화살 한 대씩을 맞고는 밑으로 떨어져 내렸다. 그런데 그 순간 세이몬과 류미르의 분노에 찬 비명 소리가 들려왔다.

"우아아악~"

"우쉬, 아린!! 어따가 떨어뜨리는 거야!"

나는 아차 싶어서 얼른 밑을 내려다보자 그들은 벌써 하늘에서 떨어지는 가고일의 시체를 가뿐하게 피하고서는 망루 위에서 상체를 내밀어 밑을 내려다보는 나를 향해 분노에 찬 시선을 보냈다.

"아하하하, 미안. 깜빡했어~"

나는 그들에게 실실 웃으면서 두 손을 모아 머리 위로 올려 사과했다. 그러자 그 뒤를 이어 류미르의 외침이 들려왔다.

"그러면 용돈 인상이야!!"

"뭐? 아니, 무슨 소리야?!"

나는 인상을 팍 쓰며 물었다.

"네가 잘못한 걸 사과하는 성의는 보여야 할 거 아냐? 그러니까 용돈을 금화 다섯 개로 올려줘~"

그는 나를 올려다보면서 잘도 몬스터들의 공격을 요리조리 피하며 소리쳤다.

"웃기지 마아~ 금화 세 개면 엄청나게 많은 돈 아냐? 그런데 거기서 뭘 더 바래?"

그러자 이번에는 마력으로 그 주위의 몬스터들을 다 쓸어버리며 세이몬이 소리쳤다.

"용돈 인상! 용돈 인상! 그것도 자주 받는 게 아니잖아? 가끔 주면서 뭘 그래? 올려줘어~"

"시끄러! 그것도 많은 거라고. 그리고 내가 숙박비랑 식비를 다 대잖아. 그런데 뭘 더 바라는 거야?"

내가 주먹까지 휘둘러 가며 소리치자 세이몬이 능글맞게 대꾸했다.

"그럼, 우리 그냥 올라간다? 이거 처리 안 하고."

그러자 류미르도 즉시 몬스터들을 베어 넘기던 손을 멈추고는 단검을 검집에 집어넣는 시늉을 해 보이며 씨익 웃었다.

"어쭈구리? 그냥 올라오면 가만 안 둬껴!!"

"헹, 가만 안 두면 어쩔 건데? 우리가 언제 여기 온다고 했었냐? 네가 그냥 밀어서 떨어뜨렸으면서."

류미르는 거만하게 팔짱을 끼면서 코웃음을 쳤다.

"젠장, 알았어. 그럼 30셀 올려줄게."

"웃기지 마. 금화 다섯 개!"

류미르가 팔 하나를 풀더니 검지손가락을 들어 흔들어 보였다.

"얌마, 금화 다섯 개가 뉘 집 개 이름인 줄 알아? 자꾸 그러면 아예 안 줘버린다?"

"그럼 금화 네 개하고 50셀!!"

그 옆에서 세이몬이 몬스터들의 머리 위로 뛰어올라 마치 펌프를 하는 것처럼 이리저리 폴짝폴짝 몬스터 머리 위로 뛰어다니면서 외쳤다.

"시꺼! 그냥 금화 세 개에 50셀!!"

"우우~ 너무 짜다. 그럼 마음 넓은 우리가 양보해서 금화 네 개로 봐줄게!"

세이몬은 여전히 폴짝폴짝 뛰어다니면서 장난기가 가득 담긴 야유를 퍼부우며 외쳤다.

"우쒸, 이것들이… 너희들 그러면 다음부턴 싸구려 여관에서 제일 싼 것만 시켜 먹는다?"

"흥, 그러면 넌 그걸 안 먹냐? 괜히 구두쇠같이 굴지 말고 금화 네 개로 낙찰을 보자구. 우리도 금화 한 개를 양보했잖아?"

류미르가 다시 단검을 뽑으면서 선심 쓰는 것처럼 외쳤다.

"제기랄, 알았어. 대신 한 마을에서 용돈은 딱 한 번뿐이야. 알았어?"

"오케이!!"

류미르와 세이몬은 기분 좋게 합창으로 대답한 뒤 서로 마주 보며 기분 좋게 씨익 웃었다. 그 모습을 보자 괜히 뱃속에서 뭔가가 꼬이는 듯한 기분을 느껴 확 헬파이어를 날려 버릴까 진지하게 고려하고 있을 때 누군가가 외치는 소리가 들렸다.

"놈들이 물러갑니다!!"

그 소리를 듣고 살펴보니 정말 놈들은 다시 숲 속으로 물러나고 있었다.

"칫, 더 놀다 갈 것이지… 애들아, 놈들이 간단다. 그러니까 그만하고 올라와!"

나는 괜히 아쉬워서 입맛을 쩝쩝 다시며 다시 밑을 향해서 외쳤다. 그러자 류미르와 세이몬은 내 말이 끝나는 동시에 자신들의 재주껏 뛰어올라 망루 위로 올라왔다.

"아, 오랜만에 심하게 운동을 좀 했더니 온몸이 쑤시는군."

류미르가 기분 좋은 얼굴로 기지개를 켜며 말하자 세이몬도 웃으며 대꾸했다.

"그래도 한바탕 뛰니까 기분은 좋네. 요즘 추워서 잔뜩 움츠리고 다녔었는데."

"젠장, 제대로 부려보지도 못하고 용돈만 인상해 줬잖아?"

그 둘과는 다르게 잔뜩 찌푸린 얼굴로 투덜투덜대는 나였다.

그 후 일주일······.

몬스터들이 몰려오는 횟수는 점점 적어졌으며 또한 몰려오는 숫자도 줄어들어 일주일이 지난 뒤에는 서로 다른 종족끼리 와자지껄하게 몰려 내려오는 일은 사라졌다. 더욱이 하늘 높이 떠오르는 가고일을 발견하는 횟수도 점점 적어져 모두들 안도하고 긴장을 늦추는 기색이었다. 덕분에 우리는 공작의 제안에 의하여, 갑작스런 돌발 상황이 발생하여 우리를 부르지 않는 한 공작을 따라 매일 성벽으로 나가는 대신 성에 머물러 있게 되었다.

그리고 며칠이 더 지나면서 날이 점점 추워진 데다 몬스터들의 위협이 점점 줄어들자 이 마을을 떠나는 용병들이 하나둘씩 생겨나게 되었다. 그래서 나중에는 성벽 근처에 만들어놓은 용병들을 위한 막사와 이곳 병사들을 위한 막사가 사라지고, 이곳을 떠나지 않은 용병들은 성에 있던 병사들을 위한 기숙사에서 지내게 되었다.

원래 그 병사들을 위한 기숙사는 성을 지키는 병사들을 위해 존재하는 거였지만 이곳 병사들은 다 이 마을 출신이라 마을에 집이 있었고, 게중에는 가정을 꾸리고 있는 사람도 있어 그날 당번을 제외한 병사들은 모두 집에서 출퇴근했기에 그 병사들을 위한 기숙사는 거의 비어 있었다고 했다.

"흐음, 그렇다면 성벽 근처에 있던 병사 막사가 사라진 것도 그곳에 있는 병사들이 다 집으로 갔기 때문이군요?"

지금은 저녁 시간.

우리는 성의 커다란 식당에서 공작 내외와 그의 외아들, 그리고 모저와 같이 저녁 식사를 들고 있었다. 모저는 우리와 함께 계속 성에서 머무는 것이 아니라 항상 공작과 함께 다녔기 때문에—공작은 우리에게는 손님 대접을 해주었지만 모저만큼은 항상 데리고 다녔다—우리가 그를 만나는 것은 대부분 공작과 함께였다.

공작이 저녁을 먹으면서 현 상황을 친절히 설명해 주자 류미르가 알아들었다는 듯이 고개를 끄덕이다가 질문하자 공작 역시 고개를 끄덕이며 대답해 주었다.

"그렇지, 아무래도 위급 상황은 넘긴 것 같으니까 병사들을 성벽 근처에 붙들고 있을 이유는 없잖은가. 게다가 이제 추워지니 계속 막사에 있는 것도 힘들고 말야."

"그럼 용병들은 몇 명이나 남았어요?"

이번에는 세이몬이 물었다.

"아, 지금 현재 20여 명이 남았어. 만약을 대비하여 그들은 남아 달라고 했지."

"흐음… 그렇군요."

류미르가 중얼거리면서 고개를 끄덕일 때 문득 걱정스런 기색이 완연한 가느다란 목소리가 들려왔다.

"그럼, 형들은 어떻게 할 거야? 형들도 갈 거야?"

고개를 돌려보니 공작의 외아들 녀석이 보랏빛 눈동자에 불안한 기색을 가득 담고 우리를 둘러보고 있었다. 녀석의 이름은 로버트 막슈타드 그레놀리. 이 성에 자신의 또래가 없다 보니까 그래도 가장 나이 차가 적은 우리를 무척 따랐던 것이다. 더욱이 류미르와 세이몬도 녀석을 귀찮아하지 않고 잘 데리고 놀았기 때문에 지금은 무척 친해져서 우리가 가는 곳 어디나 항상 같이 다니는 존재가 되어 있었다. 특히 세이몬은 이애를 무척 좋아해서 녀석이 공부할 때도 옆에서 같이할 정도였다. 덕분에 우리는 공작부인하고도 많이 친해질 수 있었다.

"로비, 아버지가 말씀하시는 데 끼어들면 못써요."

아들 옆에 앉아 있던 공작부인이 부드러운 목소리로 녀석의 애칭을 부르면서 말하자 아직도 불안한 기색을 지우지 못한 로비가 자신의 어머니를 돌아보면서 머뭇머뭇 말했다.

"하지만 형들이 가는 건 싫은데……."

그러자 그 모습을 보고 있던 공작이 부드럽게 웃으며 자신의 아들을 향해 말했다.

"걱정 말거라. 사실 오늘 이렇게 이야기를 꺼낸 것도 네가 그렇게 좋아하는 형들에게 여기 계속 있어달라고 부탁하기 위해서니까."

그의 말이 끝나자마자 로비의 얼굴이 환해졌다.

"정말이죠, 아버지?"

"그럼, 내가 언제 너한테 거짓말하는 거 봤냐?"

"아뇨, 헤헤헤……."

공작이 장난스럽게 한쪽 눈을 찡끗하자 로비는 너무 기분이 좋아져서 실실 웃으며 머리를 긁적이다가 기대에 차 반짝반짝 빛나는 눈으로 우리를 바라보았다.

"여기 계속 있을 거지? 응?"

그러자 공작도 우리를 바라보며 입을 열었다.

"사실 용병들을 그렇게 보낼 수 있었던 것도 자네들이 있어주었기 때문에 할 수 있었던 거네, 자네들만 있으면 정말 든든하니까. 어때, 있어주겠나?"

그러자 즉각 세이몬과 류미르의 시선이 나에게로 날아왔다. 덕분에 공작을 위시한 다른 모든 사람들의 시선까지 날아왔기에 나는 얼굴이 따끔따끔거리는 걸 느끼며 입을 열어야 했다.

"에… 뭐, 저희도 겨울을 지낼 곳이 필요했거든요. 용병들이 떠나길래 이곳 일이 끝난 줄 알고 이 추위를 어떻게 뚫고 가나 걱정하던 참이었는데, 그렇게 제안해 주시니 저희로서는 정말 고마운 일인데요."

그리고는 잠시 입을 다물고 뜸을 들인 뒤 로비의 불안한 얼굴을 향해 한번 씨익 웃어주고는 공작을 향해 입을 열었다.

"괜찮으시다면 봄이 올 때까지는 계속 머물러 있겠습니다."

"야호~!!"

내 말이 끝나자마자 로비가 벌떡 일어나 내가 아닌 세이몬에게 달려들어 그의 목에 매달려 소리를 질렀다.

"저런저런, 로비, 그러면 못써요. 형 식사하는 데 방해가 되지 않니."

공작부인이 얼른 자리에서 일어나 세이몬에게 매달려 있는 로비에게 다가가려고 하자 공작이 껄껄 웃으면서 손을 내저으며 그런 부인을 말렸다.

"껄껄껄, 그냥 놔두구려, 부인. 좋아서 그러는데 보기 좋지 않소?"

"하지만……"

"괜찮아요. 우리는 뭐 사람이 아니오? 항상 예의를 따지는 것도 귀찮은 일이라오. 이럴 때도 있고 저럴 때도 있는 게 아니겠소?"

공작부인은 그래도 탐탁지 못한 얼굴로 세이몬 쪽을 바라보다가 세이몬이 귀찮아하는 표정이 아니자 안심하고는 다시 자리에 앉았다.

"그래, 그럼 당신은 어쩌겠소? 내 욕심대로면 당신도 남아주었으면 하는데 말이오."

공작이 이번에는 모저 쪽으로 시선을 돌렸다. 그러자 막 포크를 입으로 가져가려던 모저가 다시 포크를 내려놓고는 공작을 향해 입을 열었다.

"저는 별로 한 일이 없습니다만."

"무슨 소리요? 그동안 몬스터들이 몰려올 때 당신이 성 바깥으로 나가서 보여준 활약이 있는데 어떻게 한 일이 없다고 말할 수 있소? 어떻소, 당신이 만약 머물러 준다면 용병 대장 크러스티와 같은 돈을 지불할 용의가 있는데…… 아아, 비록 당신이 평소에 받을 돈보다는 적겠지만 말이오."

그러자 모저는 슬쩍 공작부인과 그의 아들 로비를 둘러보더니 어깨를 으쓱해 보였다.

"뭐, 일이 없어서 이쪽으로 온 것이었으니까요. 어차피 지금 여기를 떠나 보았자 겨울이라 마땅한 일도 없을 테니 저로서야 나쁘지 않은 제안이군요."

그러더니 다시 접시로 시선을 돌리고는 포크를 집어 들었다. 그러나 공작은 그가 그러든지 말든지 신경 쓰지 않고 환한 얼굴로 말했다.

"그거 참 다행이구려. 그렇다면 나도 정말 안심이오."

다음날 아침, 밤새도록 내린 눈에 의하여 온 세상이 하얗게 덮여 있었다. 게다가 아침이 되어서도 그치지 않고 계속 함박눈이 내리고 있었다.

"우와, 눈이다. 눈~!"

로비가 환호성을 지르며 밖으로 뛰어나가려고 하자 공작부인이 먼저 그를 제지했다.

"아침도 안 먹고 어딜 가려고! 아침 먹고 옷 든든하게 입고 형들이랑 같이 나가서 놀아요."

"예!!"

평소 같으면 시무룩한 얼굴로 대답했을 테지만 눈이 왔다는 기쁨에 그런 감정도 싹 사라졌는지 로비는 힘차게 대답했다. 그 모습이 너무 귀여워 그를 보는 모든 이들의 입가에 저절로 미소가 그려졌다.

우리는 로비를 위하여 최대한 빨리 아침 식사를 마치고 밖으로 나섰다. 벌써 성 앞뜰에는 시종들에 의하여 사람이 다니는 길목은 눈이 치워져 있었다. 하지만 넓은 정원에는 길을 제외한 나머지 곳의 눈은 치우지 않았기 때문에 우리는 어떠한 자국도 없는, 마치 아무것도 그려지지 않은 새하얀 도화지 같은 벌판에 제일 먼저 발자국을 남길 수 있는 영광을 가질 수 있었다.

"형아, 눈사람 만들자. 응?"

로비는 가장 절친한 세이몬의 팔을 부여잡으면서 졸라댔다. 그러자 세이몬은 멀뚱한 얼굴로 나를 돌아봤다.

"아힌, 눈사람이 뭐냐?"

"아, 그건 애들이 장난 삼아 만드는 건데, 커다란 눈 덩어리를 두 개 만들어서 하나를 땅에 놓고 다른 하나를 그 위에 올려놓은 다음 위에 있는 눈덩이에 눈, 코, 입을 만드는 거야."

"그래? 그럼 그 눈 덩어리는 어떻게 만드는 건데?"

그러자 로비가 코맹맹이 소리를 내며 말했다.

"헤엥~ 형은 그것도 몰라? 봐, 이렇게 작게 눈을 뭉쳐서……."

로비는 그 자리에 쪼그리고 앉아 작은 두 손 가득히 눈을 모아서 꼭꼭 눌러 뭉쳤다.

"됐지? 이걸 눈 위에 굴리는 거야. 그럼, 아주 커져."

그러면서 작은 눈 덩어리를 눈 위에 올려놓고 굴리기 시작했다. 처음에는 잘 굴러가지 않고 덩어리도 안 만들어지다가 곧 이어 서서히 눈이 묻어지면서 덩어리도 커졌다.

"뭐 해, 형? 내가 머리를 만들 테니까 형은 몸통을 만들어."

그러자 멍하니 로비가 하는 모습을 지켜보고 있던 세이몬은 퍼뜩 정신이 든 듯이 허둥지둥 자신도 눈을 뭉쳤다.

"응, 응, 알았어."

"뭐야, 세이몬. 옆이 찌그러졌잖아. 옆으로 굴려, 옆으로……."

"이쪽으로?"

"응, 그렇지… 아, 조금 더 옆으로, 응, 그래. 그렇게……."

류미르는 세이몬이 눈 덩어리를 굴리는 데 옆에서 따라가며 이것저것 코치를 해주었다. 평소 같으면 류미르의 참견에 벌컥 화를 낼 세이몬이었지만, 오늘따라 왜인지는 모르겠지만 그가 지적해주는 대로 순순히 따라 하고 있었다.

나는 그 모습을 보고 피식 웃다가 몸을 돌려 성의 부엌으로 가서 눈사람에게 없어서는 안 될 코와 입 등을 만들 재료를 얻어서 나왔다. 그때쯤에는 그들도 눈 덩어리를 다 만들어서 로비가 만든 작은 눈 덩어리를 세이몬이 만든 큰 눈 덩어리 위에다 올려놓고 있었다. 그리고는 류미르가 바닥에서 눈을 약간씩 집어 올려 머리가 몸통에서 떨어지지 않게 그 틈새에 눈을 꼭꼭 붙이고 있었다.

"오, 내가 때를 잘 맞췄군."

나는 그렇게 외치며 그들에게 다가가 검은 숯 덩어리 두 개를 눈의 위치에 끼우고 홍당무를 코가 있는 곳에 뾰족한 끝이 보이게끔 끼웠다. 그리고 길다란 막대기를 살짝 구부려 부드러운 곡선을 만든 뒤에 입을 만들었다.

"아이구, 잘 만들었네요. 그럼 제가 조금만 도와드릴까요?"

우리가 눈사람을 만드는 모습을 부드러운 눈으로 바라보고 있던 마부들 중 가장 나이가 많은 사람이 어딘가를 갔다 오더니 다가와 낡은 빗자루 두 개를 몸통에 꽂고 다 낡은 모자를 눈사람 머리에 씌워주었다.

"와, 멋있다!!"

로비가 그 모습을 보며 펄쩍펄쩍 뛰며 좋아하였다. 나는 왠지 그의 그런 모습에 은근 슬쩍 장난기가 생겨 눈을 작게 뭉친 다음 로비가 눈치 채지 못하게 슬쩍 다가가 갑작스레 그의 옷 속에 가지고 있던 눈 뭉치를 집어넣었다.

"앗, 차거~!"

로비는 깜짝 놀라며 자신의 옷 속에 들어간 눈 뭉치를 빼내려 몸을 비틀었다.

"우~ 차거, 차거, 차거."

"푸하하하, 차갑긴 뭐가 차가워? 시원하지?"

"호오, 그렇단 말이지? 그럼 이것도 시원하겠다?"

내가 로비를 향해 깔깔대고 웃자 갑자기 세이몬의 목소리가 들려오면서 눈 뭉치가 날아왔다. 그러나 나는 여유있게 슬쩍 옆으로 피하면서 말했다.

"헹, 그 정도로 나를 맞출 수 있을 것 같아?"

그러면서 나는 세이몬을 향해 손을 치켜들었다.

"윈디!"

그러자 가벼운 바람이 일어나 눈을 들어 올려 세이몬에게 흩뿌렸다.

"우왓, 차가워!"

"어이, 어이, 눈싸움에 마법을 쓰면 어떻게 해? 이렇게 해야지."

류미르는 낄낄 웃으면서 어느새 뭉쳐 놓았는지 자신의 발 밑에 완성되어 있던 여러 개의 눈 덩어리를 집어 들고는 하나를 나에게 던졌다.

"받아랏!!"

"어쭈구리, 좋았어. 네 도전을 받아주지."

나는 재빨리 몸을 숙여 눈을 집어 들었다. 그런데 그때 공교롭게도 로비가 던진 눈 덩어리가 내 등에 직격했다.

"우와, 맞았다!!"

"로비, 너어~!!"

나는 뭉친 눈 덩어리를 류미르에게 던지는 대신 로비에게 던졌다.

"우아아악~!!"

로비는 재빨리 쪼르르 달려가 세이몬의 등 뒤로 숨었다.

"비겁하다, 너. 남의 등 뒤에 숨는 게 어딨냐?"

"뭐 어떠냐!"

내가 소리치자 세이몬이 지지 않고 소리치며 나에게 눈 뭉치를 던졌다. 그러나 내가 슬쩍 피하는 바람에 나에게 눈 덩어리를 던지려고 몰래 내 뒤에 와서 서 있던 류미르가 맞고 말았다.

"좋았어. 다 덤벼. 내가 눈싸움의 진수를 보여주겠다!"

류미르는 세이몬에게 눈 덩어리를 던지며 외쳤다.

그렇게 시작된 우리들의 눈싸움은 점심때가 다 되어 로비의 유모가 밖으로 나와서 우리들을 부를 때까지 계속되었다.

"도련님, 이제 그만 하시고 식사하세요. 거기 세 분도 그만 하시고 들어오세요. 옷이 다 젖었잖아요. 그러다 감기 걸려요!"

그러자 지쳐서 헥헥거리고 있던 로비가—녀석은 지기 싫어서 헥헥거리면서도 끝까지 눈싸움에 끼어들었다—얼른 유모에게 달려가며 외쳤다.

"먹구 합시다!!"

그의 그런 모습에 우리는 피식 웃으면서 그쪽으로 발걸음을 옮겼다. 그런데 그때 나의 눈에 어떤 사람들이 눈에 들어왔다. 용병인 듯 보이는데 나이가 용병을 하기에는 좀 많아 보이는 세 사람이… 그런데 그 사람들이 왠지 낯설지가 않았다.

'흐음, 분명히 어디선가 본 것 같은데… 어디서 봤더라……?'

그러나 아무리 머리를 굴려도 생각이 나지 않아서 나는 슬쩍 아까 우리가 눈사람을 만들 때 도와준 마부 곁으로 가서 물었다.

"혹시 저 사람들 누군지 알아요?"

그는 우리 때문에 엉망진창이 된 길을 쓸고 있다가 내 질문에 고개를 들어 내가 가리키는 쪽을 바라보았다.

"아아, 저 사람들이요? 용병들입죠. 하지만 용병들 사이에서 말들이 많아요. 자신들끼리 따로 노는 데다가 전투에도 잘 참여 안 한다던가? 글쎄 용병들 막사에 있지 않고 여관에 있다가 용병들이 이리로 옮겨오자 그제야 용병대에 합류했다는군요."

나는 그에게 고맙다고 말하고는 몸을 돌려 벌써 저만큼 가 있는 류미르와 세이몬을 따라잡기 위해 뛰었다. 그리고는 힐끔 그 용병들을 바라보자 붉은 얼굴의 용병이 눈에 들어왔다. 그제야 나는 그들을 어디서 봤는지 기억이 났다. 그들은 여관에 온 첫날 저녁 식사 시간에 괜히 우리에게 시비를 걸던 용병들이었던 것이다. 그리고 그때 그들에게 느꼈던 의심스러움이 다시 피어 오르고 있는 것을 느꼈다.

성에서 지낸 지 몇 주가 쏜살같이 흘렀다. 그동안 날씨는 더욱더 추워졌으며 몇 번 눈이 더 내렸다. 그리고 요즘은 밤만 되면 강하게 바람이 불어 눈보라가 휘몰아치기도 했다. 이렇게 성에서 지내는 동안 세이몬과 로비는 더욱더 친해져 한시도 떨어져 지내지 않게 되었고, 류미르는 추운 날씨에 성 바깥으로의 출입이 뜸해지게 되자 성안에 있는 서재에 틀어박혀서 지냈다. 그 녀석은 의외로 아는 것이 많아서 가끔은 로비와 세이몬에게 여러 가지 이야기도 해주는 모양이었다.

그리고 나는 점점 게을러져만 갔다. 여행을 다닐 때에는 식사를 내가 챙겨야 했기 때문에 시간만 되면 칼같이 일어나서 노숙할 때는 식사를 마련했고, 여관에 묵을 때는 류미르와 세이몬을 깨워 식당으로 내려가게 했지만, 이곳에 머물고 있으려니 아침에 일어나 요리를 할 필요도 없었고, 류미르는 거의 서재에서 자고 먹고 하느라 얼굴 보기도 힘들었고, 세이몬은 로비가 다 알아서 깨우고 있었으므로 내 할 일이 전혀 없었기에 나는 아침마다 일어나는 시각이 점점 더 늦어지고 있었다. 게다가 추운 날 아침에 일어나는 것보다는 따뜻한 깃털로 만들어진 이불의 부드러운 촉감을 즐기고 뒹굴뒹굴하는 것이 백배는 더 좋았기 때문에, 이제는 아침을 거르고 늦게까지 침대 속에서 뒹굴거리는 것이 내 아침 일과가 되어버렸다.

"후아아암~!"

오늘도 예외는 아니어서 정오가 다 되어서야 겨우 침대 위에서 몸을 일으켜 기지개를 쭉 켰다. 하도 침대 속에서 뒹굴거리다 보니 온몸이 다 찌뿌둥한 데다 슬슬 배가 고파지기 시작했던 것이다. 머리를 긁적이면서 목욕을 할까 생각해 보았지만 이렇게 추운 날 머리를 감으려는 생각을 하려니 오한이 절로 들면서 몸이 부르르 떨렸다.

"쳇, 이런 날씨에는 할머니네 집에 놀러가는 게 딱인데… 아, 그러고 보니 온천에 가고 싶구나… 애들 데리고 온천에나 놀러 갔다 올까?"

하지만 곧 나는 온천에 가본 적이 한 번도 없다는 사실을 깨달았다. 그러니 공간 이동은 불가능했고, 가려면 천상 이 추위를 뚫고 날아서 가든지 아니면 말을 타고 여행을 해야만 했다.

"쳇, 이럴 줄 알았으면 고룡들께 인사드리러 갔을 때 할아버지를 졸라서라도 가볼 걸 그랬어."

나는 혼잣말로 중얼중얼대면서 내 침실에 마련되어 있는 세면대로 다가가 그 옆에 있는 커다란 단지 안에 있는 물을 세숫대야 안에다 조르륵 따랐다. 아마도 내 방에 날라져 왔을 때에는 따뜻한 물이었겠지만 지금은 다 식어서 미적지근했다.

"에잉, 오늘도 그냥 세수하지 말고……."

나는 세숫대야에 담겨 있는 물속에 손가락 끝을 담가봤다가 그 시원함에 얼른 손가락을 빼낸 뒤 인상을 쓰고는…

"클리어~!"

라고 중얼거렸다. 그러자 빛의 입자들이 갑자기 공중에서 생겨나 둥그런 링 모양을 형성하더니 그 사이로 내 몸을 끼우고는 스르르 내 머리부터 발끝까지 한번 쭉 훑어갔다.

그러자 그 링이 훑어간 자리는 내 몸의 부스스하고 지저분한 모습은 온데간데없이 사라지고는, 마치 방금 씻기라도 한 것처럼 깨끗, 단정한 모습이 되었다.

"후후, 역시 마법이란 편리한 것이여."

이 마법은 내가 요즘같이 추운 날씨에 목욕하기가 싫어서 마법 책을 다 뒤져서 찾아낸 마법으로 직접 물을 사용해서 씻지 않아도 씻은 것처럼 깨끗하게 해주는 마법이었다.

이 마법을 알아낸 뒤로 나는 한 번도 물에 내 몸을 담가본 일이 없었다(왜 그런 눈으로 보는 거야? 그래도 깨끗하다니까……).

이렇게 내 나름대로 씻고 식당으로 내려가자 그때가 점심 식사 시간이었는지 공작 내외를 비롯한 세이몬과 로비가 식당에 앉아 있었다.

"어? 아힌 형아, 지금 일어난 거야?"

이제는 나보고도 친하게 형아라고 부르는 로비 녀석이 내 모습을 보자마자 친한 척하면서 말을 걸어왔다.

"아아, 로비. 일찍 일어났구나?"

"형아는 맨날 늦게 일어나. 엄마가 그러시는데 그렇게 늦게 일어나는 사람은 게으름뱅이가 된댔어."

그러자 공작부인의 얼굴이 살짝 붉어지면서 그녀의 눈이 아들을 살짝 흘겨보았다.

"로비, 형한테 무슨 말이니?"

"하지만 엄마가 그랬잖아요."

공작부인은 이제 아예 붉어진 얼굴로 당황해서 어쩔 줄 몰라 했다. 그러자 그런 그녀를 세이몬이 구원하였다.

"맞아, 맞아. 게으른 건 나쁜 거야. 이제부터는 로비가 아힌 형아가 더 이상 게을러지지 않도록 아침에 깨워줘."

그러자 로비가 열성적으로 고개를 끄덕거렸다.

"응, 나 열심히 아힌 형아를 깨워서 아힌 형아가 게으른 부인처럼 되지 않게 할 거야."

나는 벙찐 얼굴로 녀석을 바라보며 물었다.

"게으른 부인?"

"응. 있지, 류미르 형아가 해준 이야기 속에 나오는 사람인데 굉장히 게으른 여자래. 너무 게을러서 밥 먹는 것도 귀찮아서 굶어죽었다던걸?"

"하.하.하. 그으래?"

"응, 그러니까 내가 형아가 그렇게 되지 않게 아침마다 일찍일찍 깨워줄게!"

로비는 주먹까지 불끈 쥐어 보이면서 단단히 결심한 얼굴을 해 보였다. 그 녀석의 그런 모습에 나는 뭐라고 대꾸하지도 못하고 속으로 이제부터는 내 방에다 결계를 칠 것을 다짐하며 자리에 앉았다.

"어? 그런데 류미르가 안 보이네? 이 녀석 아직도 서재에 있는 거야?"

내가 세이몬을 돌아보며 묻자 세이몬은 자신도 모른다는 얼굴로 어깨만 으쓱해 보였을 뿐이다. 그러자 공작이 입을 열었다.

"아아, 그래요. 그 청년은 정말 열심이더군. 조금만 있으면 내 서

재의 책을 다 읽고 말 거야."

"흐음, 아마 류미르 형이 어렸을 적에 책을 좋아하는 형을 나쁜 사람들이 책 읽지 못하게 괴롭혔을 거예요. 그래서 형이 그때의 한을 지금 푸는 건지도 몰라요."

로비가 진지한 얼굴로 자신의 생각을 말하고는 그 추리가 괜찮다고 생각했는지 만족한 얼굴로 고개를 끄덕였다. 그러자 공작이 허허 웃으며 말했다.

"로비야, 꼭 그렇지 않아도 책을 좋아하는 사람은 많단다. 학자들이나 마법사 같은 사람들이 다 그런 사람들이지."

"에? 정말요? 믿을 수 없어."

"저런저런, 네가 책을 좋아하지 않는다고 해서 다른 사람들까지 너와 같다고 생각하면 안 되지."

공작의 말이 끝나자마자 내가 로비를 의미심장한 눈으로 바라보며 싱긋 웃었다.

"얼라리오? 로비이~? 너, 책 싫어하니?"

그러자 녀석이 얼굴이 붉어진 채 고개를 푹 숙이면서 우물쭈물하며 중얼거렸다.

"아니, 그게……."

그런 녀석의 모습이 너무 귀여워서 녀석을 제외한 식당 안에 있는 사람들이 미소를 짓자 녀석이 고개를 번쩍 쳐들고는 비장하게 외쳤다.

"난, 세이몬 형 같은 멋진 용사가 될 거니까 책을 좋아할 필요는 없어!"

"저런저런, 하지만 용사라도 지식은 지니고 있어야 해요."

공작부인이 부드러운 어조로 입을 열었다.

"어? 하지만 세이몬 형은 굉장한 용사인데도 책 읽는 건 한 번도 못 봤는데요? 게다가 아힌 형도 마법사인데도 한 번도 못 봤어요."

로비의 말에 나와 세이몬은 속이 뜨끔한 표정을 짓고 서로 마주 보며 어색한 웃음을 흘렸다.

"이봐이봐, 로비. 우리가 여기 와서 책을 안 읽었다고 공부를 전혀 안 한 건 아니라고. 여행하기 전에 우리가 얼마나 많은 공부를 했는데."

나는 변명조로 로비를 향해 항변을 했다.

"정말?"

그러나 로비는 믿기지 않는다는 듯한 얼굴로 입을 열었다.

"그런데 왜 여기서는 공부를 안 하는 거야? 우리 선생님이 그러시는데 공부는 항상 해야 하는 거랬어. 아무리 많이 했다고 하더라도 중간에 공부를 쉬면 아무 소용이 없다고 했는걸?"

'우쒸, 그 선생 자식 도대체 누구야?'

"로비, 형은 로비가 보지 않을 때 공부를 하는 거예요."

공작부인이 내가 너무 안돼 보였는지 입을 열었다.

"아, 그렇구나……."

나는 더 이상 그쪽으로 대화가 진행되는 걸 막기 위하여 세이몬을 향해 시선을 돌리며 입을 열었다.

"그런데 세이몬, 네가 어떻게 해서 멋진 용사가 된 거냐?"

"아아, 전에 몸이 하도 찌뿌둥해서 이 성의 기사랑 한번 대련을 했거든."

"그래? 흐음."

표정을 보아하니 별로 만족할 만한 대련은 아닌 듯했다.

"그럼 나랑 한번 할래? 마침 나도 몸이 찌뿌둥한 참이었거든. 이 참에 밥 먹고 나가서 한판 붙자."

그러자 세이몬의 얼굴이 환하게 펴졌다.

"정말이지? 좋았어."

우리는 점심 식사를 빨리 끝내고 일어나서 밖으로 나갔다. 로비는 환호성을 지으며 우리를 따라 나왔고 공작도 흥미 어린 얼굴로 따라 나섰다.

바깥의 추운 날씨에도 불구하고 성의 연무장에는 기사들과 용병들이 각각 자신들 나름대로 몸을 단련시키고 있었다. 그리고 그들 중에는 모저도 보였다. 그는 몸을 풀고 있지는 않았지만 연무장에서 땀을 흘리고 있는 용병들을 바라보고 있었다.

모저는 요즘 자신이 특별 대우받는 건 온당치 못하다며 고집을 부려 성안의 병사들 기숙사에서 다른 용병들과 같이 지내고 있었기에 내가 성 밖으로 나오지 않는 한 얼굴을 볼 수가 없었다.

여전히 묵뚝뚝한 얼굴의 그는 냉정한 눈길로 용병들을 바라보고 있었다.

"여기 잠깐만."

공작이 큰 소리로 외치자 모두들 동작을 멈추고는 공작을 향해 시선을 돌렸다.

"아힌 군과 세이몬 군이 대련을 하고 싶어하니 잠깐 자리를 만들어주지 않겠나?"

그러자 모든 사람들이 흥미로운 얼굴들로 제각 연무장 중앙에서 물러나와 자리를 마련해 주었다. 그리고 세이몬과 내가 중앙으로 나가는 것을 지켜보았다.

"아힌, 마법을 쓸 거야?"

"글쎄, 그러고 보니 난 마법사였지. 넌 그냥 격투기를 쓸 거잖아?"

"당연하지."

"흐음, 그럼 난 그냥 목검으로 할까? 어차피 대련이니까 검기는 쓰지 않고……."

"에이, 그러지 말고 그냥 네 검으로 해. 마법을 써도 상관없어. 그러는 게 더 재밌을 것 같아."

"너야 재밌을지 모르지만, 난 이곳을 부수고 싶은 맘 없단 말야."

내가 흘끗 저쪽에 서 있는 공작을 바라보며 말하자 세이몬도 긍정하는 듯 고개를 끄덕였다.

"아, 것도 그렇군. 그럼 넌 목검으로 하고 나도 마력을 쓰지 않고 그냥 하자고."

"오케이."

처음에는 평소에 장난치는 것처럼 나는 목검을 들고 기를 안 넣은 채로, 세이몬은 마력을 집중시키지 않은 채로 치고 받았다. 뭐, 아무래도 우리 실력(?)이 조금 있다 보니 치고 받는 속도는 장난이 아니게 빨랐지만 그렇다고 해서 파괴력이 있는 건 전혀 아니었으므로 실력이 있는 기사들이 보기에는 장난하는 것처럼 보일 게 뻔했다. 그러나 어느 한순간, 세이몬이 살짝 뒤로 물러날 때 발을 헛디디는 바람에 뒤로 넘어지려고 했다. 그 순간을 놓치지 않은 나는 목검으로 녀석의 얼굴 정면을 내려쳤는데, 이 녀석이 재빨리 왼손을 뒤로 뻗어 땅을 쳐 몸의 균형을 잡는 동시에 오른손에 본능적으로 마력을 집중시켜 나에게 뻗었다. 그 모습을 본 나는 재빨리 내려치는 목검을 정지시키고 몸을 뒤로 젖혔지만 내려치는 속도가 있었던지라 세이몬의 주먹은 내가 들고 있던 목검을 두 동강내고는 계속 뻗어와 내 얼굴 정중앙을 한 대 치고는 멈춰 버렸다.

퍼억!

그 순간 나는 눈앞에서 별똥별이 파바박— 하고 튀어 오르는 모습을 감상하며 멍하니 서 있다가 겨우 정신을 차리자 코가 얼얼하면서 콧속에서부터 뜨거운 기운이 콧구멍을 따라 흘러내리는 걸 느꼈다.

주르르륵~

"아앗, 어떻게 해. 우악, 코피가 났다! 이런… 미안, 아린. 일부러 그런 게 아니야."

내 앞에서 어쩔 줄 몰라 이리저리 왔다 갔다 하는 세이몬의 행동에 다시 정신이 산만해지는 것을 느끼며 아직까지 얼얼한 코에 손을 가져다 대었더니 엄청난 통증이 느껴지며 코끝이 내 손가락의 움직임에 따라 좌우로 흔들렸다.

"코뼈가 부러졌어……."

나의 거의 속삭이는 듯한 중얼거림을 세이몬이 들었는지 그 순간 그의 부산스러운 동작이 딱 멈춰졌다. 그리고 그의 얼굴이 천천히 내 쪽으로 돌려졌다. 그런데 내 쪽을 바라보는 그의 얼굴은 하얗게 질려 있었다.

"코뼈가?"

"응, 부러진 것 같아."

세이몬은 창백해진 얼굴로 다시 한 번 되물었다.

"진짜?"

"응, 아프다. 힐링."

나는 목검을 쥐고 있지 않은 왼손을 들어 올려 코 주위를 감싸고는 코뼈가 제자리를 이탈하지 않았다는 것을 확인하고는 주문을 외웠다. 곧 내 손에서는 하얀빛이 나기 시작했고, 그에 따라 점차 코의 얼얼함과 느껴지던 통증이 사라졌다.

한동안 그러고 있다가 다시 손으로 코를 만져 보았더니 제대로 붙었는지 이번에는 손가락으로 콧등을 꾹 눌러도 아프지 않았다.

"음, 제대로 된 것 같군."

내가 세이몬을 바라보며 말하자 세이몬은 여전히 창백한 얼굴로 바라보고 있다가 주춤주춤 뒤로 물러섰다.

"아니, 아린… 그게 그러니까… 정말 고의가 아니었어……. 정말이야, 믿어줘."

"웃기지 마, 임마. 첨에 마력은 안 쓴다고 해놓고선……."

나는 세이몬을 살벌하게 노려보며 목검을 쥐고 있던 오른손으로 마나를 집중시켰다. 그러자 목검에 약간 불그스름한 빛이 어리더니 내가 힘을 좀 더 강하게 주자 갑작스레 부러진 목검으로부터 약 50cm 가량이나 되어 보이는 빛이 치솟아 부러진 목검 날을 대신하였다.

"죽어써~!!"

"우아아악~!! 일부러 그런 게 아니야아아아아~!!"

"시끄럿!!"

나는 있는 대로 화가 나서는 세이몬에게 무작정 달려들었다. 세이몬은 나의 검기를 그대로 받아들이지는 못하겠는지 얼른 자신의 양손에 마력을 집중시켰다.

"잘못했어어어어~ 정말이야아아아~!!"

쿠왕~

콰과광—!

아까와는 비교도 안 될 정도로 다양한 효과음과 조명을 뿌리며 우리는 다시 대결을 시작했다. 그리고 거기에 덤으로 세이몬의 처절한 비명 소리까지 효과음으로 장식되었다.

성의 연무장은 내가 뿌려대는 검기의 난무로 인하여 점점 엉망이 되어갔으며 그에 따라 우리가 발을 디딜 수 있는 땅은 점점 줄어만 갔다. 그리고 우리의 대련의 속도는 점점 더 빨라졌으며 그에 따라 나의 공격력도 점점 높아만 갔다. 그러나 세이몬도 만만치 않은 실력자. 녀석은 죽을 것 같은 비명을 지르면서도 얼마나 날쌔게 뛰어다니는지 내가 날리는 검기를 하나도 맞지 않았다. 그 모습에 점점 더 열이 뻗친 나는 이성을 거의 상실해 버린 채로 왼손을 뻗어 소리치고 말았다.

"파이어 볼!!"

농구공보다도 더 커다란 불덩어리가 내 손에서부터 세이몬에게로 날아가자 세이몬은 재빨리 저만큼 피해 버렸다. 그러자 그 뒤에 있던 구경하던 사람들의 놀란 얼굴과 재빨리 피하려는 움직임에 내가 정신을 차리고 아차 싶어서 다시 손을 올릴 때였다.

갑작스레 하늘에서 물벼락이 쏟아지더니, 내가 던진 불덩어리는 물론 나와 세이몬까지 왕창 젖게 해버렸다. 놀라서 고개를 들어 하늘을 보니 공중에는 반인반어의 형상을 하고 있는 물의 중급 정령이 유유히 떠서 우리를 무표정한 얼굴로 내려다보고 있었고, 그와 동시에 날카로운 류미르의 소리도 들려왔다.

"뭐 하는 짓들이야!"

소리가 들리는 쪽으로 고개를 돌리니 류미르가 성의 중간쯤—아마 그곳이 서재인 듯—나 있는 베란다에 나와서 상체를 내밀고 우리를 향해 소리치고 있었다.

"놀려면 좀 얌전하게 놀앗! 시끄럽게 무슨 짓들이야? 남 책 읽는 데 방해되잖아!!"

"그러는 너야말로 이게 무슨 짓이야? 불덩어리만 끄면 됐지, 왜 우리까지 젖게 만드는 거야?!"

세이몬이 지지 않고 소리치자 류미르가 다시 되받아 소리쳤다.

"냉수로 샤워하고 정신 차리라고 그랬다!"

세이몬이 다시 뭐라고 소리치려고 입을 벌리자 나는 얼른 그를 말렸다.

"됐어. 그만 하자고, 세이몬. 이러다가 우리 감기 걸리겠다."

그렇지 않아도 이 추운 날 물벼락을 맞아 벌써부터 몸이 덜덜 떨리는 데다가 손도 새파랗게 되어가고 있던 참이었다. 그리고 몸을 움직이자 옷이 벌써부터 얼기 시작해서 뿌득뿌득 소리가 났다. 그런데 내가 여기서 저 둘 사이에 끼어들지 않았다간 이런 꼴로 계속 있을 것이 뻔했기에 나는 좀 전까지의 태도와는 정반대로 세이몬의 앞을 가로막았다.

그런데 그때 우리가 서 있는 연무장 주위의 경관이 눈에 들어왔다. 아까까지만 해도 멀쩡했던 연무장이 무슨 산사태라도 만난 모양, 제 모습을 알아보기도 힘들 정도로 엉망이 되어 있었다. 그러나 지금 내 상태로는 조금이라도 이곳에 머물고 싶은 생각이 눈곱만치도 없었기에 나는 나 대신 이곳을 정리해 줄 인물이 필요했다. 그리고 이곳을 예전의 모습으로 돌려놓을 수 있는 뛰어난 능력을 지닌 자가 지금 곁에 있었다.

"류미르, 이왕 이렇게 나온 거 여기 좀 정리해."

나는 류미르에게 그렇게 소리치고는 빠른 속도로 세이몬을 이

끌고 성안으로 들어갔다.

안으로 들어가자 어느새 뛰어 들어왔는지 로비가 벌써 들어와
서 하녀들에게 지시를 내린 뒤였기에 우리는 들어가자마자 그들
이 내온 마른 수건으로 몸을 닦을 수 있었다. 그리고 조금 더 기
다린 후 준비가 다 된 뜨거운 욕탕 속으로 들어갈 수 있었다.

"젠장, 이렇게 목욕을 하게 될 줄이야……."

나는 빨개진 코끝을 비비며 투덜투덜거리다가 물속에서 나와
재빨리 몸의 물기를 닦고는 하녀에게 뜨거운 물이 담긴 가죽 부
대를 부탁하고 얼른 침대 속으로 뛰어들었다. 그렇지 않아도 온몸
에 오한이 들기 시작하고 있었는데 데워지지 않은 침대 속의 차
가운 시트의 감촉에 소름이 돋고 손발이 차가워졌다. 하지만 곧
하녀가 가져다 준 뜨거운 물 주머니를 부둥켜안자 그것의 온기에
의하여 부들부들 떨리던 몸이 좀 풀리면서 살 것 같았다.

"아, 좋타~"

그 기분 좋은 느낌에 나는 물 주머니를 꼬옥 껴안고 있다가 그
대로 잠이 들어버려 저녁때까지 자버렸다. 잠깐 누웠다가 일어난
다는 생각에 눈을 감았다가 정신이 들어 눈을 떴을 때는 어느새
창밖이 캄캄해진 뒤였다.

"에구구, 얼마나 잔 거야?"

내가 벌떡 일어나 얼른 옷을 갈아입고 방문을 열고 나가자 나
를 부르러 온 듯한 하녀가 나를 보더니 반색을 하며 입을 열었다.

"아, 일어나셨군요. 저녁 식사하셔야지요."

'허걱, 벌써 시간이……'

새삼스레 내가 오늘 뭘 하며 하루를 보냈던가 되돌아보면서 터
덜터덜 식당으로 걸어 내려가자 그곳에는 낮과 마찬가지로 모두

들 이미 모여 있었다. 다른 점이 있다면 류미르도 그 자리에 함께 있다는 거였다.

"어이, 잠탱이~!!"

류미르가 나를 바라보자 손을 번쩍 들어 보이며 소리쳤다.

"누굴 보고 잠탱이라는 거야?"

내가 녀석에게 인상을 써 보이며 말하자 류미르는 능글맞게 웃으며 대꾸했다.

"너밖에 더 있어? 어이구, 얼마나 잤는지 눈이 다 부었네?"

그러자 로비가 똥그래진 눈으로 내 얼굴을 빤히 쳐다보며 말했다.

"어디어디, 정말 부었어? 저게 부은 거야?"

"으이그, 저 녀석 말을 믿냐? 난 잘 안 붓는 체질이라구."

나는 로비의 머리를 살짝 흩트려 준 뒤 내 자리에 앉았다.

"그래, 류미르. 연무장 정리는 잘했어?"

"아, 제법 해놨더라. 깨끗하던걸?"

류미르가 입을 열기 전에 세이몬이 먼저 대답했다.

"어? 그걸 네가 어떻게 알았어? 너, 다시 나갔어?"

그러자 이번에는 로비가 말했다.

"흐흥, 세이몬 형아는 목욕한 뒤 곧바로 나랑 나가서 검술 연습을 했는걸? 누구누구처럼 잔 게 아니라구~"

로비가 나를 보며 장난기 어린 시선으로 놀리자 공작부인이 재빨리 로비를 흘겨보았다.

"로비, 형한테……."

"아녜요. 아힌 녀석은 그런 말 들어도 싸요. 도대체 얼마나 자는 건지, 하루에 깨어 있는 시간이 한 시간이나 돼?"

류미르가 날 흘겨보며 말하자 나는 녀석으로부터 고개를 팩 돌렸다.

"냅둬유."

"어이구, 그런 녀석이 또 힘은 얼마나 센지. 내가 너희들이 죄다 파헤쳐 놓은 땅을 메꾸느라 얼마나 고생한지 알아?"

그러자 이번에는 세이몬이 류미르를 흘겨보았다.

"웃기지 마. 네가 뭘 했는데? 기껏해야 땅의 정령을 불러낸 것밖에 더 했어? 일은 다 정령이 했는데 왜 네가 생색을 내냐?"

세이몬의 말이 끝나자마자 로비가 그제야 생각났다는 듯이 반짝반짝 빛나는 눈으로 나를 돌아보았다.

"있지, 있지, 아힌 형아. 류미르 형아가 땅의 정령을 불러냈어. 나 그런 거 처음 봤거든? 근데 땅의 정령이 꼭 난쟁이 할아버지처럼 생긴 거 있지? 너무너무 신기했어."

"아아, 노움을 불러냈구나?"

내가 대수롭지 않게 대꾸하자 로비의 눈이 또다시 동그래졌다.

"어? 형도 알고 있었어?"

"응, 류미르랑 같이 있다 보니 불러낸 걸 몇 번 본 적이 있어."

"그래? 그거 너무너무 신기하지? 응, 응, 있잖아 흙이 저절로 막 움직여지고 솟아난 흙 덩어리가 저절로 막 들어가는 거 있지?"

로비가 계속해서 탄성을 지르자 류미르가 기분이 좋아졌는지 헤벌쭉한 얼굴로 입을 열었다.

"로비, 정령이 그렇게 신기하니? 그럼 다른 것도 보여줄까?"

"정말 그럴 수 있어?"

"그러엄~!! 이 형아가 이래봬도 정령술사라구!"

덕분에 그날 저녁 시간 내내 류미르는 여러 종류의 정령들을 불러내어 로비가 저녁 먹는 것도 잊은 채 신나서 탄성을 지르게 만들어 버렸다. 결국 로비는 다 식은 음식을 먹어야 했고, 우리는 늦게 저녁을 먹는 로비를 기다려야만 했다. 하지만 그래도 로비는 무척 좋아했고, 그런 녀석의 얼굴을 보고 있자니 기다리는 것도 별로 나쁜 일은 아니라는 것이 느껴질 정도였다.

그런데…….

저녁 식사를 끝내고 내 방으로 돌아온 건 좋았는데 오늘 하루 너무 자버린 탓에 침대에 누웠건만 도저히 잠이 오지 않는 거였다. 침대 속에서 이리 뒤척, 저리 뒤척하며 시간을 죽이다가 결국 견디지 못한 나는 벌떡 일어나 옷을 입었다. 여기서 뒹굴뒹굴거리는 것보다는 차라리 밖으로 나가 밤하늘의 별이라도 보는 게 낫겠다 싶어서였다.

불을 켜지도 않은 채 베란다로 나가니 오늘 밤은 그래도 바람이 별로 불지 않은 데다 하늘에 구름이 껴 있지 않아 별들이 아주 잘 보였다. 게다가 눈이 잔뜩 쌓여 있어서 달빛을 받은 눈들이 파랗게 빛을 내어 전혀 어둡지 않았다. 그런데 무심코 눈이 쌓인 정원 쪽으로 시선을 내린 나는 우연찮게도 성 앞마당을 가로지르는 그림자를 발견했다.

첨에는 순찰을 돌고 있는 성의 병사려니 했는데 저쪽에서 뚜벅뚜벅 걷는 소리를 내며 창을 든 병사 두 명이 걸어오자 그 그림자들은 재빨리 달려 성의 어두운 부분에 숨는 것이었다. 그리고 병사들이 지나가자 다시 모습을 드러내었다. 그들은 내가 보고 있는 것도 모르는 채 조심스레 주위를 살피다가 그들 중 한 명이 1층에 나 있는 창문에 달라붙어 한동안 꼼지락거리더니, 결국 그 창문을 열고는 계속 주위를 경계하며 한 명 한 명 그 창문을 통해 성안으로 들어왔다.

그 모습을 본 나는 직접 내려가서 저들이 들어간 창문을 통해 저들을 쫓아가려고 난간에 발을 올렸는데 갑자기 횡하니 불어온 바람에 온몸이 부르르 떨리면서 소름이 돋았다. 그제야 요즘 날씨가 얼마나 추운지 깨닫게 된 나는 이 상태로 내려가는 것 자체가 끔찍하게 느껴졌다. 그래서 좀 찾기 힘들겠지만 그냥 방문을 통해 밑으로 내려가는 게 좋을 거라고 생각하고는 재빨리 방으로 들어가 복도로 내달렸다.

그러나 막상 밑으로 내려가자 성안으로 침입한 그림자는 어디로 갔는지 찾을 수조차 없었다. 게다가 이 성에서 지내는 동안 거의 내 방에만 있다시피 한 나였기에 성안의 지리도 아직 모르는데 어두운 데서 멋도 모르고 뛰어나왔다가 길을 잃어버리고 말았다.

'이런, 어쩌지……. 그렇다고 침입자인지 확실치도 않은데 침입자가 있다고 소란 피울 수도 없고……'

나는 속으로 애가 타서 방방 뛰다가 나의 움직임에 따라 허공에서 흔들리는 머리카락을 보고 좋은 생각이 떠올랐다.

"실프."

조용한 목소리로 부르자 내 앞 허공에서 희미한 빛을 뿜어내는 바람의 정령이 스르르 나타났다.

"방금 이 성안으로 들어온 세 사람이 있거든. 아마 지금 어디론가 이동하고 있을 거야. 그들이 어디 있는지 알아와 줘."

실프는 조용히 고개를 끄덕이고는 다시 스르르 사라졌다. 그리고 나는 실프가 사라지자 조용히 왔던 길을 되짚어 걸어가기 시작했다. 운이 좋게도 얼마 걸어가지 않아서 나는 위층으로 올라가는 계단을 발견할 수 있었다.

'꽤 많이 헤맨 것 같았는데… 지금 보니 얼마 가지도 못했네?'

속으로 안도의 한숨을 내쉰 뒤 조심스레 계단 위를 올라가는데 갑자가 실프가 허공에서 스르르 나타났다.

"주인님."

"아, 그래. 알아냈어?"

"위층에 주인님께서 말씀하시는 세 사람이 어떤 방으로 들어갔어요."

"좋아. 안내해."

나는 실프의 뒤를 따라 소리나지 않게 조심스러운 발걸음으로 걸어갔다. 실프가 안내한 방은 문짝이 두 개나 달려 있는 커다란 방문을 가지고 있었다. 게다가 그 방문은 그 방의 주인이 이 성에서 중요한 사람이라는 것을 나타내 주듯이 자신의 고급스러운 재질을 어둠 속에서도 당당히 나타내고 있었다. 그 방문은 살짝 열려 있어서 나는 조심스럽게 문을 조금만 더 열고 안을 들여다봤다. 안에 있는 사람들에게 들킬까 봐 약간의 틈을 낸 것이었기에 안쪽의 상황이 완전히 보이지는 않았지만 그나마 내가 볼 수 있었던 것은 침대의 끝인 듯 보이는 시트 자락뿐이었다. 그리고 그 앞에는 어떤 뚱뚱한 인영이 가냘픈 몸의 인영을 품에 안고 있는 듯한 모습이었다.

'에구구, 이런, 남의 침실에 잘못 왔나 봐.'

그러나 그때 방 안에서 조심스럽게 밝혀진 불빛에 의하여 나는 뚱뚱한 인영과 가냘픈 인영의 얼굴을 똑똑히 볼 수 있었다. 뚱뚱한 인영은 전에 우리가 여관에 있을 때 우리에게 시비를 걸던 세 명의 용병단 중 한 명으로 나머지 두 명의 용병이 형님이라고 불렀던 그 용병이었다. 그는 오른손으로는 공포에 질려 커진 눈을 하고 있는 공작부인의 허리를 움직이지 못하게 꽉 잡고 왼손으로는 그녀의 입을 틀어막고 있었다. 이 정도면 뭔가 안 좋은 일이 일어나려 한다는 것은 뻔한 일이었다.

나는 당장에 문을 박차고 쳐들어갈까 하다가 이 안에는 저 용병 말고도 다른 두 용병과 공작까지 있을 거란 생각이 미쳤다. 게다가 잘못했다간 공작부인이 위험해질 테니 좀 더 상황을 살펴보기로 한 나는 뚱뚱한 용병의 시선이 문 쪽이 아닌 다른 쪽으로 쏠려 있는 것을 확인한 후 조금 더 문을 열었다.

과연 공작은 그 안에 있었다. 단지 잠자다 일어난 듯 아무것도 걸치지 않은 상체에 얇은 잠옷 바지만 입고 있었고 그의 목에는 삐삐 마른 용병이 검 끝을 들이대고 있는 좋지 않은 상황에 있었지만 말이다.

공작의 발 밑에는 그의 검이 떨어져 있었다. 아마 침입자를 알아채고 검을 잡고 공격하려 그보다 먼저 제압을 당해 떨어진 것이리라.

그리고 나머지 한 사람.

붉은 얼굴의 용병은 손에 들고 있던 초를 침대 옆에 있는 커다란 여성용 화장대에 올려놓더니 그 화장대의 서랍을 소리나지 않게 조심스레 뒤적이기 시작했다. 그런데 이상한 것은 내가 보기에는 충분히 값어치가 날 만한 자잘한 보석들은 그냥 뒤로 내팽개쳐 버리는 것이었다. 물론 그것들은 바닥에 깔린 카펫 위로 떨어져 소리는 나지 않았지만.

바닥에 떨어진 것들은 촛불 빛에 반짝이는 걸 보면 분명 귀금속이 분명한데 마치 보잘것없는 물건인 양 녀석은 그것들을 꺼내서는 그냥 흘끗 보고 던져 버리는 것이었다. 그러더니 한참을 더 뒤적거리다가 원하는 걸 못 찾았는지 수그리고 있던 몸을 펴서 뚱뚱한 용병을 돌아보더니 고개를 설레설레 저었다.

그러자 뚱뚱한 용병이 공작부인의 입을 막은 손을 떼어내더니, 그 손으로 단검을 쥐고는 그녀의 목에 살짝 가져다 대었다.

"자, 공작부인? 목걸이는 어딨지?"

"무, 무슨……."

뚱뚱한 용병의 질문에 공작부인의 공포에 질린 눈동자에는 의아함이 서리며 떨리는 음성이 흘러나왔다.

"시치미 떼지 마시지. 우리가 이런 촌구석까지 와서 찾는 거라면 단 한 가지뿐 아니겠어? 레스틴 여왕의 목걸이."

나는 문틈에서 살짝 눈을 떼고는 아직까지 내 옆에 있는 실프를 돌아다보았다.

"실프, 가서 류미르 좀 데려와."

나 혼자라면 혹시라도 실수할 수 있으므로 류미르를 불렀던 것이다. 실프는 알았다는 듯 고개를 끄덕이고는 허공으로 스르르 사라져 갔다. 실프가 사라지자 나는 다시 고개를 돌려 방 안의 상황을 바라보았다. 공작부인은 고개를 돌려 애처로운 눈으로 공작을 바라보고 있었다.

"말하지 마시오, 부인. 저들은 어차피 우리를 해할 것이오."

공작이 결연한 목소리로 소리치자 뚱뚱한 용병이 가소롭다는 듯이 비웃었다.

"호오, 정말 똑똑하시군 그래? 그럼 이건 어떤가?"

뚱뚱한 용병이 여전히 비웃음을 머금은 얼굴로 얼굴이 붉은 용병을 향해 고갯짓을 했다.

그러자 그 붉은 얼굴의 용병은 뭐가 그리도 좋은지 싱글싱글 웃으며 자신의 근처에 있던 큰 자루 하나를 가져와서는 모두가 잘 볼 수 있는 위치에 턱하니 내려놨다. 그리고는 천천히 자루의 입구를 풀고 그 안의 내용물을 모두에게 보여주었다.

"로비."

공작부인이 울상이 된 목소리로 중얼거렸다.

그 자루 안에서 나온 것은 로비였다. 온몸이 꽁꽁 묶이고 입에는 자갈이 물려 움직이지도 못하고 아무런 소리도 내지 못한 채 공포에 질려서는 부들부들 떨고 있었다.

그 붉은 얼굴의 용병은 이제는 징그럽게 웃어 보이며 단검을 꺼내어 로비의 볼에다 대고 살짝 내리그었다. 그러자 로비의 뽀얀 볼에 한줄기 붉은 선이 그어지며 곧 거기서 피가 흘러내렸다.

"이런 못된……!"

공작의 눈이 부릅떠지며 그의 입이 크게 벌어졌다. 그러나 그는 자신의 목에 살짝 다가와 있는 검 끝을 느끼고는 다시 입을 다물고 부들부들 떨기만 할 뿐이었다.

"어때? 이래도 안 가르쳐 줄 텐가?"

뚱뚱한 용병이 느물느물한 표정으로 입을 열었다. 마치 이런 일을 하도 많이 해서 이제는 어떻게 해야 더 악당같이 보이는지 잘 안다는 듯한 표정이었다. 나는 더 이상 참을 수가 없어서 조심이고 뭐고 무작정 쳐들어가려고 했다. 하지만 뭔가 강한 힘이 움직이려는 내 어깨를 내리눌렀다. 고개를 들어보니 매서운 눈으로 방 안을 들여다보고 있는 류미르의 얼굴이 보였다.

"가만히 있어."

"언제 왔나?"

"방금."

나는 다시 쪼그리고 앉아서 방 안을 들여다보았다.

"어쩔까?"

내가 낮게 류미르에게 말하자 역시 같은 톤의 목소리가 들려왔다.

"왜 나한테 물어? 네가 날 불렀으니 생각이 있었을 거 아냐?"

"칫, 그래, 알았다. 셋을 세면 내가 정지 마법을 걸게, 넌 쳐들어가."

"알았어."

"하나, 둘, 셋!!"

셋을 세자마자 나는 벌떡 일어나 문을 벌컥 여는 동시에 소리 높여 시동어를 외쳤다.

"스톱!"

그러자 모든 사람들이 움찔하더니 그 자세 그대로 멈춰 버린 채 눈동자만 돌려 문가에 서 있는 우리를 바라보았다. 공작과 부인, 그리고 로비의 눈에는 안도감이 흘렀고 빼빼 용병과 빨간 용병의 눈에는 낭패감이 흘렀다.

그런데 그때…….

움직이지 못할 줄 알았던 뚱뗑이 용병이 갑자기 우리 쪽으로 몸을 뒤틀더니 공작부인을 우리 앞쪽으로 끌고 와서는 그녀의 목에 단검을 들이댄 채 외쳤다.

"꼼짝 마!!"

"어, 어떻게……."

너무 놀란 나는 말까지 더듬으며 중얼거렸다. 내 마법이 깨지는 이런 믿지 못할 일이 내 앞에서 벌어진 것이다. 방 안에 있던 사람들에게 한꺼번에 걸었던 정지 마법은 그들 중 한 사람이 움직이자 마법이 깨어져 버리면서 동시에 모든 이들을 자유롭게 풀어 줬다.

빨간 용병이 호탕하게 웃어젖히면서 말했다.

"크하하하, 어리석은 놈들. 우리가 이 정도 마법에 당할 줄 알았더냐? 우리 형님께 그 정도의 마법은 통하지 않는단 말이다."

상황은 역전되었다.

나는 처음으로 낭패감을 느끼며 움직이지도 못하고 그 뚱땡이 놈을 가만히 노려보았다.

그러자 그 녀석의 허리춤에 묘한 마나의 기운을 느낄 수 있었다.

5클래스의 마나의 양.

그제야 나는 이게 어찌 된 영문인지 알 수 있었고 다시 여유를 되찾을 수 있었다.

그런데 그때… 모든 이들의 시선이 내 쪽으로 쏠린 틈을 노치지 않은 공작이 재빨리 몸을 숙여 삐삐의 검을 피하는 동시에 자신의 검을 집으며 순간적으로 휘청이는 삐삐에게 달려들었다.

그러나 그 순간…….

"움직이지 말라니까!!"

빨간 용병이 외치면서 로비를 한 손으로 들어 올리는 동시에 그 아이의 목에 검을 들이대며 외치자 그 모습을 본 공작이 멈칫했다. 그러자 그 순간을 놓치지 않은 삐삐의 검이 공작의 등을 통해 그의 가슴팍에서 그 날카로운 끝을 내밀었고, 공작은 경악에 물든 얼굴로 신음조차 내뱉지 못한 채 서서히 바닥에 몸을 뉘였다.

"제기랄~!!"

나는 그 모습에 소리를 지르며 뛰어들려 했지만 누군가가 내 팔을 강하게 부여잡았다. 류미르였다. 그는 노려보는 내 시선을 외면하며 내 팔을 잡고 있지 않은 다른 손을 들어 한쪽을 가리켜 보였다. 거기에는 용병들의 손에 잡힌 공작부인과 로비가 있었다.

"그러게 말을 들어야지."

빼빼 용병이 바닥에 쓰러진 공작에게 침을 퉤 뱉으며 중얼거렸다. 내가 더 이상 참을 수 없어 손을 들어 올려 마법을 쓰려고 할 때였다. 갑자기 뚱땡이 용병과 빨간 용병의 손이 뒤틀리며 그들이 들고 있던 검을 바닥에 떨어뜨렸다. 그리고 그와 동시에 그들의 손에서 풀려난 공작부인과 로비가 바닥으로 쓰러졌다. 그리고 그것이 끝이 아닌 듯 갑작스런 상황에 얼이 빠져 가만히 있는 내 귀에 너무나 고통스런 신음 소리가 들려왔다. 시선을 돌려보니 용병들이 두려움과 고통에 찬 얼굴로 자신들의 몸을 서서히 감싸는 검은 마력을 바라보며 바닥에 쓰러져서는 온몸을 뒤틀며 고통스러운 표정으로 신음을 내지르고 있었다.

'혹시······.'

얼른 고개를 문 쪽으로 돌려보니 세이몬이 문가에 선 채로 분노에 찬 눈으로 그들을 쏘아보고 있었고 그의 한 손이 그들을 향해 뻗어 있었다. 그때 류미르가 공작에게 달려가 얼른 그를 바로 눕히고는 외쳤다.

"아힌, 빨리!!"

그제야 정신을 차린 나는 공작의 곁으로 달려가 그의 상처를 살폈다. 빼빼 용병에게 관통당한 가슴에서는 붉은 피가 계속해서 솟아나고 있었고 그 주위는 가슴에서 흘러내린 피가 작은 웅덩이를 이루고 있을 정도였다. 그의 얼굴은 이미 새파래져 있었으며 그의 몸은 눈처럼 싸늘해져 있었다.

"젠장할, 늦었어… 심장을 관통당하는 바람에… 즉사했어……."

내가 낭패감 어린 말을 씹어 내뱉듯이 말하자 류미르가 나를 노려보며 외쳤다.

"그래도 치유는 해봐!"

"나보고 어쩌라고? 이미 숨이 끊어졌단 말야."

낭패감에 젖은 내가 소리치자 류미르가 지지 않고 다시 소리쳤다.

"뭔가 방법이 있을 거 아냐? 게다가 네 마법력은 뛰어나잖아!"

"제기랄, 내가 신이냐? 아무리 나라도 죽은 사람을 살릴 수는 없단 말야!"

거기까지 소리친 나는 목이 메어 잠시 멈칫거리다가 고개를 푹 숙이고 중얼거리듯 겨우 말했다.

"게다가… 난… 심폐 소생… 기술은… 모른단 말야……."

심장이 관통된 사람한테도 효과가 있는지는 모르겠지만… 나는 그런 중요한 응급처지 기술을 제대로 가르쳐 주지 않았던 한국의 학교를 저주하고 또 저주했다.

"젠장할……."

"흑흑흑……."

어느새 다가왔는지 공작부인은 싸늘하게 식은 공작의 시신을 부여잡고 숨죽여 울고 있었다. 크게 소리도 내지 못한 채 흐느끼는 그녀의 어깨가 더욱더 슬퍼 보였다.

로비는 세이몬의 품에 안겨 있었다. 하얗게 질린 얼굴로 입술을 질끈 깨물고 있는 녀석은 울음소리조차 내지 않았는데, 그러한 그

녀석의 얼굴에는 두 줄기의 눈물이 소리없이 흐르고 있었고, 세이
몬의 옷자락을 부여잡고 있는 녀석의 손 마디마디는 새하얗게 되
어 있었다.

병사들이 달려오고, 집사가 달려왔다. 병사들이 아직도 세이몬
의 마력에 사로잡혀 고통에 신음하고 있는 용병들을 결박하고 집
사가 하녀들을 시켜 부인을 데리고 나가게 하고 시신을 수습하기
시작하자 류미르가 나와 세이몬, 그리고 로비를 데리고 그 방을
나왔다.

공작의 장례식은 조출하게 치러졌다. 그레놀리 영지와 제일 가
까운 영지라고 해야 영지를 감싸고 있는 험준한 산을 넘어가서도
일주일은 달려야 하는 곳에 있었기 때문에 우리는 외부에서 올
문상객은 기대도 하지 않고 영지 내에 있는 사람들만 모였다. 그
리고 그 뒤 성내의 기사 몇몇을 뽑아 국왕에게 공작의 부음을 알
리는 파벌단을 만들어 보냈다.

의아한 것은 이 모든 일을 모저가 도맡아 지휘하고 있었다는
거였다. 마치 예전부터 공작의 옆에 있었던 사람처럼 모든 일을
막힘없이 척척 알아서 처리하고 있었다. 게다가 성안의 어느 누구
도 이런 일을 뭐라고 하지 않았다. 공작부인조차도 모저의 이러한
행동을 묵인하고 있었던 것이다.

그러나 나는 이 모든 일들이 전혀 다른 세상에서 일어나는 일
처럼 느껴졌다. 마치 텔레비전의 모니터를 보는 것처럼 멍하게 그
모든 일을 지켜보다가 류미르와 세이몬에게 이끌려서 이리저리
다닐 뿐이었다.

내가 이렇게 멍해 있으니까 공작부인이 안쓰러워 보였는지 몇

번이고 나에게 찾아와서는 부드러운 얼굴로 내 탓이 아니니 신경 쓰지 말라고 위로를 해주었다. 그러나 나는 그런 그녀의 말에도 전혀 정신을 차릴 수가 없었다.

장례식이 끝나자 성안은 다시 조용해졌다. 나는 매일 아침 류미르나 세이몬에게 이끌려 일어나 아침을 먹고 성의 꼭대기로 올라갔다. 그러고서는 하루 종일 그곳에 앉아서 멍하니 있다가는 밤 늦게 나를 찾아낸 이들에 의해서 다시 잠자리에 들곤 했다.

나도 내가 왜 이러는지 몰랐다. 그냥 온몸에 힘이 쫘악 빠지는 것이 움직이는 것도 싫었고 생각하는 것조차 싫어 그냥 멍하니 앉아 있을 뿐이었다.

결국 류미르와 세이몬이 보다 못했는지 어느 날 저녁 성 꼭대기에 올라가 앉아 있는 나에게 다가오더니 내 양 옆에 털썩 주저앉았다.

"그렇게 쇼크였냐? 녀석들한테 진 게?"

류미르가 내가 눈길을 던지고 있는 풍경에 자신도 같이 눈길을 던지며 입을 열었다.

"몰라."

"그런데 왜 이래? 마치 넋을 잃은 사람 같다."

세이몬도 옆에서 말을 걸었다.

"모르겠어."

"그 자식들 자살했어. 지하 감옥에 넣어놨는데 잠시 후에 보니까 혀를 깨물었다더라."

"혀를 깨물면 아팠을 텐데 말야."

류미르의 뒤를 이어 세이몬도 중얼거렸다.

"그래?"

나는 아무런 감정 없이 입을 열었다. 그런데 그 순간 속에서 뭔가 뜨거운 것이 울컥 치밀어 올랐다.

"젠장할……"

숨을 깊이 들이마시고 내쉰 뒤 어둑어둑해진 하늘을 쳐다보았다.

"하아~ 젠장. 왜 몰랐지? 그 자식이 5서클 마법의 아이템을 가지고 있었다는 걸……. 조금만 주의해서 봤으면 알 수 있었을 텐데."

"그 상황에서 그런 걸 살필 여유가 어디 있었나?"

류미르가 좀 날카로워진 음성으로 따졌다.

"너 말야, 혹시 너네 종족은 실수가 없는 완벽한 존재라고 생각하는 거야? 그래서 네 실수를 용납할 수가 없는 거냐?"

"그런 거 아냐."

"그럼 뭐야? 혹시 너보다 못난 놈들한테 당해서 자존심에 상처라도 입은 거야?"

"아냐."

"그럼 뭐야?"

"몰라, 모르겠어……. 녀석들한테 당한 게 분하기는 하지만 뭐, 나중에 내가 몇 배로 갚아주면 되는 거니까 별로 충격받진 않았어."

"어? 그 녀석들 죽었는데?"

"우쒸, 세이몬. 이 상황에 꼭 그렇게 꼬치꼬치 따져야겠냐?"

"아, 미안해."

"어쨌든 난 말야. 내가 공작을 충분히 구할 수 있다고 자부하고 있었거든? 그런데 공작이 죽었잖아. 이건 다 내가 잘난 척했기 때문이라고."

"이 바보야. 넌 모든 일을 다 네 탓으로 돌리는 성격이었냐? 으이구, 한심해. 공작은 자신의 실수로 죽은 거라고. 그때 그냥 가만히 있었으면 우리가 다 알아서 구했을 거야. 괜히 나서가지고 손도 못 쓰고 죽은 건 다 그 사람의 운이고, 그 사람 탓이야."

류미르는 흥분해서인지 높은 목소리로 쉼없이 빠르게 쏘아댔다.

"그래도……."

"시끄러, 한 번만 더 네 탓이네… 하고 죽을상을 하고 있으면 한 대 쳐주겠어."

그때였다. 세이몬이 내 옆구리를 팔꿈치로 툭툭 치면서 말했다.

"야, 야, 그만 하고 저 밑 좀 봐봐. 저거 모저하고 공작부인 아냐?"

"어? 정말이네? 무슨 일이지? 이 밤중에 둘이서……."

류미르까지 놀랍다는 말투로 중얼거리자 나는 호기심이 생겨서 그들이 가리키는 쪽을 바라보았다. 아무도 없는 조용한 정원에 모저가 서 있었는데 그쪽으로 공작부인이 다가가고 있었다.

"야, 야, 뭐라고 하는지 좀 들어보자."

세이몬이 류미르를 보고 말하자 류미르는 나를 한번 흘끗 보았다. 평소 마법을 쓰는 일이라면 내가 나서서 다 처리했기에 이번에도 내가 하려는지 의향을 보는 것이었다. 그러나 내가 아무런 움직임도 보이지 않자 조용히 읊조렸다.

"바람을 다스리는 자여, 나의 청을 들어 내가 원하는 소리를 들려다오."

그러자 나의 귓가에 날파리 소리같이 윙윙거리는 소리가 들리더니 곧 그 소리는 뽀드득뽀드득 하는 눈 위를 밟는 소리로 바뀌었다. 공작부인이 걸어가는 소리였다.

"야, 만났다. 만났어."

세이몬이 약한 탄성을 발했다.

"모저, 산책하시는 건가요?"

조용한 공작부인의 목소리에 그녀가 다가갔어도 미동도 안 하고 눈 쌓인 정원만 바라보고 있던 모저가 천천히 몸을 돌려 그녀를 바라보았다.

"부인, 산책하기에는 좀 추운 날씨 같군요."

"바람 쐬기에도 추운 날씨 아닌가요?"

"그런가요?"

모저가 피식 웃으며 몸을 돌려 다시 정원을 바라보자 공작부인이 그의 옆에 나란히 서서 정원을 바라보았다. 잠시 침묵이 흐른 뒤 모저가 나지막하게 입을 열었다.

"궁금한 게 한 가지 있습니다."

공작부인이 그를 돌아보았지만 그는 계속해서 시선을 정원으로 고정시킨 채 입을 열었다.

"공작 각하께서 저를 알고 계셨습니까?"

"그게 무슨……."

"글쎄요… 공작 각하께서 무슨 연유로 그러셨는지 모르겠지만 제가 이곳에 도착한 뒤 줄곧 저를 그분 곁에 두시고는 성안의 모든 일을 처리할 때 돕게 하시더군요. 마치 뭐랄까… 가르치셨다고나 할까……."

"그랬나요?"

"예, 처음에는 의아했지요. 그래서 이유를 여쭈었더니 대답은 안 하시고 그냥 웃기만 하시더군요. 혹시 부인께서 그 이유를 알고 계시는지 해서요."

"글쎄요, 저도 잘 모르겠군요. 공작께서 당신께 그리하셨다는 것도 지금 알았거든요. 하지만……."

"하지만?"

"공작께서 돌아가신 뒤 집사가 나에게 와서 그러더군요. 만약 공작께 무슨 일이 생긴다면 모든 일을 당신께 맡기라고요. 글쎄요… 어쩌면 공작께서는 당신을 알고 계셨는지도 모르겠군요."

"그랬나요? 그렇다면 어째서……."

"그건 나도 모르죠. 그분이 무슨 생각으로 그러셨는지… 단지 나도 당신께 궁금한 게 있어요."

그러자 모저가 드디어 그녀를 돌아보았다. 하지만 이번에는 그녀가 모저로부터 시선을 돌린 채였다.

"왜 이곳에 왔나요?"

모저는 한동안 침묵을 지켰다. 그리고 부인은 그가 입을 열기를 계속 끈기있게 기다렸다.

잠시 후 모저는 한숨을 내쉬며 천천히 입을 열었다.

"글쎄요… 그건 대답을 해드릴 수가 없겠군요. 저도 모르니까 말입니다."

공작부인이 그를 향해 고개를 돌리자 그가 황급히 말을 덧붙였다.

"하지만 이런 일이 있을 거라고 예상하고 온 건 아니었습니다."

"그런가요?"

"젠장, 나를 믿지 못한다는 거요? 나를 그런 놈으로 생각하는 거요?"

모저의 목소리가 약간 거칠어졌다. 그래도 부인이 묵묵히 그만 바라보고 있자 그의 얼굴이 점점 굳어지더니 잠시 후 그가 탁한 목소리로 내뱉듯이 입을 열었다.

"나도 모르겠소. 왜 내가 왔는지… 단지 용병 길드에서 이곳에서 보내온 의뢰를 보고는…… 젠장, 그래요. 당신이 걱정되었소. 어차피 이런 외지에 올 용병들이야 뻔한 일이고… 공작이 의뢰를 보내올 정도라면 국가에서 지원이 없다는 것은 누구라도 예상할 수 있는 일이었으니까……. 하지만 그것뿐이었소. 다른 일은……."

"알아요. 당신은 그럴 사람이지요. 그래요, 당신은 그런 사람이에요. 예전이나 지금이나 전혀 변하지 않았군요."

부인은 그의 말을 가로막으면서 내뱉듯이 입을 연 뒤 크게 한 번 심호흡을 하였다. 그리고 천천히 가라앉은 침착한 목소리로 입을 열었다.

"공작께서 나에게 남겨준 편지가 있었어요. 그런데 거기에 당신을 다시 기사로 임명하라고 쓰여 있더군요. 이번에는 공작가의 기사라는 게 다르지만……."

"그런……."

모저가 놀라운 듯이 숨을 들이켰다.

"그분은… 그래요. 너무 훌륭한 분이에요. 나에게는 너무 과분한 분이었어요."

"하지만 당신은 그분이 어떤 분이든 공작가를 책임졌겠죠? 안 그런가요? 당신은 그런 사람이니까… 어떤 선택이든 한번 하면 끝까지 책임을 지는, 지독히도 책임감이 강한 사람이니까."

"그래요. 이번에도 난 끝까지 공작부인으로 남아 있을 거예요. 그래서 이번에도 당신을 내 곁에 잡아둘 명분이 없군요."

"하, 마치 11년 전 그날 밤과 똑같은 말을 하는군. 그럼 말해 보겠소? 당신은 내가 떠나길 바라는 거요? 아님 이곳에, 당신 곁에 남아 있기를 바라는 거요."

"그때도 말했지만 당신이 내 곁에 남아 있는다고 해도 난 당신께 아무것도 해줄 수 없어요."

"알고 있어요. 내가 당신 곁에 있어도 우리는 공작부인과 기사 사이겠지. 하지만 내가 알고 싶은 건 당신이 나에게 뭘 해줄 수 있느냐가 아니라 내가 당신 곁에 남아 있기를 원하냐는 거요."

"나는… 나는……."

"당신은 뭘 원하지, 엘리아?"

모저가 한층 더 부드러운 목소리로 물었다. 그러자 공작부인이 모기만큼 작은 목소리로 대답했다.

"나는 당신이 남아 있기를 원해요."

"그러면 된 거요. 남아 있겠소. 아아, 그런 표정하지 말아요."

모저는 몸을 완전히 공작부인 쪽으로 돌렸다. 그리고는 그녀의 손을 부드럽게 잡아 올려 손등에 살짝 입을 맞추고는 진지한 목소리로 입을 열었다.

"난 당신과 당신 아들께 충성할 것을 엄숙히 맹세합니다."

모저는 그녀에게 고개를 약간 숙여 보인 뒤 미련없이 몸을 돌려 다시 성안으로 들어가 버렸다. 공작부인은 그 뒤에도 혼자 한동안 그곳에 서 있었다.

"흐음, 그럼 공작부인의 전 애인이 모저였구나……."

내가 중얼거리자 류미르와 세이몬이 놀란 눈으로 나를 돌아보았다.

"어? 알고 있었어?"

"응, 실은 도둑 길드에서 서비스라고 가르쳐 주긴 했는데 별로 중요하다고 생각하지 않아서 말 안 했어."

"헤에… 근데 남자도 저런 순정파가 다 있구나… 흠, 놀라운 발견이야."

"뭐야, 세이몬. 남자는 저러면 안 되냐? 멋있기만 하구만 뭐."

내가 세이몬을 째려보며 말하자 내 옆에서 류미르가 중얼거렸다.

"하지만 저러면 행복할까?"

"무슨 상관이야? 어차피 저들이 선택한 건데. 저들이 불행하면 잘못된 선택이고 행복하면 잘한 선택이야."

"단순 명확한 결론이었어, 세이몬."

"그치?"

"응~"

"뭐야, 아린. 아까까지만 해도 죽상을 하고 있더니 이제는 화색이 도는구나?"

류미르가 피식 웃으며 말하자 나는 괜히 멋쩍어서 어깨를 으쓱해 보이고는 배시시 웃었다.

그러고 보니 아까까지의 꿀꿀한 기분들이 어디로 갔는지 다 사라져 있었다.

"뭐, 그럴 수도 있는 거지."

다음날, 우리 셋은 공작부인에게 불려 그녀의 방으로 갔다. 그녀는 우리를 앞에 앉혀놓고는 아무런 말도 없이 내 손바닥 두 개를 합친 것보다 조금 더 큰 벨벳 천으로 쌓여 있는 납작한 상자를 내밀었다.

"이게 뭐예요?"

의아한 눈으로 그 상자를 쳐다보다 공작부인에게 묻자 공작부인은 배시시 웃으면서 손수 그 상자의 뚜껑을 열어 보였다. 그녀의 침실에 나 있는 창문으로 들어오는 햇빛을 받아 눈부시게 반짝거리는 그 물건은 목걸이였다.

"목걸이?"

넓적한 역삼각형 모양으로 줄줄이 꿰어져 달려 있는 자그마한 다이아몬드들과 그 중앙에서 자신의 커다란 위용을 자랑하고 있는 커다란 다이아몬드가 서로 자신들의 아름다움을 자랑하기 위해 경쟁하는 것처럼 눈부시게 반짝이고 있었다.

"이건 혹시……."

류미르가 그 목걸이를 바라보다가 놀란 눈으로 공작부인을 바라보자 그녀가 다시 배시시 웃었다.

"맞아요. 레스틴 여왕의 목걸이지요."

"이걸 왜 저희에게 보여주시는 건가요?"

류미르가 감탄이 섞이긴 했지만 분명한 의아함을 담은 눈초리로 그녀를 바라보면서 묻자 그녀가 빙긋 웃으며 그의 말을 정정해 주었다.

"보여드리는 게 아니라 드리는 거예요."

"예?"

내가 놀라서 되묻자 그녀의 미소가 더욱 커졌다.

"이걸 여러분께 드린다고요."

"아, 하지만 어째서 이런 걸 저희에게……."

류미르가 다시금 묻자 공작부인의 얼굴에 약간 씁쓸함이 감돌았다. 그녀는 물끄러미 목걸이를 내려다보더니 작은 한숨을 내쉬고 다시 우리를 똑바로 쳐다보았다.

"이건 저한테는 무척 귀중한 목걸이예요. 제가 공작님과 결혼할 당시 예물로 주신 거니까요."

"그렇게 귀한 걸 왜?"

공작부인은 의아함을 감추지 않는 나를 보며 생긋 웃어 보인 뒤 장난기가 섞인 부드러운 목소리로 계속 말을 이었다.

"하지만 골칫덩어리이기도 해요. 처치 곤란한……."

"예? 아니 그게 무슨……."

"하아, 그러니까 나로서는 소중한 물건인 동시에 처리가 곤란한 물건이라 이거죠. 음, 이런 말을 하기는 좀 뭐하지만… 사실 이 목걸이는 세계 3대 목걸이 중 하나거든요. 그러니 노리는 사람들이 많은 건 당연하겠지요. 그런데 그중 한 사람이 현 황후 마마시라는 게 문제라면 문제겠죠."

"하아……."

우리 셋은 누가 먼저랄 것도 없이 거의 동시에 한숨을 내뱉었다.

"그렇다면 혹시 그 목걸이 때문에 공작 각하가 이곳에 영지를 가지고 계신 건……."

류미르가 조심스레 입을 열자 공작부인이 고개를 끄덕이며 수긍했다.

"맞아요. 황후께서는 이걸 가지고 싶은 마음이 조금 컸었나 봐요. 나에게 내려오는 압력이 좀 심했거든요. 그러자 공작께선 수도에 있으면서 압력을 당하느니 차라리 이런 외지로 와버리신 거죠."

"하지만 목걸이 하나 때문에 그런다는 건 좀……."

내가 '그냥 줘버리고 말지…' 란 표정이었는지 공작부인이 피식 웃더니 말을 이었다.

"자존심 문제였어요. 이건 그동안 공작가 대대로 시어머니에게서 며느리에게로 물려 내려왔었거든요. 그런데 이번에는 제가 며느리가 되기 전에 전 공작부인께서 먼저 돌아가셔서 공작께서 가지고 계시다가 저에게 예물로 준 거니까요. 그러니 이런 걸 황후께 바칠 수는 없지 않겠어요? 더욱이 공작께서도 엄연히 황족이셨으니까 더 더욱 그런 압력에 굴복할 수 없었지요."

"말씀은 잘 알겠습니다. 하지만 그렇다고 해서 왜 저희에게 주신다는 건지는 이해가 가지 않는군요."

역시 류미르. 그는 공작부인의 말을 다 들은 뒤에 다시 똑부러지게 이유를 물었다.

"음, 정확히 말하자면 이 목걸이를 가지고 있을 능력이 없기 때문에 여러분께 드린다고 하는 것이 정확하겠군요."

"에, 그렇다면……"

세이몬이 뭔가 말하려고 입을 열자 공작부인이 손을 들어 그를 제지하면서 입을 열었다.

"아아, 황후께 드릴 수도 있어요. 하지만 지금에 와서 바친다는 건 여태까지 안 바치고 버텨온 공작가의 자존심을 무너뜨리는 거잖아요. 그렇다고 제가 그냥 가지고 있자니 이제 공작도 안 계시는데 황후의 압력을 견뎌내자니 힘들고, 며느리에게 주려니 며느리가 생기려면 아직 10년은 더 기다려야 될 테고… 또 전처럼 목걸이를 노리는 사람들이 오는 불상사가 생기는 건 싫으니까요."

"하지만 그건 예물로 받은 거라면서요?"

내가 입을 열자 부인이 피식 웃더니 몸을 약간 숙이며 은근한 어조로 말했다.

"그래서 말인데요, 난 이걸 도둑맞았다고 할 생각이에요. 범인은 누군지 모르는… 소동이 있고 난 뒤 보니까 사라졌다, 수색했지만 범인은 발견하지 못했고 결국 목걸이는 잃어버렸다… 뭐, 이런 식으로요. 공작가 체면은 좀 깎이겠지만 그렇다고 자존심 상하는 일은 없을 테지요. 그리고 여러분은 이 목걸이를 가지고 있어도 불상사가 생기지는 않을 실력을 가지고 계시잖아요. 게다가 이번에 우리를 많이 도와주셨고요."

그녀의 말에 내가 침울해져 시선을 내리깔자 그녀는 우리 사이를 갈라놓고 있는 탁자 위로 손을 뻗어 내 무릎을 톡톡 두드려 그녀를 보게 하고는 싱긋 웃어 보였다.

"잘못했으면 나나 로비까지 화를 입어, 어쩌면 공작가의 대가 끊겼을지도 모르는데 그걸 막아주셨잖아요. 난 그것만으로도 충분히 감사하고 있어요. 어쩌면 이걸 드리는 것도 그에 대한 보답이라는 생각일지도 모르겠어요. 받아줄 거죠?"

그녀는 더욱더 우리 쪽으로 가까이 그 목걸이를 밀어놓으면서 싱긋 웃었다.

내가 그 목걸이를 보면서 평소 나답지 않게 어찌할 바를 몰라 주춤하고 있을 때 세이몬이 손을 슥 뻗어 그 목걸이 상자를 집어 뚜껑을 닫고는 내 무릎 위에 올려놓았다. 그리고 류미르는 부인을 바라보며 정중히 고마움을 표시했다.

"정말 감사합니다, 부인. 뜻을 받들어 고맙게 받겠습니다."

그리고 그 목걸이는 나중에 내 마법 주머니 속으로 들어갔다.

두 달여의 시간이 흘러 추운 겨울이 지나가고 봄이 왔을 때 우리는 성을 떠났다. 성에서 새해를 맞았는데 상중이어서 거창하게 맞이하지는 못했다. 그래도 새해를 여관에서 맞는 것보다야 몇 배는 나았다. 게다가 아버지를 잃은 로비가 어떻게 될까 봐 성의 모든 사람들이 은근히 걱정을 하고 있었는데 다행히도 더욱더 씩씩하게 활동하고 평소보다도 공부와 검술 연습에 정진하자 철이 들었다고 모두들 기뻐하는 한편 안도의 한숨을 내쉬었다.

나중에 세이몬에게 슬쩍 들은 말이 공작의 장례식이 있던 날 밤 자신의 침실에 찾아왔다고 했다. 아마 제일 친한 세이몬이니 그만큼 기대고 있었던 것 같았다.

자신의 침실로 와서는 다짜고짜로 품에 파고들어 펑펑 울어대는 것이 장례식 때 눈물 한 방울 흘리지 않고 침착했던 게 다 속으로 슬픔을 억지로 누르고 있었던 거라고 말하는데, 말하는 세이몬도 눈물이 글썽글썽했다.

그렇게 펑펑 울고 나중에는 목이 쉬어 소리도 내지 못할 때까지 울다가 세이몬의 품에서 잠들었는데, 어찌나 자신의 옷자락을 꼭 쥐고 있던지 떼어놓을 수가 없었다고 했다.

그래서 하는 수 없이 품에 안고 잤는데 아침에 일어나 보니까 자신보다 먼저 일어나 앉아서 자신을 물끄러미 보다가 자신이 눈을 뜨니까 조용히 또박또박 말하기를.

"이제 아버지가 돌아가셨으니 내가 공작이야. 나 이제부터 열심히 노력해서 아버지께 부끄럽지 않을 훌륭한 공작이 될 거야."

라고 하더란다.

"허참, 기특한 녀석이네."

"어쩐지 예전과는 달리 열심히 하더라니."

류미르와 내가 고개를 끄덕이며 감탄하자 세이몬이 자신이 칭찬받은 것처럼 좋아했다.

"그치, 그치? 그 녀석 참 기특하다니까. 나중에 다시 한 번 기회가 되면 만나고 싶어."

성을 떠날 때도 로비는 우리, 특히 세이몬이 떠나는 것이 무척이나 서운했을 텐데도 매달리지도 않고 어른스럽게 나중에 꼭 들르라는 인사를 정중히 해서 모든 사람들을 놀라게 만들었다.

"하긴, 뭐. 모저도 있고, 공작부인도 현명한 것 같으니 그다지 걱정은 안 돼. 어떻게든 잘해 나갈 거라고 생각되니까."

그랬다.

모저는 새해가 되던 날 정식으로 그 성의 기사로 임명받았다. 단지 공작부인의 기사가 아니라 로비의 기사라는 것이 우리의 예상에서 빗나갔지만……

"이제 우리는 어디로 가는 거야?"

"산맥을 넘는 거 보면 모르냐? 에스라 왕국으로 가는 거잖아."

"난 단지 산맥 너머에 무슨 나라가 있는지 물어본 거라고."

"헤에, 그 거짓말 정말이야?"

류미르와 세이몬이 또다시 투닥이기 시작했다.

"조심해라, 얘들아. 봄의 산은 위험하거든. 그렇게 딴 데 정신 팔다가 미끄러지면 다친다."

하지만 내 말이 끝나기도 전에 그들은 겨울 내내 얼어붙어 있다가 봄이 되어 녹아서 진창이 되어 있는 비탈길에서 발을 헛디뎌 고꾸라지고 말았다.

"내 그럴 줄 알았다니까."

"우쒸, 너 때문이잖아."

"왜 나 때문이냐? 발을 헛디딘 건 너라고. 너가 나를 잡는 바람에 나까지 넘어졌잖아!"

"흥, 너가 나한테 시비 거니까 너한테 신경 쓰다가 이렇게 된 거잖아!"

"왜 잘못되면 다 내 탓이냐?"

"네 탓이니까 그렇지!!"

"야, 너희들. 안 일어날 거야? 그럼 계속 그러고 있든지… 나 먼 저 간다~!"

내가 정말 혼자 말을 이끌고 발걸음을 옮기자 류미르와 세이몬 이 다급하게 외쳤다.

"기다렷, 너 혼자 가는 게 어딨어?"

"야, 우리 좀 일으켜 줘어~"

제27화

아린, 아버지를 만나다

아린, 아버지를 만나다

"나는 실버 일족이야. 이름은 칼 아펜헬러지."

"아펜헬러? 그렇다면 당신의 이름을 인간 세계에서 사용하고 있단 말이군요?"

우리는 현재 에스라 왕국에 도착해 있었다. 처음에는 걸어서 산맥을 넘으려고 했었으나 봄에 산을 오르자니 위험했고—위험하기보다 귀찮고—산지가 험하다 보니 말을 끌고 가기도 힘든 데다 날씨가 낮에는 따뜻해도 밤에, 특히 산속에서의 밤은 추웠기에 만장일치로 하늘을 날아 산을 넘어버렸다.

어차피 이곳은 나의 영역(?)이었으므로 이곳 지리는 내가 훤히… 는 아니더라도 어느 정도는 잘 알고 있었으므로 에스라 왕국으로 방향을 잡는 거야 쉬운 일이었다.

그리고 이 산맥을 넘어왔다는 걸 다른 사람들이 안다면 수상한 사람들로 보일 거라는 건 뻔한 일이었으므로—게덴산맥이 워낙 험하고 드래곤도 둘씩이나 버티고 있었으므로 그쪽으로는 아예 왕래가 없었다—우리는 밤을 택해 좀 더 날아가 산맥에서 조금 더 떨어진, 그리고 좀 커 보이는 도시 근처에 착지했다.

아무래도 이 정도 큰 도시라면 여행자들이 있는 건 흔한 일일 테니 아무런 의심도 없으리란 생각에서였다.

특히 이곳 에스라 왕국은 퀠튼 연합국 다음으로 상업이 번창한 나라였으므로 여행하는 데 아무런 문제가 없을 거였다.

물론 레스틴 왕국에 있을 때 어떤 문제가 있었던 것은 아니었지만, 그곳은 기사의 왕국이니만큼 봉건 제도를 기반으로 하는 곳이어서 여행자나 용병들이 극히 드물어 우리가 가는 곳마다 주목을 받았다. 그러다 보니 그러한 시선들이 좀 불편했고, 덕분에 그러한 시선이 심한 곳에서는 밖으로 나가는 일이 꺼려지기도 했었다.

하지만 이곳에서는 그러한 시선들이 거의 없었기에 류미르나 세이몬도 좀 편안해진 듯 보였다.

"아린, 이제부터는 어디로 갈 거야?"

"에?"

그 도시에서 잡은 여관에서 점심을 먹고 있는데 갑자기 세이몬이 불쑥 물어오는 바람에 나는 당황감을 감추지 못하며 그를 바라보았다.

"이제 어디 갈 거냐구. 행선지는 항상 네가 정해왔잖아."

"아아, 그게 나도 몰라."

내가 어색해서 머리를 긁으며 씨익 웃어 보이자 류미르와 세이몬의 눈들이 커졌다.

"뭐어?!"

"글쎄, 그게… 생각을 안 해봤어."

"아니, 그렇다면 왜 여기로 온 거야?"

류미르가 황당함과 분노가 섞인 목소리로 날카롭게 묻자 나는 그를 향해 배시시 웃어 보였다.

"어, 그게 그러니까, 어떻게 하다 보니까 여기로 왔더라구."

류미르가 나에게 접시를 던지고 싶다는 눈초리로 자신 앞에 놓여 있는 접시를 만지작거리자 나는 황급히 말을 덧붙였다.

"아아, 너무 그렇게 노려보지 마. 지금부터 잘 생각해 보면 되잖아. 어차피 마땅히 정해놓은 목적지도 없었으니까 말야."

그때였다. 세이몬이 뜬금없이 엉뚱한 것을 물어왔다.

"아린, 온천이 뭐냐?"

"온천? 갑자기 웬 온천?"

"아아, 저기 우리 옆에 앉은 사람들이 하는 소리를 들었는데, 온천에 몸을 담그고 싶다고 하더라고. 그래서……"

세이몬의 말을 듣고 힐끗 우리 옆 식탁을 보니 그곳에는 건장해 보이는 30대 중반 정도 되어 보이는 세 명의 남자들이 식사에 맥주까지 곁들어 마시며 대화하고 있었다.

"온천은 에… 그러니까……"

나는 순간적으로 세이몬에게 땅속에 있는 마그마까지 설명을 해줘야 할지 몰라 말끝을 흐렸다. 그러자 류미르가 시큰등한 목소리로 나 대신 설명해 주었다.

"뜨거운 물 웅덩이를 온천이라고 하는 거야."

"뜨거운 물? 그 웅덩이의 물이 뜨겁단 말야?"

"그래, 뜨거운 물이 샘처럼 땅속에서 솟아올라서 생긴 웅덩인데, 보통 화산 지대에 많이 생기지. 거기는 지대가 뜨겁거든."

"아아, 그렇군. 그런데 왜 온천에 들어가길 원하지?"

이건 내가 대답했다.

"그 온천 물은 여러 가지 성분이 뒤섞여 있기 때문에 몸에 무척 좋대."

"그래? 아, 나도 한번 가보고 싶다."

세이몬이 정말 가보고 싶은 듯 중얼거리자 나는 눈이 반짝 뜨였다.

"세이몬, 정말 가고 싶어? 그럼 우리 이번에는 온천에 한번 갈까?"

"정말? 그래도 돼?"

"그럼. 이 에스라 왕국에 온천이 유명한 마을이 있거든. 이왕 이곳에 온 거 거기 한번 가보자. 어때?"

내가 류미르를 돌아보며 묻자 류미르도 흥미가 생긴다는 얼굴이었다.

"뭐, 마땅히 다른 목적지가 없다면 말이지."

"야, 좋으면 좋다고 해라. 무슨 대답이 삶은 시금치 같냐?"

류미르가 얼굴의 표정과는 다르게 신통치 않은 대답을 하자 세이몬이 톡 쏘았다. 그러자 약간 얼굴이 붉어진 류미르가 뭐라고 대꾸하려고 해서 나는 얼른 둘 사이에 끼어들었다.

"자자, 그만 하고. 다 먹었으면 얼른 나가서 여행을 떠날 준비를 하자고. 벌써 오후이니까 빨리빨리해야 하지 않겠어?"

우리는 밖으로 나가서 제일 먼저 에스라 왕국의 지리서를 산 뒤 그 다음 류미르가 단검을 좀 마련해야 한다기에 무기점으로 향했다.

류미르가 그곳에서 단검을 살펴보는 동안 세이몬과 나는 하릴없이 전시되어 있는 무기들을 둘러보고 있는데 갑자기 세이몬이 나를 툭툭 쳤다.

"아린, 저거 좀 봐."

"뭔데 그래?"

세이몬이 가리킨 쪽에는 여러 가지 굵기와 가지각색의 무늬를 가지고 있는 길다란 봉들이 주르르 늘어서 있었다.

세이몬은 그들 중 한 봉을 집어 들어 반짝반짝 빛나는 눈으로 찬찬히 살펴보기 시작했다. 그 봉은 세이몬이 잡았을 경우 엄지손가락과 다른 네 손가락이 닿을 정도로 가늘었는데 육각으로 되어 있었다. 그리고 하얗게 빛나는 것을 보니 은도금 처리가 되어 있는 것 같았다.

봉의 중앙에는 약 한 뼘 길이쯤 되어 보이는 손잡이를 덧대었는데, 양 끝에 금테를 두른 부드러워 보이는 가죽으로 되어 있었다. 그리고 봉의 양 끝은 복숭아 모양으로 처리되어 있었으며 그곳만 금도금이 되어 있었다.

"이거 너무 맘에 들어."

"어? 너 무기도 사용해?"

평소 격투기만 사용하던 세이몬을 보던 내가 의아해서 묻자 세이몬이 나에게 싱긋 웃어 보이며 봉을 휙 돌려 보이기도 하고 이리저리 휘둘러 보였다.

"와, 잘하네?"

그때 단검을 다 골랐는지 류미르와 무기점의 주인이 다가왔다.

"오오, 그것이 맘에 드나 보군요?"

주인은 그것을 세이몬에게서 받아 들더니 손을 넓은 간격으로 펼쳐 봉의 끝 부분을 양손으로 잡더니 살짝 비틀어 보였다. 그러자 양 끝 부분이 돌아가면서 봉이 세 도막이 났고 각각 그 도막은 가느다란 사슬로 연결되어 있었다.

"자, 이렇게 해서 가지고 다니면 더욱 편하시겠지요? 뭐 할 수만 있다면 이렇게로도 무기로 사용할 수 있고요."

그러자 세이몬의 눈이 더욱더 반짝반짝 빛나며 나를 돌아보았다.

"아리인～!!"

"그래, 알았어. 어차피 너한테도 무기가 하나쯤 있어야 할 테니까."

내가 순순히 고개를 끄덕이자 세이몬의 입이 헤벌쭉 벌어졌다. 그러자 무기점 주인이 고개를 갸웃거리며 물어왔다.

"흐음, 이렇게 무기를 장만하는 걸 보니 혹시 당신들도 이번 아펜젤러가에서 용병들을 모집하는 데 지원하시려나 보죠?"

"에? 아펜젤러가요?"

류미르가 의아한 듯이 묻자 뚱뚱한 주인은 우리에게 무슨 비밀이라도 알려주는 것처럼 의미심장한 눈초리로 말을 이었다.

"아아, 당신들은 아주 먼 곳에서 왔나 보구려? 아펜젤러가는 우리 나라에서도 가장 큰 상인 집안이라오. 우리 나라 구석구석 손이 안 뻗친 곳이 없어요. 게다가 그 아펜젤러 씨가 무지 잘생긴 데다 워낙 유명한 바람둥이라서 한 달에 한 번 꼴로 스캔들을 일으키지."

우리의 눈이 뚱그레지자 주인이 신나서 뭔가 더 이야기하려다 우리의 얼굴을 보더니 갑자기 입을 다물고 험험, 헛기침을 했다. 아무래도 우리의 어려 보이는 모습이 마음에 걸렸나 보다.

"아, 이야기가 왜 이쪽으로 갔지? 어쨌든 이번에 이 도시에 있는 아펜젤러가에서 바라치나 도시까지 물건을 운송하는데 그 양이 좀 많은가 봐요. 집안 자체 경비대로는 부족하니까 용병들을 한 2~30명 모집한다고 하더군. 그런데 그곳에 지원하려는 것 아니유?"

"하하하, 글쎄요."

우리는 웃음을 얼버무리고 얼른 그 무기점을 빠져나왔다. 아니, 솔직히 말하면 류미르가 평소 같지 않게 가격을 깎을 생각조차 안 하고 얼른 지불하고 나가자고 재촉을 했기에 그에게 끌려 나왔다고 하는 게 더 정확할 것이다.

류미르는 무기점을 나오자마자 계속 아무 말도 안 하고 앞장서서 빠르게 걸어갔다.

"도대체 왜 그래?"

그와 보조를 맞추기 위해 거의 뛰다시피 걸어가면서 묻자 류미르가 갑자기 걸음을 멈추고 나를 불렀다.

"아린!"

"왜?"

"그 바라치나 도시가 어디 있는 거냐?"

갑작스런 그의 엉뚱한 질문에 나는 황당함을 느꼈지만 순순히 아까 산 지리서를 펼쳐 그 도시를 찾았다.

"에스라 왕국 수도 근처에 있는 대도시래. 에스라 왕국의 무역 중심지이기도 하고. 근데 그건 왜?"

"만약 우리가 그냥 온천 지역으로 가는 거와 그 도시를 거쳐 가는 거와 차이가 많을까?"

그의 질문에 나는 지리서에 나와 있는 에스라 왕국의 지도로 시선을 돌렸다.

"글쎄… 약간 돌아간다고 할 수는 있지만, 그다지 별로 차이는 안 날걸? 바라치나 도시에서 온천 지역이 가깝거든."

"그럼, 우리 그 용병 모집하는 데 지원하자."

'으이구, 왜 그리 서둘러서 나왔나 했더니만.'

"너, 경비 아끼려고 그러는 거지? 그럴 필요없어. 우리 돈 많아."

"무슨 소리. 돈은 아낄 수 있을 때 아껴야 해. 앞으로 무슨 일이 있을지 어떻게 안단 말이야? 특히 이번 용병 모집에 들어간다면 바라치나 도시까지 꽁짜로 가는 데다가 거기가면 돈까지 받을 거 아냐? 이런 기회를 그냥 넘길 수 없어. 안 그래?"

류미르가 주먹까지 불끈 쥐어 보이며 결연하게 말하자 세이몬과 나는 그의 기백에 밀려 반론을 펼치지도 못하고 고개를 끄덕일 수밖에 없었다.

"그래, 네 말이 맞아."

류미르는 우리가 고개를 끄덕이자 신이 나서 그 즉시 길을 지나가는 사람 하나를 붙잡고 아펜젤러가가 어디에 있는지 물었다. 길을 지나가다 류미르에게 붙들린 나이가 지긋해 보이는 노신사는 친절하게 길을 가르쳐 주고 몸을 돌려 길을 가려다 갑자기 멈칫하더니 미심쩍은 얼굴로 우리를 바라보다가 머뭇거리며 입을 열었다.

"혹시… 설마겠지만 용병 모집하는 데 지원하러 가는 거요?"

보통 이런 대답은 류미르가 해야 했지만 그의 정신이 온통 그 사람이 가르쳐 준 길 쪽을 살펴보는데 쏠려 있느라 대답을 할 형편이 아니었기에 내가 대답해야 했다.

"예, 그럴 생각인데요."

그러자 그 사람은 다시 한 번 더 우리를 빤히 바라보더니 조심스레 입을 열었다.

"저기, 내가 이런 말한다고 기분 나쁘게 여기지 말아요. 보아하니 나이도 많아 보이지 않는데, 웬만하면 거기에는 안 갔으면 하는데."

"예? 그게 무슨… 혹시 그 아펜젤러가 무서운 곳인가요?"

세이몬이 놀라서 묻자 그 사람은 얼른 허허 웃으며 손을 휘저어 보였다.

"허허허… 아니, 그런 게 아니라……"

"그럼 무슨……"

"아니, 내 말은 그곳이 이상한 곳이라는 게 아니라, 그러니까 그 아펜젤러가 워낙 큰 상인 집안이다 보니 그런 곳에서 어쩌다 가끔 용병을 모집하는 데 몰리는 사람들이 장난이 아니라는 거지. 그들 중 뽑히는 사람이 극소수이다 보니 잘못 갔다가 반병신이 되어서 나오는 사람이 한둘이 아니라는 소문도 있거든……"

"하.하.하."

나와 세이몬은 어색하게 웃으며 류미르를 돌아보았다. 그러나 류미르는 그 노신사의 말을 못 들었는지, 아니면 못 들은 체하는 건지 그 노신사가 가버리자 우리를 이끌고 아펜젤러가 쪽으로 향했다.

"이봐, 류미르. 아무리 경비를 아끼는 좋은 기회라고 해도 그렇게 살벌하다는데 꼭 갈 필요가 있어?"

세이몬이 류미르의 팔을 잡고 늘어지자 류미르가 그에게 잡히지 않은 다른 팔로 세이몬을 확 잡아끌면서 단호하게 말했다.

"무슨 소리. 좋은 조건을 내건 곳일수록 살벌한 건 당연하잖아?"

"하지만 그렇게 많은 사람들이 모인다면 실력도 만만치 않을 텐데……"

"흥, 너희들이 제대로 실력을 발휘한다면 나라 하나쯤은 멸망시키는 것도 간단한 거 아냐?"

"야, 야, 우리가 지금 놀러왔지 일하러 왔냐? 돈도 충분한데 뭐하러 귀찮게 그래? 그냥 우리끼리 가자, 응?"

세이몬이 류미르에게 말발로 밀리자 옆에서 내가 세이몬의 응수를 거들어주기 위하여 한마디했다. 그러자 빠르게 걷고 있던 류미르가 갑자기 우뚝 서더니 휙 소리가 날 정도로 세게 몸을 돌려 나를 노려보았다.

"아린, 넌 분명히 용병 모집에 지원하는 걸 찬성했지? 너네 종족이 한 입 가지고 두말해도 되는 거야?"

"어우~ 야, 그렇다고 뭘 그렇게 거창하게 말하냐? 그냥 해본 말이야. 야, 야, 세이몬. 그냥 아무 말도 하지 말고 빨리 가자."

나는 기가 죽어서 세이몬의 옷소매를 살살 잡아끌고 앞으로 나섰다. 그러자 뒤에서 류미르가 외치며 오는 소리가 들렸다.

"너희들, 제대로 안 하면 내가 가만 안 놔둘 거다."

30분 뒤……

나는 아무 생각 없이 류미르의 말에 찬성을 해가지고 이 자리에 오게 된 나를 한 대 패주고 싶은 생각이 절실했다.

"장난이 아니네……."

"우와, 살벌해~"

"꼭 저렇게까지 해야 하나?"

"나도 몰라. 어우~ 어떻게 하지?"

세이몬과 내가 작게 속삭이고 있을 때 옆에서 냉기가 풀풀 날리는 류미르의 목소리가 들려와 우리를 움찔하게 만들었다.

"너희들, 자꾸 그런 소리할래?"

옆을 슬쩍 살펴보니 우리 근처에 있던 척 보기에도 대단해 보이는 사람들이 우리를 비웃음이 담긴 눈길로 바라보고 있었던 것이다. 그들은 내가 돌아보자 얼른 단상 위의, 지금 한창 살벌하고 무섭게 싸워대는 두 사람에게로 시선을 돌렸다. 우리 말고도 오늘 지원하러 온 다른 사람이 벌이고 있는 시합이었다.

사실 우리가 아펜젤러가에 와서 문에 버티고 있는 사병에게 지원하러 왔다고 말했을 때부터 받았던 비웃음인 데다 짐작을 하고 있었기 때문에 나나 세이몬은 아무렇지도 않았지만 류미르는 그게 아닌 것 같았다.

정문에서 비웃음을 한번 당하자 눈이 매섭게 타오르는 것이 류미르의 상대가 될 사람들이 걱정스러워지기까지 했다. 그런데 지금 말 한번 잘못했다가 또다시 비웃음을 사자 그 예의 눈초리를 우리에게 쏟는 것이었다.

"알았어, 가만히 있을게."

내가 오늘은 왜 이 녀석에게 꼼짝 못하는 건지 심각하게 고찰을 해보며 나는 다시 단상 쪽으로 시선을 돌렸다.

아펜젤러가에서 용병을 뽑는 방법은 간단했다. 호명된 사람이 단상으로 올라가 그 사람에게 도전하는 10명을 이기면 되는 거였다. 그러니 척 보기에 힘이 약해 보이면 도전자가 엄청 많았고 실력있게 생겼으며, 자신의 실력을 믿는 알짜들만 도전했기에 이래저래 뽑히는 사람은 정말 실력이 뛰어난 자들뿐이었다.

그런데 그렇게 뽑힌 사람들도 다시 밀려날 수 있었으니……

바라치나 도시로 출발하는 것은 내일, 그러니까 오늘까지 지원할 수 있는데, 용병 30명은 지원자를 받던 첫날 다 뽑아놨었던 것이다. 그러니 지금 지원하는 사람들은 뽑힌 사람들 중 한 명을 골라 이겨야만 그 뽑힌 자를 떨치고 자신이 대신 뽑히는 것이었다.

아펜젤러가야 실력이 좋은 사람들을 뽑는 것이니 다른 사람에게 지는 용병은 가차없이 내보냈기에 지금 모집된 용병들은 상당한 실력을 지닌 사람들이었고, 또한 지금 지원하는 자들도 상당한 실력을 지닌 사람들이었으니 그런 그들이 자신들의 밥그릇을 놓고 싸우니 상당히 치열할 건 뻔한 거였다.

"하지만… 찜찜하단 말야……."

내가 중얼거리자 류미르가 한숨같이 물어왔다.

"뭐가 또오~?!"

"아니, 뽑힌 사람을 떨치고 그 자리를 내가 차지하는 거니까… 꼭 남이 맡아놓은 자리를 빼앗는 것 같아서 별로 기분은 안 좋아."

"하! 순진하군."

"키득키득, 어리다는 거지."

"실력은 될라나?"

"나중에 울지나 말라지."

나는 또 한 번 비웃음을 당하고 류미르의 눈총을 받고서 입을 다물어야 했다. 하지만 우리를 비웃던 자들은 잠시 후 우리의 상대가 되어 다른 이들의 눈이 크게 떠지는 데 지대한 공헌을 해야 했다.

우리들 중 맨 처음 호명되어 단상 위로 올라간 류미르는 우리 옆에서 제일 노골적으로 야유를 퍼붓던 대머리의 근육질 남잘 자신의 상대로 선택하였다. 그래서 그가 류미르를 얕보고 여유를 부리는 동안 번개같이 그에게 달려들어 그의 한쪽 눈을 밤탱이로 만들어주고 그의 왼팔을 부러뜨려 버렸다. 그리고 복부에 돌려차기를 먹여 단상 밖으로 떨어지게 만든 다음 멋지게 착지한 상태로 그를 싸늘하게 노려보며 한마디하고 단상을 내려왔다.

"안됐군."

그런 다음 우리를 무섭게 노려보며 어영부영하면 가만두지 않겠다는 메시지를 강력하게 날리는 것을 잊지 않았다.

"에휴, 어쩔 수 없잖아."

그 다음 세이몬이 한숨을 한번 폭 내쉬더니 자신의 뒤에 서 있던 등에 두 개의 검을 X 자로 메고 있던 아까 그 대머리 용병과 죽이 잘 맞던 사내를 지적했다.

류미르의 놀라운 실력을 봤던 사내는 처음부터 신중한 얼굴로 등 뒤의 두 개의 검을 꺼내 들고는 자세를 잡았다. 그 모습을 본 세이몬도 척하니 허리에 차고 있던 세 도막으로 분리된 봉을 꺼내 들었다.

그런데 그 봉을 꺼내 들자마자 입이 헤벌쭉 벌어지더니 싸울 자세는 취하지 않고 봉만 어루만지는 것이었다.

"뭐 하는 거야, 저 녀석?"

신음 소리 같은 중얼거림을 내뱉으며 류미르가 이마를 짚을 때를 맞추어 한 손에 검 하나씩 든 사내가 세이몬을 향해 쇄도해 들어갔다. 사내의 오른손에 들린 검이 세이몬의 옆구리를 노리고 베어 들어가자 세이몬은 얼른 뒤로 피했다. 하지만 그 사내는 한 걸음 더 전진하여 이번에는 왼손에 들린 검으로 곧장 세이몬의 가슴을 노리고 찔러 들어갔다.

세이몬은 아직 봉으로 조립하지 않은 세 도막을 두 손으로 부여잡고는 몸을 살짝 옆으로 비틀어 찔러 들어오는 검을 피하는 동시에 다시 자신을 쫓아오는 다른 검을 세 도막난 봉으로 막아 냈다.

챙강~

금속과 금속이 부딪치는 맑은 소리가 울리면서 두 사람의 동작이 잠시 멈췄는가 싶더니 둘이 거의 동시에 뒤로 한 발씩 물러났다.

"쳇, 오늘 산 거라 아끼려고 했는데……."

세이몬은 투덜투덜대며 그제야 세 도막을 조립하여 하나의 봉으로 만들었다. 그리고 끝에서 끝까지 한번 손으로 쓰윽 훑더니 그 봉에 살짝 입맞춤을 하며 중얼댔다.

"괜찮아, 흠집 나면 내가 다 수리해 줄게."

그 모습을 본 쌍검의 사내는 픽 웃으며 바닥에 침을 탁 뱉었다.

"웃기는군."

그리고 그 말을 끝으로 또다시 세이몬에게 덤벼들었다.

챙! 챙! 챙! 챙!

봉과 검이 맞부딪치는 소리가 요란하게 들리는 것이 꼭 중국 무협 영화를 보는 것만 같았다.

"저 녀석, 봉 잘 다루는데?"

"근데 문제는 지금 저 녀석 놀고 있다는 거야. 웬 멋을 저렇게 부린담? 빨랑빨랑 좀 끝낼 것이지."

"냅둬, 처음으로 자신의 무기가 생겼는데 좀 가지고 놀게 놔둬도 좋잖아?"

"저러다가 실수라도 하면 어쩌려고?"

"괜찮아, 괜찮아. 세이몬의 실력이야 맨손으로도 충분하니까. 하긴, 실수라도 봉이 어떻게 된다면 오히려 상대가 위험하겠지."

"첨 산 거라서 망가지면 무척 화낼 거야… 저 녀석 먹는 거 말고 저렇게 좋아하는 거 처음 봤다니까."

류미르와 내가 이렇게 대화하고 있는 동안 단상 위에서의 싸움은 점점 더 격렬해져 갔다.

쌍칼의 사내가 세이몬이 자신을 가지고 논다는 것을 눈치 채고는 분노하여 더욱더 격렬하게 달려들었던 것이다. 그러자 차츰차츰 세이몬이 들고 있던 봉에 거무스름한 기운이 덮이기 시작했다.

"오, 시작했다."

"드디어 끝내려는군."

세이몬의 봉이 완전히 검은 기운으로 뒤덮이자 세이몬은 봉을 다시 한 번 고쳐 쥐더니 쌍칼의 사내를 향해 강하게 휘둘렀다. 그때 마침 세이몬과 쌍칼 사내의 거리가 너무 가까웠으므로 사내는 미처 피하지 못하여 두 검을 들어 X 자로 교차하여 막아냈다.

"우욱……."

그러나 세이몬의 힘이 더 강했던 듯 그는 신음을 토해내며 휘청이는 발걸음으로 두 걸음이나 뒤로 물러났다. 그리고는 쓰러질 듯 휘청이는 몸으로 겨우 중심을 잡고 서서는 믿지 못하겠다는 듯이 크게 뜨인 눈으로 자신의 두 손에 들린 검을 바라보았다.

그 검들은 그가 세이몬에게서 떨어지자 조금씩 금이 가기 시작하더니 나중에는 '챙강' 하는 소리와 함께 두 동강이 나며 바닥으로 떨어져 내렸다.

"아, 부술 생각은 없었는데……."

세이몬은 미안한 듯 콧등을 긁적이며 중얼거렸다. 쌍칼 사내는 화가 난 듯 쳇쳇거리면서 손에 들고 있던 반 토막만 남은 검을 땅에 내팽개치더니 그것도 모자라 발로 한번씩 차주고는 씩씩거리며 단상을 내려왔다.

"에구구, 이제는 내 차례네?"

나는 단상으로 올라가며 내 상대를 고르기 위해 두리번거렸다. 그런데 우습게도 나와 마주친 용병들이 모두 내 시선을 피해 딴 곳으로 고개를 돌리는 것이었다.

이런 그들 중 한 사람을 골라야 한다는 게 내키지 않아서 난처한 눈으로 류미르를 바라보자 그가 손짓으로 어떤 사람을 가리켰다. 그는 우리 뒤에 서 있었던 아주 거대한 몸집의 용병이었는데 격투기를 무기로 하는지 별다른 무기는 가지고 있지 않았고 대신 팔뚝에 건틀렛만 끼고 있었다.

아까 이곳에 올 때 이자에게 류미르가 경기장의 위치를 물었었는데 못 들은 척 무시하고 가버렸던 일이 있었다. 아마 그것 때문에 이 사람을 가리킨 것이리라…….

나는 쓴웃음을 머금고 류미르가 시키는 대로 그 사람을 지목하여 단상에 오르게 했다.

그자는 천천히 단상에 오르더니 내 앞에 턱 버티고 서서는 사람을 깔보는 듯이 내리깐 눈으로 나를 보더니 오만한 목소리로 말했다.

"흥, 지금껏 네 패거리들의 상대는 뽑힌 용병들 중에서도 가장 약한 축이었다고. 나를 그 녀석들과 같다고 생각한다면 그건 오산일 거다."

'그래, 너 잘났다.'

나는 힐끔 녀석의 뒤를 살펴서 녀석과 단상 끝과의 거리가 얼마인지 보고는 녀석에게로 시선을 돌렸다.

"뭐, 빨리 끝내죠?"

그리고 녀석이 태평하게 내가 허리에 찬 검을 뽑길 기다리는 동안 멋있게 오른손을 들어 올려 녀석을 가리키고는 한마디했다.

"윈디!"

내 손에서부터 형성된 강력한 바람은 방심한 채 유유자적하게 서 있던 녀석을 단상에서부터 멀리 날려 버려 흙바닥에 내동댕이쳐 버렸다.

"끝!"

나는 바닥에 쓰러져서 아직도 정신을 못 차리고 어벙벙한 얼굴인 그 사람을 향해 한 손을 들어 올려 보이고는 몸을 돌려 단상에서 내려왔다.

이로써 우리는 아펜젤러가에서 모집한 용병단에 뽑힐 수 있었다.

다음날이 되었다. 그런데 배급처럼 지급된 식사를 마치고 한참이나 있어도 도무지 떠날 기미를 보이지 않았다. 용병들은 어리둥절했지만, 뭐 달리 전달된 말도 없는 터라 여기저기 흩어져서 빈둥거리고만 있었다.

우리 셋도 저택의 거대한 정원 한구석, 햇볕이 잘 드는 잔디밭에 누워 일광욕을 즐기고 있었다.

그런데 그때였다.

"다들 집합!"

우리 용병대를 지휘하기로 되어 있는 아펜젤러가의 개인 사병대의 기사가 달려와 소리쳐 우리를 불렀다.

용병들이 하나둘 어슬렁거리며 그의 주위로 몰려들었고 우리도 무슨 일인가 하여 용병들 틈에 끼었다.

"다 모였나? 그럼 지금부터 앞으로의 계획을 말해 주겠다."

기사는 용병들을 한번 쭉 훑어보면서 수를 가늠해 보더니 고개를 끄덕이며 입을 열었다.

"모두 알다시피 원래는 오늘 아침에 출발했어야 했지만 사정이 생겨서 내일로 출발이 연기되었다. 그러므로 오늘 하루 더 대기하고 있도록. 원하는 사람은 잠시 저택을 나갔다 와도 상관은 없다. 이상, 질문있나?"

그러자 용병들 중 누군가가 소리쳤다.

"그 사정이 뭔지나 들어봅시다."

다른 용병들도 그게 궁금했었던 듯 그의 말에 동조하는 소리가 여기저기서 터져 나왔다.

그러나 그 기사는 딱딱한 어투로 그들의 입을 막았다.

"너희들은 알 바 아니다. 그저 위에서 시키는 대로만 하고 돈만 받으면 돼."

어찌 보면 용병들을 무시하는 굉장히 기분 나쁜 말이었지만 틀린 말도 아닌지라 용병들은 인상을 구기면서도 뭐라고 대꾸하지 못하고 그냥 흩어져 갔다. 그리고 그 기사도 용병들이 흩어져 버리자 자신도 몸을 돌려 용병들 사이를 헤치고 저택 쪽으로 가버렸다.

"응~ 하루라는 시간이 주어졌는데 뭘 하지?"

우리 셋도 아까 뒹굴던 그 장소로 발걸음을 옮기는데 세이몬이 중얼거리듯 물었다.

"글쎄… 그냥 있기에는 심심하긴 한데 말야……."

류미르도 뭘 할지 골똘히 생각하는 얼굴로 중얼거리듯 대꾸했다.

"시장이나 갈까?"

"에? 거긴 어제 갔다 왔잖아?"

내가 제안하자 즉각 세이몬이 대꾸했다.

"하지만 어젠 제대로 구경도 못했잖아. 갑자기 류미르가 우릴 여기로 끌고 오는 바람에 군것질도 못해 보고……."

내가 류미르를 힐끔거리며 말하자 류미르가 볼멘 표정으로 말했다.

"뭐야, 그래서 불만이야?"

"뭐, 불만이라기보다 그렇다는 거지. 그러고 보니 너희들도 어제는 쇼핑을 하나도 안 했잖아? 그러니까 겸사겸사 가보자, 응?"

내가 배시시 웃는 것과 동시에 류미르를 툭툭 치며 장난스럽게 말하자 그도 어쩔 수 없다는 듯이 피식 웃더니 고개를 끄덕였다.

"그래, 가자."

그런데 그때였다. 세이몬이 손으로 정원의 한쪽을 가리키며 외쳤다.

"어? 거긴 우리 자린데."

그가 가리킨 방향을 보니 아까 우리가 뒹굴던 자리인데 이미 그 자리를 다른 용병 둘이서 차지하고 누워 있었다. 그들은 눈을 감고 있다가 세이몬의 말을 들었는지 가늘게 눈을 뜨고서 우리를 바라보았다.

"뭐야, 너희들? 우리가 여기 누워 있는 게 불만이야?"

그들 중 한 사람이 입을 열자 다른 용병은 아예 일어나 앉아 인상을 썼다.

"아니… 거긴 우리 자리라고……."

세이몬이 움찔거리며 중얼대듯 말하자 일어나 앉은 용병이 코웃음을 쳤다.

"흥, 여기 니 자리, 내 자리가 어딨어? 먼저 맡으면 임자지."

"됐어, 세이몬. 우린 나갈 거니까 상관없잖아. 그냥 가자고."

류미르가 세이몬의 어깨를 감싸 안으며 그를 데리고 가려고 하자 누워 있던 용병이 갑자기 일어나 앉더니 소리쳐 우리를 불렀다.

"야, 그냥 가면 어떡해!"

그러자 류미르가 가던 발걸음을 멈추고는 고개만 돌려 그를 바라보았다.

"그럼 어쩌라고?"

용병은 우리가 자신을 바라보자 능글맞게 웃으며 입을 열었다.

"단잠을 깨운 대가는 주고 가야 할 것 아냐? 넌 누가 자고 있는데 깨우면 기분 좋냐?"

류미르는 살짝 인상을 찡그리고 그를 바라보다가 일을 크게 벌이고 싶지는 않았는지 툭 내뱉듯이 한마디했다.

"미안하다."

그리고는 다시 몸을 돌려서 가려고 했다. 그러자 그 용병이 다시 소리쳤다.

"야, 미안하면 다냐? 그리고 누가 사과하래? 대가를 내놓으라고 했지."

그 옆에 있던 용병도 히죽히죽 웃으며 입을 열었다.

"돈 말야, 돈. 반짝반짝 빛나는 예쁜 금속의 납작한 동그라미."

그러자 다시 전의 용병이 말을 받았다.

"돈이 없으면 몸으로 때우든지. 뭐, 네 녀석들이라면 몸으로 때우는 게 더 좋을 것 같은데?"

류미르의 얼굴에 힘줄이 하나 돋으려고 할 때였다. 누군가가 이쪽으로 헐레벌떡 뛰어왔다.

그는 앉아서 능글거리는 용병들과 한패인 듯 주저없이 그들에게 다가가 옆에 털썩 주저앉고는 호들갑스럽게 외쳤다.

"이봐, 이봐, 빅뉴스다. 빅뉴스!!"

능글맞게 굴던 용병들은 자신들의 장난을 방해한 그가 등장할 때는 인상을 찡그리더니, 그가 외치는 말을 듣자마자 인상이 펴지며 호기심으로 눈을 반짝였다.

"어이, 무슨 일인데 그래? 뜸들이지 말고 말해 봐."

용병 하나가 참지 못하고 그를 다그치자 그는 과장스레 숨을 헥헥거리며 그 자리에 드러누웠다.

"에구~ 죽겠다. 내가 이 이야기를 듣고 너그들에게 알리려고 죽어라 뛰어왔드만 힘들어 죽겠네⋯⋯."

그러자 다른 용병 하나가 발을 드러누운 용병의 가슴에 척하니 올려놓으면서 장난이 섞인 협박을 늘어놓았다.

"그렇게 죽겠으면 아예 내가 죽여줄 수도 있는데 말야⋯ 말할래, 아님 내 손에 죽을래?"

"치워, 임마. 드러운 발을 어따가 올리는 거야?"

누운 용병은 실눈을 뜨고 자신에게 발을 올려놓은 용병을 바라보다가 손으로 그의 발을 밀치며 일어나 앉았다. 그러더니 뭔가 입을 열려다 말고 우리를 힐끔 보더니 우리를 향해 손짓했다.

"헤이, 너희들. 듣고 싶으면 이리 와 앉아. 내 목소리는 그렇게 크지 않다고. 두 번 말하기도 싫고⋯⋯."

류미르와 세이몬은 서로 마주 보더니 나에게로 시선을 돌렸다. 나는 그들에게 어깨를 으쓱해 보이고는 주저없이 그들에게 다가가 그 옆에 앉았다.

"뭐, 그냥 가르쳐 주겠다는데 사양할 필요는 없겠지?"

그러자 그 녀석들도 주저없이 내 옆으로 와서 앉아 그가 입을 열기만 기다렸다.

"있지, 아까 그 재수없는 기사 놈이 사정이 있어서 출발이 내일로 미뤄졌다고 했잖아. 그런데 왜, 내가 며칠 동안 꼬시고 있는 그 하녀 계집애 있지? 아까 그 계집애를 만났는데 그년이 나에게 살짝 말해 주더라고."

"젠장할. 야, 서론은 그만 하고 본론을 말해, 본론을."

용병 하나가 얼굴을 찡그리며 그에게 외치자 그가 손을 들어 올려 보이며 말했다.

"아, 글쎄, 중간에서 끊지 말고 끝까지 좀 들어봐. 그 계집애가 말하길 오늘 그 아펜젤러가의 대빵이 온다더군. 그가 내일 출발하는 데 낀다고 하던데?"

그러자 다른 용병 하나가 심각한 얼굴로 턱을 만지작거리면서 물었다.

"아펜젤러가의 대빵이라면, 혹시 가주?"

"그래, 그 잘난 면상과 바람둥이로 유명한 그 사람 말야."

소식을 가지고 온 용병은 신이 나서 그에게 대답해 주었다.

"흐음, 그렇다면 오늘 잘해서 그 사람 눈에 뜨인 놈은 출세가도를 달리게 되겠군?"

"그렇지."

"이거 딴 놈들도 알고 있어?"

"글쎄, 그건 잘 모르겠는데……. 그런데 뭐 곧 알게 되겠지. 비밀은 아닌지 그렇게 쉬쉬하는 눈치는 아니더라고. 그리고 우리랑 같이 바라치나 도시까지 간다니까 기회는 많겠지."

그러자 심각한 얼굴로 턱을 만지작거리며 질문을 하던 용병이 고개를 흔들었다.

"아니, 그렇지는 않을 거야. 특별히 무슨 큰일이 일어나지 않는 한 여행을 하더라도 우리랑 만날 일은 거의 없다고 봐. 그러니 오늘 그자가 올 때가 기회라면 기회겠지."

그러더니 갑자기 자리에서 벌떡 일어섰다.

"이러고 있을 수만은 없지. 야, 우리 대련이라도 하자."

그러자 그의 동료 용병들도 자리에서 일어났다. 그런데 우리가 멀뚱멀뚱 가만히 있자 소식을 가지고 달려온 용병이 의아한 얼굴로 물었다.

"야, 너희들은 왜 가만히 있어? 아무것도 안 할 거야?"

"아, 뭐……"

"우리는 별로……."

"괜찮아요."

우리가 어색한 듯이 헤헤 웃으며 말하자 그 용병은 어리둥절한 듯 어깨를 으쓱하더니 자신의 동료들과 가버렸다.

"뭐, 우리랑은 상관없는 일이니까. 우린 그냥 시장 구경이나 가자고."

내가 자리에서 일어나 옷에 묻은 잔디풀을 털면서 말하자 류미르와 세이몬도 고개를 끄덕이며 일어났다.

우리는 생각보다 늦게 저택으로 돌아왔다. 시장에는 의외로 다양한 군것질거리가 많이 있었고, 우리의 눈길을 끄는 가게가 많았던 것이다. 신나게 돌아다니면서 먹고 구경하다 보니까 어느새 해가 져버리고 깜깜해 있는 바람에 우리는 허겁지겁 저택으로 돌아왔다.

다행히도 정문을 지키고 있던 사병들이 우리를 알아보는 바람에 쉽게 저택 안으로 들어왔지, 만약 우리를 모르는 사람이 지키고 있었더라면 용병들을 관리하는 기사가 와서 우리를 확인할 때까지 우리는 밖에서 기다리고 있어야 했을 것이다.

그런데 우리가 우리에게 지정된 숙소로 갈 때였다. 누군가가 우리의 길목 중앙에 서서 우리를 바라보고 있었다.

달빛에 빛나는 허리까지 내려오는 하얀 은발이 너무 인상적인 사람이었다. 그는 가슴에 크게 V 네크라인이 있는 소매가 넓은 하얀 실크 가운을 입고 있었는데, 테두리에는 진한 보라색 실크가 둘러져 있었다.

그가 소리없이 우리 쪽으로 다가오는 덕분에 난 금방 그의 얼굴을 볼 수 있었다.

조각 같은 단아한 얼굴에 약간 날카로워 보이는 회색 빛 나는 은색 눈동자에 붉은 도톰한 입술.

입가에 약간 잔주름이 나 있지 않았다면 아마 20대 초반의 청년이라고 생각했을 것이다.

그런데 그가 우리 앞에 다가온 순간 약간 냉정하다 싶은 그의 눈동자에 능글맞은 빛이 떠올랐다.

"호오, 이것 참~"

그는 가늘고 긴 손가락으로 턱을 살짝 받치며 우리를 노골적으로 훑어보더니 그중 나를 뚫어져라 쳐다보았다. 그러자 살짝 인상이 구겨진 세이몬과 류미르가 내 앞으로 나서서 그의 시선을 막았다.

"무슨 일이십니까?"

정중하지만 찬바람이 쌩쌩 도는 목소리로 류미르가 입을 열자 그가 피식 웃었다.

"호오, 보호자인가?"

그가 고개를 살짝 기울이자 등 뒤로 넘어가 있던 가느다란 은색 머리카락들이 스르르 앞으로 떨어져 내렸다.

"무슨 일인지 물었습니다만?"

류미르가 다시 고드름이 뚝뚝 떨어질 것 같은 목소리로 묻자 그가 쿡쿡 웃었다.

"아아, 너한테 볼일은 없어. 난 단지 너희들이 보호하는 아름다운 아가씨와 이야기를 해보고 싶어서 말이지."

류미르와 세이몬의 눈이 놀라움으로 커졌나 보다. 그가 다시 쿡쿡 웃으며 말을 이었다.

"아아, 그렇게 놀라니까 더 놀리고 싶어지는걸? 내 눈은 못 속이지. 아무리 남자처럼 꾸몄다고는 해도 여자와 남자는 근본적으로 향기가 다르거든."

'이 남자, 꼭 말하는 것이 바람둥이 같아.'

내가 그렇게 생각하고 있을 때였다.

"아펜젤러 씨이십니까?"

류미르였다. 역시 이 녀석 추리가 빨랐다.

"날 아나?"

"소문을 들었을 뿐입니다. 역시 소문대로이시군요."

"쿡쿡, 그거 참 고맙군. 그럼 이제 내가 저 아가씨와 이야기를 할 수 있을까?"

분명히 류미르와 세이몬은 거절할 것이다.

그래서…….

"물론이지요."

나는 원래 바람둥이를 좋아하지 않는다. 특히 이 녀석처럼 노골적으로 집적거리는 녀석은 더욱더.

'자신의 얼굴과 능력에 그렇게 자신이 있나 보지?'

그래서 녀석을 어떻게 좀 골려주려고 나는 기꺼이 대화에 응했다. 그리고 드래곤 피어를 살짝 담아 녀석을 노려봐 주었다. 그런데 의외로 녀석은 내 눈을 정면으로 마주 보면서도 눈썹 하나 까딱 안 하고 오히려 피식 웃어서 나는 당황해 버렸다.

덕분에 어떻게 류미르하고 세이몬과 헤어졌는지도 모르는 채 녀석이 끌고 가는 대로 끌려와 정신을 차리고 보니 저택 안인 듯한 방이었다. 그런데 이게 또 황당한 것이 응접실이나 침실—뭘 생각한 건데?—이 아닌 넓은 방에 창문과 출입문을 제외한 네 면이 바닥부터 천장까지 책으로 꽉 차 있는 서재였던 것이다.

'이게 무슨 황당한 일이래?'

그는 방 중앙에 놓여 있는 푹신해 보이는 가죽 소파를 가리키며 나에게 앉기를 권하고는 자신도 앉았다. 그리고 하녀를 한 명 불러 차를 가져오게 했다.

어리벙벙한 채로 그의 앞에 앉아 있는데 그는 하녀가 차를 가져올 때까지 빙긋빙긋 웃으며 나를 뚫어져라 쳐다볼 뿐 입은 꼭 다물고 있었다. 그러다가 하녀가 우리 앞에 차를 놓고 나가자 그제야 입을 열었다.

"흐음, 이것 참……."

내가 의아한 듯이 그를 쳐다보자 그가 우아하게 찻잔을 들어 올려 한 모금 마시더니 말을 이었다.

"잘생긴 녀석들이 들어왔다길래 꼬셔볼까 했더니만 두 놈은 아직 성년도 안 된 꼬맹이들이고 한 녀석은 동족이라니……."

'이게 뭔 소리여?'

당황해서 말문이 막힌 채로 그만 쳐다보고 있자 그가 피식 웃었다.

"안 마실 거야? 그거 그래도 고급 차야, 향도 아주 좋고."

"아, 저기요. 이것만 말해 주실래요? 방금 한 말이 무슨 뜻이지요?"

"뭐가? 이게 고급 차라는 거?"

"아뇨, 그거 말고 그전에 말한 거."

"아아, 두 녀석은 꼬맹이고 한 녀석은 동족이라는 거?"

"예."

그러자 그의 미소가 더욱더 진해졌다.

"한마디로 하자면 나도 너처럼 드래곤이라는 거지."

그 순간 나는 복잡 미묘한 감정에 젖었다. 이걸 뭐라고 설명해야 할지… 반갑기도 하고, 황당하기도 하고, 또 내 속을 들킨 것 같아 떨리기도 하고…….

"하.하.하. 이거 제가 큰 실례를 했네요… 저보다 훨씬 어른이신 분께……."

"괜찮아, 괜찮아. 나도 이렇게 유희를 즐기다가 동족을 만나는 게 너무 오랜만이라 반가워서 예의를 지키지도 못했는데 뭐."

"아니, 그런데 제가 어떻게 동족이라는 걸 아셨어요?"

"네 기운을 감지했지. 아아, 그런 표정 짓지 마. 네가 기운을 갈무리한 솜씨는 뛰어나니까. 단지 나처럼 몇천 년을 지내다 보면 눈치 챌 수 있거든. 네가 아니라 고룡들을 만나더라도 알았을 거야. 그러고 보니 넌 아직 나이가 어린 것 같군?"

"예, 성룡이 된 지 얼마 안 되었거든요."

"흐음, 그래? 그랬군. 아, 그건 그렇고 말이야."

"네?"

"이렇게 만난 것도 인연인데 우리 한번 즐겨보는 게 어때?"

"에? 뭘요?"

"아아, 뭘 그렇게 순진한 척해? 알 건 다 알지 않아? 요즘 내가 인간들하고만 즐기다 보니 좀 식상했거든? 그래서 남색을 한번 즐겨볼까 했는데 이렇게 동족을 만나서 말야. 예전에 가끔 동족하고 즐긴 생각이 나거든. 어때? 어차피 너도 유희를 즐기러 나왔으면 생각이 있었을 거 아냐? 아니, 벌써 즐겼을라나, 그 꼬맹이들하고?"

"아니, 저기… 그러니까… 부인이 계시지 않아요?"

"에이, 뭘 새삼스레 그런 걸 따져? 어차피 너한테는 한 주먹거리도 안 될 텐데… 그러고 보니 레드족이군? 흐음, 옛날 생각 나는걸? 내가 한때는 레드 드래곤과 사귄 적이 있었지."

"하.하. 그러셨어요?"

"그래. 레드 드래곤 성격이 워낙 불 같잖아? 정말 끝내줬었는데… 성격만 좀 고치면 더 좋겠지만 말야… 하긴 한번 대판 싸우고는 열받아서 그녀한테 드래곤 모습으로 임신을 시켜 버렸었지. 아, 이런 말 이해하지?"

"아하하… 그럼요."

"말도 마. 그녀는 레드족 중에서도 성격이 가장 더러웠으니까… 말싸움으로 이길 수가 있어야지? 그렇다고 본체로 돌아가 대놓고 싸울 수도 없고 해서 임신을 시켰었는데, 뭐, 그녀 성격에 애를 낳을 리도 없으니 지워 버렸겠지."

"저, 이거 혹시나 해서 묻는 말인데 그 여자 분 혹시, 혹시……"

"응? 아, 비밀도 아닌데 뭐. 칼 세르니안이야."

'오 마이 갓!!!'

나는 그 순간 귓속에서 천둥치는 소리가 들렸고 머리 속이 하얗게 돼버리는 것을 느낄 수 있었다. 얼마나 충격이 컸는지 한동안 손가락 하나라도 까딱할 수가 없었다.

'이럴 수가……'

"응? 아니, 왜 그러지? 얼굴색이 안 좋은데? 설마 세르니안을 알고 있나?"

그의 의아한 듯한 목소리에 나는 얼른 제정신을 차렸다. 그래도 골이 울리고 어찔어찔한 것이 보통 충격이 아닌 모양이었다.

"아, 정식으로 소개를 드리죠. 저는……"

내가 그 상황에서도 그의 딸임을 밝히려고 입을 열려고 하자 그가 손을 휘휘 내저었다.

"아니아니, 이럴 때는 남자가 먼저 자신의 소개를 하는 것이 예의지."

"하.하.하. 그런가요?"

'그래, 어디 아버지 성함이나 알려주시죠?'

나는 잠시 후에 그가 내 소개를 듣고 어떤 표정을 지을지 기대하면서 그가 입을 열기를 기다렸다.

"나는 실버 일족이야. 이름은 칼 아펜젤러지."

그가 정말 자랑스러운 듯이 자신의 이름을 밝혔다.

"아펜젤러? 그렇다면 당신의 이름을 인간 세계에서 사용하고 있단 말이군요?"

"그렇지. 아무래도 내가 일으킨 집안이니 보통 집안이겠어? 그래서 내 이름을 사람들 사이에 알릴 겸 해서 사용했지."

'흥, 아마 자식들 재산 다툼으로 금방 무너질 집안일 거다.'

"그래, 이제 아가씨의 소개를 들어볼까?"

그는 다시 우아한 포즈로 찻잔을 들어 한 모금 마셨다.

"저는 칼 세르니안의 딸 아시리안이라고 합니다."

"오, 그래? 이름 또한 아름답군. 칼 세르니안의 딸이라니… 뭐, 뭣?!"

그는 너무 놀라 자리에서 펄쩍 뛰어올랐다. 그 바람에 찻잔이 넘어져 옷에 차가 튀어 묻었는데도 신경조차 쓰지 못했다.

"방금… 뭐라고 했지?"

그는 자신이 잘못 들었길 간절히 바라는 표정을 한 채 떨리는 음성으로 물었다. 그런 그에게 나는 단어 한 자 한 자 또박또박 힘을 주어 말해 줬다.

"저는 칼 세.르.니.안.의 '딸' 아시리안이라고 합니다."

그는 이제 멍한 표정이 되어 소파에 무너지듯이 털썩 주저앉았다. 그러고는 마치 넋이 나간 사람처럼 중얼거렸다.

"세르니안의 딸이라고… 세르니안의… 딸이라고……."

드래곤 사회는 개인주의 사회이다. 그러나 그것은 인간들에게 알려져 있는 것이고 여기에 한 가지를 덧붙이자면 모계 중심의 사회라는 거다. 어쩌면 모계 사회를 만드는 데 일조한 것도 태어나는 해츨링은 아버지가 누구이든 어머니의 종족을 따른다는 것에도 있겠다.

나처럼 아버지가 타 종족 드래곤이라고 해도 엄마가 레드 종족이면 무조건 레드 드래곤이 되는 것처럼 말이다.

드래곤이 성룡이 되면 그동안 타 종족을 막론하고 받아왔던 관심과 사랑이 한순간에 단절되어 버리고 모든 일을 자신이 책임지고 행동해야만 한다. 그런데 여기에 예외가 딱 한 가지 있으니 바로 어머니라는 존재이다. 물론 어머니라고 해서 자식의 인생에 개입할 권리는 없지만, 만약 자식이 도움을 요청한다면 본인만큼의 권리를 가지게 된다.

　그리고 성룡이 되면 정말로 도움이 딱 끊기는 것이 아니라 그 뒤로 한 2~300년 동안은 주위의 어른들이 도와주고 간섭하는 것이 통례이다. 뭐, 주위의 어른들이라고 해봤자 부모와 조부모겠지만, 이 시기의 다른 어른들은 몰라도 어머니라는 존재의 권리와 의무는 아이가 해츨링이었을 때와 별다를 바가 없을 정도이다. 그런데 만약 어머니가 어떠한 사정에 의하여 그 권리와 의무를 이행하지 못한다면 그것을 대신해 줄 사람은 바로 할머니다.

　그 다음이 바로 아버지…….

　그러니까 드래곤 사회에서는 아버지라는 존재는 거의 타인과 같다고 보면 된다.

　물론 아이가 해츨링일 때에야 온 종족이 그 아이를 보호할 의무가 있기는 하지만, 누구보다도 먼저 부모가 그 아이를 양육해야 할 의무가 있지 않은가?

　그러나 여기서 아버지란 존재는 자신에게 사정이 있으면 그 의무를 회피할 수가 있다.

　즉, 어떠한 일이 있더라도 아이를 양육해야 할 어머니에 비해 아버지는 자신이 하기가 싫으면 하지 않아도 된다는 것이다. 그렇기 때문에 어머니에 비해 아버지의 해츨링에 대한 권한이 터무니없이 적지만…….

그러나 울 아버지처럼 해츨링이 태어나서 성룡식을 치를 때까지 코빼기 한 번도 내비친 적이 없는 드래곤은 극히 드물다. 아니, 어쩌면 드래곤 역사상 그런 드래곤은 한 명도 없었다고 해도 과언이 아닐 것이다. 그렇기에 내가 해츨링이었던 시절, 엄마를 비롯한 할머니, 할아버지가 아버지에 대해 가지고 있던 감정이 극히 좋지 않았었다. 그리고 그 영향으로 그분들 앞에서는, 특히 엄마 앞에서는 아버지에 대해 이야기하는 것이 금기 사항이었고, 덕분에 나는 아버지란 존재가 있다는 것만 알고 있었을 뿐 그의 이름은 무엇이며, 어떤 종족인지는 전혀 모르고 있었다. 그렇기에 아마 오늘과 같은 해프닝이 벌어진 것이겠지만.

내 앞에 이제 내 아버지라고 알게 된 드래곤은 아까의 그 능글맞음과 여유는 어디로 갔는지 얼굴이 새파랗게 질린 채 손을 사시나무 떨듯이 떨고 있었다.

지상 최대의 종족인 드래곤이, 것도 아마 내 짐작에 의하면 울 아빠도 엄마랑 거의 나이가 비슷할 테니 아마 4,000살 정도 되었을 터. 그러한, 칸을 바라보는 드래곤이 공포에 질려 떠는 모습은 내 생에 보기 드문 구경거리일 것이다.

아빠가 이렇게 공포에 떠는 이유는 두 가지이다.

첫째는 딸내미를 알아보지 못한 것.

현재 나는 울 엄마가 어디에 계신지 모르는 사정에 의하여 내 인생에 관여할 권리를 가지고 계신 분은 울 할머니… 그렇기 때문에 이런 상황에 울 할머니께 이르면 아빠는 아마 반 죽을 것이 분명했다.

울 할머니야 전 드래곤 종족 중에서도 최고 고령자인 데다 레드 종족.

평소에는 연륜 덕분인지 무척 인자하시고 현명하시지만 이분이 한번 화가 났다 하면 세상 절반이 날아갈 정도라고 한다. 뭐, 나도 직접 본 것은 아니고 할아버지께 들은 거라 사실인지 아닌지는 모르지만.

그런데 울 할머니는 내 일이라면 물불을 안 가리실 게 뻔한 데다 평소 아빠한테 감정이 좋지 않으셨으니… 캬캬캬캬! 아, 이럴 때 보면 나도 정말 사악하단 말야~

그리고 두 번째 이유는 아버지가 나를 꼬시려 했다는 것이다.

드래곤 사회에서는 종족을 막론하고 적용되는 규칙이 몇 가지 있다. 개인주의라는 것을 나타내기라도 하는 듯이 정말 몇 가지 안 되는 규칙이 있는데 그것이 첫 번째는 해츨링 보호, 두 번째는 근친상간 금지이다.

뭐, 여기서 어머니의 권리는 규칙이 아니냐고 물을 수 있는데 그건 암묵적으로 인정되는 것이기 때문에, 음… 인간 사회에서 말한다면 전통 풍습이라고 말할 수 있겠다.

아, 이야기가 약간 옆으로 새어 나갔는데…

여기서 근친상간이라고 하는 것이 좀 웃긴데 남매끼리는 가능하다. 그러니까 여기서 금지하고 있는 것은 아버지와 딸 사이, 어머니와 아들 사이, 조부나 조모와 손녀나 손자 사이를 말하는 것이다. 그런데 아버지는 그 사항을 어길 뻔했다는 것이다.

뭐, 어겼다고 해서 특별히 조치가 취해지는 것은 아니지만 드래곤은 약속의 종족이라는 별호에 걸맞게 규칙을 어긴 드래곤은 용언을 쓸 수 없게 되고 그렇게 되면 급기야는 스스로 파멸하게 된다. 아버지야 어긴 게 아니라 어길 뻔한 거니 그렇게 되지는 않겠지만.

"세르니안이… 너를 낳았어?"

갑작스레 또다시 들려온 낮은 목소리에 나는 여태까지 헤엄치던 상념 속에서 정신을 차렸다.

"에?"

"세르니안이 너를 낳았냐고."

이제 다시 정신을 추스른 듯 아버지는 똑바로 자세를 고쳐 앉았다. 하지만 그의 얼굴은 너무나 큰 충격을 받았는지 그렇지 않아도 하얀 얼굴이 아예 새파랗게 되어 유령을 보는 것 같은 기분이었다. 그러나 그의 눈은 차분하고 깊게 가라앉아 있어 살아 있는 사람이라는 증거를 당당하게 보여주었다. 그리고 그와 함께 아까의 능글맞은 느낌이 싸악 사라져 있어 내 앞에 앉아 있는 이가 아까 그 사람, 아니, 용이라는 것이 믿기지가 않을 정도였다.

"태생을 거짓말하는 드래곤도 있어요?"

이제는 내가 여유만만한 태도로 앞에 놓인 차를 들어 한 모금 마시자 아버지가 허탈한 표정으로 피식 웃었다.

"그렇겠군."

그의 표정이 너무나 힘이 없어 나는 오히려 그가 안쓰러웠다. 뭐니 뭐니 해도 아버지가 아닌가?

"할머니께 말씀드리진 않을게요."

나의 부드러운 어조에 아버지가 하하 웃으셨다.

"후후, 날 만났다는 사실을 다 짐작하셨을걸?"

그러더니 나를 한동안이나 물끄러미 쳐다보고 계셨다. 내가 너무 시선을 받다 보니 어색해져서 슬쩍 옆으로 눈을 돌리자 아버지의 목소리가 들려왔다.

"미안하구나."

"뭐가요?"

"그냥, 모든 게 다. 후후후, 사실 난 세르니안이 아이를 낳을 줄 몰랐어. 그냥 지워 버릴 줄 알았거든……. 그래서 전혀 신경을 쓰지 않고 있었는데… 덕분에 아주 나쁜 아버지가 돼버렸잖니."

드래곤 중 여성은 임신을 했더라도 자신이 원하지 않으면 자체에서 낙태가 가능하다. 뭐, 정말 원하지 않았다면 드래곤의 모습으로 임신을 아예 하지 않겠지만… 만에 하나를 대비하기 위함인지 그런 능력은 가지고 있다.

"네 조부모님께서 나에게 아예 칼을 갈고 계시겠군, 그렇지 않니?"

"뭐, 좋은 감정을 가지고 계시진 않아요. 덕분에 아버지가… 아, 아버지라고 불러도 되죠?"

"당연한 걸 뭘 물어보니."

그가 피식 웃으며 말하는데 그의 표정이 너무 따뜻해서 나는 나도 모르게 마주 피식 웃어 보였다.

"음, 어쨌든… 아버지가 무슨 종족이며 이름은 뭔지 전혀 모르고 있었어요."

"나 안 보고 싶었어?"

"당연히 보고 싶었죠. 자신의 아버지가 누구인지 알고 싶은 건 당연하니까. 하지만 음… 첨부터 없는 존재였으니까 호기심만 있을 뿐 그리움 같은 건 없었어요."

"네 엄마가 나에 대해 물으면 뭐라고 하든?"

"아무 말도요. 첨에 멋도 모르고 물었을 때 눈이 너무 뜨겁게 불타오르던데요? 그래서 그 다음부턴 절대로 안 물어봤죠."

"쿡쿡쿡, 그녀답다."

"맞아요. 정말 엄마다운 반응이었어요."

아버지와 나는 밤새도록 도란도란 이야기를 나누었다. 나중에 생각해 보면 어디서 그렇게 이야기거리가 샘솟는지 의아해했을 정도로 우리 부녀의 대화는 끝이 없었다.

아버지는 이야기가 계속됨에 따라 점점 예전의 모습, 능글맞고 장난기가 다분한 바람둥이의 모습으로 돌아왔다. 그러나 그의 눈에서 부드러운 빛은 한시도 떠나지 않아 내 맘을 훈훈하게 만들었다.

"푸하하하… 큭큭큭… 그랬단 말이지? 하하하… 아이고 나 죽네……."

"그렇게 웃겨요?"

"하하하… 큭큭큭… 과연 내 딸답다. 넌 정말 내 딸이야… 낄낄낄낄."

"에? 할머닌 엉뚱한 기질이 있는 게 할아버지를 닮았다고 하던데?"

"무슨 소리!! 그런 황당한 기질은 날 닮은 거야."

"아니, 해츨링이 검술 연습을 한 게 그렇게 황당스런 일인가요?"

"응? 아니아니… 그런 말이 아니라…… 그런 다른 드래곤은 생각지도 못한 걸 생각해 내는 게 날 닮았단 말이지."

"헤에~ 할아버지는 자신을 쏙 **빼닮은** 거라고 하시던데? 할머니도 긍정하시고."

"으잉? 네 할아버지가 누구신데 그래?"

"어? 몰라요? 엄마의 아빤데……."

"보통 자신의 태생을 말할 땐 엄마를 말하잖니? 그러니 아버지란 존재는 특별히 말해 주지 않는 한 모르는 게 대부분이야."

"아, 그런가? 울 할아버지는 칸 시스파슈타인이세요."

"아, 그래?"

"어째 표정이 모르시는 것 같아요."

"맞아, 잘 모르는 분이야. 음… 가만있자… 혹시 그 드래곤 숲의 고룡이랑 대판 싸우신 분 아닌가?"

"맞아요. 바로 그분이세요."

"우웅… 그분도 황당하기로는 일가견이 있으신 분이지… 하지만 넌 날 닮은 거라구."

"우우~ 애기 같아."

"이 녀석이 아버지보고……."

"헹, 오늘 만난 아버지?"

"에에, 그건 아까 미안하다고 했잖아."

"말로만?"

"말만 해. 너가 내 첫 번째 자식인데 뭔들 못해주리? 더욱이 내가 잘못한 것도 많으니 더욱더 잘해줘야지. 아아, 내가 못하는 건 빼고 말해라."

나 혼자 몬스터 사냥을 나갔다가 가고일에게 다쳐서 돌아오는 바람에 엄마가 가고일 떼를 전멸시킨 이야기를 하다가 엄마의 성격에 대해 심도있는 토론을 하고, 앤드루 사건을 이야기할 땐 같잖게 할아버지같이 충고를 해서 나에게 비웃음을 당하고, 성룡식 이야기를 할 땐 너무 간소해서 황당하다는 의견이 자신과 일치한다고 좋아하는 아버지를 보면서 이분이 만약 내가 해츨링이었을 때 옆에 계셨더라면 훨씬 좋았을 거란 생각이 들었다.

물론 내가 그 시절이 안 좋았던 건 아니지만—안 좋았던 게 아니라 행복했던 시절이지만……욕심이란 게 다 그런 거 아닌가?

"아, 그런데 아시리안? 네 동료들 말야, 너가 드래곤인 거 알고 있지?"

"예, 어차피 걔네들도 나처럼 인간이 아닌 데다가 같이 인간 세상을 여행하는 거라 서로 자신의 정체는 밝혀놓고 있어요."

"걔네들 아직 성년이 안 된 것 같은데?"

"맞아요. 류미르는, 아, 하이엘프 녀석 말예요. 걔는 자세한 사정을 말 안 해주지만 눈치로 봐선 가출한 것 같고요, 세이몬은, 마족 말예요. 걔는 자기 말로는 같은 동족들이 자신을 죽이려 해서 도망쳐 왔다고 해요."

"흐음, 그래? 애 보기 힘들지 않아?"

"가끔 그렇지만… 두 녀석 다 남자라고 날 보호하려고 하는걸요. 아까 보셨잖아요. 그래서 이래저래 재밌어요."

"그 녀석들에게는 이름을 가르쳐 줬어?"

"예, 그래서 아린이라고 불러요."

"아린?"

"예, 제 애칭이에요. 어? 그런데 얼굴이 왜 그러세요?"

"으아아악~"

아버지는 갑자기 자리에서 벌떡 일어나 머리를 감싸 쥐고 비명을 질렀다. 너무 놀란 나는 심장이 벌렁벌렁 뛰는 것을 느끼며 아버지 곁으로 다가가 그의 팔을 잡았다.

"우왁! 왜 그러세요, 아버지?"

"너무한다. 왜 나한테는 네 애칭을 가르쳐 주지 않은 거야? 이 아비가 그렇게도 밉냐?"

"에? 그랬어요?"

이 순간 나는 황당하기로는 할아버지보다 아버지가 한 수 위라는 것을 실감할 수 있었다.

"그랬어. 너무해애애~ 나만 안 가르쳐 주고오오오~"

"에이, 이제부터 아린이라고 부르시면 되잖아요. 뭘 그런 걸 가지고……."

"그런 거라니? 너무해, 이건 날 무시한 거라고."

"아버지 무시한 적 없어요. 아휴, 참. 죄송해요. 깜박했어요."

"그래? 죄송하단 말이지?"

'헉, 아버지의 눈빛이 왠지 심상치 않아. 류미르와 세이몬도 날 보며 이런 심정이었을까?'

나는 주춤주춤 뒤로 물러났다.

"왜요? 뭘 원하시는 거예요?"

"죄송하다면서? 그럼 이 아비의 아주아주 간단한 부탁 한 가지쯤 들어줄 수 있지?"

아버지의 사악한 웃음에 나는 등 뒤에서 삐질삐질 땀이 나는 것이 느껴졌다.

"뭐, 뭔데요?"

아버지는 더욱더 사악하게 웃으시며 손가락을 들어 좌우로 흔들어 보이며 입을 여셨다.

"아빠라고 부를 것."

"잉?"

"아빠라고 부르라고. 내 여태까지 지은 죄가 많아 참고 있었지만, 아버지가 뭐냐, 아버지가. 징그럽게. 그렇게 부르니까 꼭 내가 고룡쯤 된 것 같잖아? 그러니까 귀엽게 아빠라고 불러, 아빠."

"하.하.하. 아버지나 아빠나……."

"무슨 소리!! 어감이 틀리잖아, 어감이. 그리고 세르니안은 엄마라고 부르면서 왜 난 아버지라고 부르냐?"

"거야 아버지가 잘못한 게 많으시니까요."

"윽, 내 딸이 이렇게 비정하다니……."

아버지는 나이에 맞지 않게 두 눈에 눈물을 글썽이며 애처로운 표정으로 나를 바라보았다.

"으이구, 정말 안 어울려요. 그렇지 않아도 중년의 인간 모습이면서 그런 표정을 해요?"

"지금 그딴 게 무슨 상관이야? 내 딸이 매정하게 아비의 부탁을 거절하는데."

"누가 거절한 데요? 아빠라고 할 테니까 그 웃기지도 않는 표정 좀 지울 수 없어요?"

"그럼 아빠라고 불러봐."

"에? 참내, 앞으로 아빠라고 부른다고 했잖아요."

"그래도 지금 한번 아빠라고 불러봐. 듣고 싶단 말야."

"어이구, 아버지가 지금 몇 살이라고 생각하시는 거예요? 닭살 돋는단 말예요."

"또, 또, 아버지라고 한다."

"아아, 그래요. 아빠, 아빠, 아빠, 됐죠?"

"그게 뭐냐? 무뚝뚝하게… 좀 더 부드럽고 귀엽게 부를 수 없어?"

"우~ 나 혹시 아버지가 바뀐 건 아닐까? 엄마한테 아빠 이름이 확실히 아펜젤러라고 들은 것도 아닌데."

"나 맞아, 확실해!!"

"할머니께 확인해 볼까?"

나는 아무 생각 없이 중얼거렸는데 내 말을 들은 아버지는 사색이 되셨다.

"허걱?! 아린아, 날 만난 이야기는 안 한다고 했잖니? 네가 나하고 만난 걸 알면 네 할머니는 날 죽이려고 달려오실 거야."

"우웅… 그런데 아빠, 여태까지도 할머니가 아빠한테 한 번도 안 오셨잖아요. 그런데 지금 와서 왜 새삼스럽게……."

"아린아, 이건 말이다. 내 추측인데, 네 엄마가 날 안 밝힌 것 같아. 그러니까 네 아빠가 누구인지 네 조부모님께서 모르신다는 거지. 내가 알고 있는 두 분 성격상 내가 너한테 안 간다고 한다면—아, 이건 그냥 예를 들어 말하는 거다—세상 끝까지라도 쫓아오셔서 날 반 죽여서라도 네 앞으로 끌고 가실걸? 아니면 내가 네 앞에 나타나지 말아야 할 죽일 놈이라면 아예 이 세상에서 사라지게 만들거나 네 앞에 나타나지 않는다는 맹세를 하게 하셨을 거야."

"음… 듣고 보니 아빠 말이 맞는 것 같네요. 그렇다면 할아버지랑 할머니도 내 아빠가 누군지 모르시겠군요."

"그렇지. 그러니까 지금이라도 네 할머니가 아시면 난 그날로 죽음일 거야."

"하지만 어차피 나중이라도 알게 될 일 아닌가요?"

"아냐아냐, 너하고 나 둘만 입 다물고 있으면 돼. 어차피 네 엄마야 지금까지 말 안 했으니 새삼스레 말할 이유는 없을 테고."

"할머니가 그렇게 무서우세요?"

"말도 마. 그분 한번 화가 나셨다 하면 세상 절반이 날아갈걸?"

아빠는 정말 두렵다는 듯이 진저리를 치셨다.

"헤에~ 할아버지랑 말하는 것이 똑같네요."

그때였다. 누군가가 서재의 문을 똑똑 두드렸다.

"주인님, 여기 계십니까?"

"무슨 일이냐?"

아빠는 여태까지 나와 이야기할 때 있었던 장난스러운 표정은 온데간데없이 사라지고 그 대신 위엄있는 표정과 목소리로 말했다. 그러자 문이 조용히 열리고 나이가 지긋해 보이는 반백의 집사 복장을 한 남자가 들어왔다. 그는 아빠의 앞에 앉아 있는 나를 보고 잠시 당황하는 표정을 지었으나 곧 평정을 유지하며 침착한 목소리로 입을 열었다.

"침실에 계시지 않아 와봤는데 역시 여기 계셨군요. 아침은 어떻게 하시겠습니까?"

'아침?'

집사의 말에 놀란 내가 얼른 창 쪽으로 시선을 돌렸다. 거기에는 어느새 해가 떠올랐는지 커다란 창을 가리우고 있는 두꺼운 커튼 사이로 햇빛이 들어오고 있었다.

"호, 벌써 시간이 이렇게 되었나?"

아빠도 놀라움이 담긴 목소리로 중얼거리자 집사는 천천히 서재의 가장자리를 따라 걸어가면서 창을 가리고 있는 커튼들을 다 열어젖히기 시작했다. 그에 따라 방 안에는 점점 많은 양의 햇빛이 들어왔고 덕분에 방 안은 점점 밝아져 우리 앞에 놓인 촛불이 필요없게 되었다.

아빠는 자리에서 일어나 크게 기지개를 켜셨다. 나도 밤새도록 앉아 있어서 몸이 굳어 있었던 터라 크게 하품까지 하면서 기지개를 켰다.

"후아아암~"

나의 이런 무례한 모습을 보고 집사가 살짝 눈을 찌푸렸지만 아빠는 이런 내 모습을 싱글싱글 웃으며 보고 있다가—꼭 팔불출 같은 모습으로—한마디하셨다.

"밥 먹자."

"아, 애들이랑 같이 먹어도 되죠?"

"너 좋을 대로 해."

아빠가 기분 좋게 승낙하자 나는 지체없이 방을 나서서 녀석들을 찾으러 갔다. 깜박하고 있다가 지금 생각난 거였지만, 아마 녀석들 내가 올 때까지 잠도 안 자고 나를 기다리고 있을 거였다.

'역시……'

우리 셋에게 배당된 방으로 들어가 보니 그 둘은 나를 기다리다가 잠들었다는 것을 잘 나타내 주는 포즈로 잠들어 있었다. 류미르는 방 가운데 있는 작은 탁자 위에 엎어져 자고 있었다. 아마 그 의자에 앉아 날 기다리다가 잠깐 존 것이 그렇게 되었으리라. 그나마 세이몬은 침대 위에 있었지만 쭈그린 모습으로 자고 있어서 처량해 보였다.

그 둘은 내가 방문을 열고 들어가자 기척을 느끼고 부스스 일어났다.

"어, 왔어?"

류미르가 눈을 비비며 일어나 아직 잠에 덜 깬 목소리로 나를 맞았다.

"쯧쯧, 그냥 자지 그랬어? 꼴이 그게 뭐냐?"

"후아아암~!"

세이몬이 침대 위에 주저앉아서 기지개를 켜며 입이 찢어져라 하품을 하고는 쩝쩝 입맛을 다셨다.

"자자, 둘 다 일어나서 빨리 씻어. 밥 먹으러 가야지."

내가 방구석에 마련된 자그마한 대야에 물을 부으며 말하자 류미르가 내 말은 들은 척도 안 하고 다짜고짜 질문부터 했다.

"아린, 그 자식이 너한테 뭐라고 그래?"

"맞아, 무슨 이야기를 했는데 이렇게 늦게 온 거야?"

세이몬도 그게 궁금했는지 얼른 류미르를 거들었다.

"아아, 그거? 그러니까 그분이 울 아빠더라구."

"뭐?!"

"아린 아빠?"

그 둘의 벙찐 모습에 피식 웃으며 나는 손에 물을 가득 담아 얼굴을 씻기 시작했다.

그 둘은 내가 세수를 다 끝내고 수건으로 물기를 닦을 때까지도 어벙벙한 상태에서 빠져나오지 못하고 있었다.

"뭐 해? 빨리 씻으라니까. 아빠가 밥 먹으러 오라고 했단 말야."

"잠깐만, 아린. 그러니까 그 뭐시냐… 그 아펜젤러란 사람이 인간이 아니라 드래곤이란 말야?"

류미르가 정신을 차리려는 듯 고개를 한번 세차게 흔들더니 아직도 불안정한 목소리로 질문을 했다.

"응, 맞아."

"그런데 그 드래곤이 니 아빠라고?"

"응, 그렇대두."

"하아, 이것 참……."

류미르는 크게 한숨을 내쉬더니 힘 빠진 표정으로 천장을 올려다봤다. 그런 그를 바라보며 나는 싱긋 웃어줬다.

"대단한 우연이지? 나도 아빠도 놀랐다니까… 아, 그러고 있지 말고 빨랑 씻어. 배 안 고파?"

나의 이런 재촉에 그 둘은 느릿느릿 일어나서 얼굴을 씻기 시작했다.

그 둘을 계속 재촉해 가며 저택으로 들어가자 정문에서 우리를 기다리고 있었던 듯 집사가 다가오더니 나에게 정중히 인사를 했다.

"아가씨, 주인님께서 모셔오라고 하셨습니다."

"아가씨?"

내 뒤에 있던 세이몬이 놀란 목소리로 되물었다.

"하하, 이것 참… 아빠가 말한 모양이지."

내가 어색한 표정으로 세이몬을 돌아보며 말한 뒤 집사에게로 시선을 돌렸다.

"앞장서세요."

수십 명은 족히 앉을 수 있을 만한 커다란 직사각형의 식탁이 있는 식당에는 정장틱한 옷으로 갈아입은 아빠가 벌써 와서 자리를 잡고 앉아 있었다.

"아빠~!"

내가 다정하게 부르자 아빠는 자리에서 일어나 나에게 다가와 내 볼에 살짝 입을 맞췄다.

"에구구~ 이쁜 내 딸."

그러자 류미르와 세이몬을 비롯하여 식당 안에 있는 집사를 포함한 모든 하인의 눈들이 뚱그레졌다. 평소 아빠의 행동이 아니었나 보다.

"자, 이쪽이 류미르예요. 이쪽은 세이몬. 아까 말씀드렸죠?"

그러자 아빠는 나에게 했던 행동과는 전혀 딴판인 부드럽고 우아한, 그리고 어딘가 위엄있는 포즈로 그들에게 손을 내밀어 악수를 청했다.

"류미르입니다."

"세이몬입니다."

그 둘은 아빠의 그러한 변신이 얼떨떨한지 어벙벙한 목소리로 말했다. 하지만 아빠는 그런 그들의 모습에 괘념치 않은 듯 활달한 주인의 모습 그대로 그들에게 자리를 권했다.

"아린에게 이야기는 많이 들었어요. 자, 자리에 앉을까요?"

그런데 그때였다. 누군가가 급하게 뛰어 들어오는 소리가 들리더니 식당의 문이 강한 힘에 의하여 열려지며 20대 초반으로 보이는 한 남자가 얼굴을 드러냈다.

그는 간단하게 셔츠와 바지 차림이었는데 얼마나 급하게 뛰어왔는지 그의 짧은 은색 머리칼은 엉망으로 엉켜 있었으며 옷도 제대로 입지 못한 상태였다.

그는 급하게 달려온 바람에 숨이 차 있었는지 식당 문을 열기는 했지만 들어오지는 못하고 식당 문의 문고리를 잡아 몸을 지탱한 채 발갛게 상기된 얼굴로 식당 안에 있는 사람들, 특히 아빠를 노려보며 숨을 골랐다.

그런 그의 옆에서 그를 쫓아온 듯한 20대 초반의 기사 복장을 한 남자가 역시 숨을 고르면서 어쩔 줄 몰라 하고 있었다.

아빠는 그런 그들을 힐끔 바라보더니 냉정하게도 외면해 버리며 자신의 자리에 앉았다.

류미르와 세이몬은 그런 상황에 어쩔 줄 몰라 자리에 앉지도 못하고 엉거주춤 서서 눈치를 살피고 있다가, 내가 아무렇지도 않은 얼굴로 자리에 앉자 그제야 자리에 앉았다. 하지만 분위기가 심상치 않아서인지 안절부절못했다.

그러나 나는 아빠의 일이었기 때문에 태평하게 그 상황을 구경할 수 있었다.

그자는 숨을 다 골랐는지 거친 발걸음으로 식당 안으로 걸어 들어왔다.

그런데 이상한 건 식당 안으로 들어오면서 나에게서 시선을 떼지 못하고 있었는데 그 눈초리는 너무나 살벌한 것이었다.

내가 의아한 눈으로 그를 바라보자 그는 나에게서 시선을 획 돌리더니 아빠 옆에 가서 우뚝 섰다. 그리고는 너무나 화가 났지만 그걸 억누른다는 기색이 역력한 목소리로 입을 열었다.

"아버지, 아까 제가 아주 이상한 말을 들었습니다. 아버지 딸이 찾아왔다고요?"

류미르와 세이몬이 걱정스런 시선으로 나를 살피는 걸 느낄 수 있었다. 하지만 나는 느긋했다. 만약 내가 이 자리에서 이 남자를 죽인다 해도 아빠는 아무런 말씀도 하지 않을 것을 알기 때문이었다.

그러나 내가 아무 이유 없이 그럴 성격은 아니므로 그저 상황을 구경하고 있을 뿐이었다.

아빠는 아무런 미동도 없이 다시 자리에서 일어나셔서는 류미르와 세이몬을 바라보았다.

"내 큰아들이에요. 이름은 주르단. 앞으로 내 뒤를 이을 녀석이지요."

얼결에 세이몬과 류미르는 자리에서 벌떡 일어나 그에게 인사를 했다.

"안녕하세요? 아린의 동료인 류미르입니다."

"세이몬입니다."

그러자 주르단이라고 하는 녀석은 마지못해 한다는 기색이 역력한 표정으로 그들에게 자신의 소개를 했다.

"주르단 아펜젤러입니다."

그리고는 나에게로 고개를 돌려 죽일 듯이 노려보았다. 나는 그런 그에게 피식 웃어준 다음 천천히 자리에서 일어나 살짝 고개를 숙였다.

"아린입니다."

그러자 곧바로 그의 냉랭한 질문이 날아왔다.

"성은?"

그는 내가 아버지에게 딸로 인정을 받았는지, 또한 내가 아펜젤러가 사람이 되었는지 알고 싶은 것이었다. 나는 그의 차가운 눈동자를 똑바로 바라보면서 입을 열었다.

"시스파슈타인."

아마 어머니에게서 물려받은 듯한 그의 초록색 눈동자가 의아한 빛을 띨 때 아빠의 목소리가 들렸다.

"그만 하고 앉아라."

주르단이 마지못한 얼굴로 자신의 자리로 가서 앉으려고 할 때 류미르와 세이몬이 자리에 앉지 않고 슬그머니 내 쪽으로 다가왔다. 아빠와 내가 의아한 듯이 그 둘을 바라보자 류미르가 부드러운 미소를 띠며 입을 열었다.

"저희는 나가서 용병들과 함께 식사를 하겠습니다."

아버지가 별말없이 고개를 살짝 끄덕이자 그 둘은 기다렸다는 듯이 식당을 나섰다. 이 상황에서 자신들이 나에게 아무런 도움이 되지 않는다는 것을 알고, 또 이건 내 사생활에 관한 일이었으므로 일부러 자리를 피해주는 것이었다. 그러면서 나에게 잘해보라는 미소를 보내는 것을 잊지 않았다.

그 둘이 식당에서 나가자 그때를 기다렸다는 듯 주르단의 차가운 목소리가 울려 퍼졌다.

"저 아이는 어떻게 된 겁니까?"

그리고 그에 응하는 아버지의 무덤덤한 목소리로 들렸다.

"내 딸이다."

주르단의 눈썹이 꿈틀거렸다.

"의외군요. 아버지가 찾아온 자식을 인정한 적은 처음이지 않습니까?"

"전에도 말했지만 지금까지 찾아와서 내 자식이라고 주장한 애들은 내 자식이 아니다."

"그럼 저 아이는요?"

"이애는 내 딸이지."

"인정할 수 없습니다."

주르단은 화가 난 어조로 자리에서 벌떡 일어나 식탁을 주먹으로 내려쳤다. 그러나 여전히 아빠는 미동도 안 한 채 덤덤한 목소리로 말을 이으셨다.

"네가 인정하고 안 할 차원이 아니다."

아빠의 말에 화가 더 난 듯 그의 목소리는 한층 더 격양되고 빨라졌다.

"물론 그렇지요. 하지만 저 아이가 아버지의 피를 이어받았든 받지 않았든 전 저 아이가 우리 집안으로 들어오는 것을 용납할 수 없습니다. 만약 아버지가 저 아이를 우리 집에 들이신다면 저는 모든 방법을 동원해서라도 저 아일 쫓아낼 겁니다."

그의 결연한 결심이 선 말을 듣자 그제야 무표정한 아빠의 얼굴에 표정이 돌았다. 그러나 그것은 비웃음이었다.

"훗, 뭔가 착각하고 있는 것 같구나."

"뭘… 말입니까?"

"만약 이 아이가 아펜젤러가를 원한다면 나는 지금 당장이라도 나의 모든 것을 이 아이에게 물려줄 것이다. 게다가 너와 네 형제, 그리고 네 어미를 쫓아내라고 한마디만 한다면 나는 그렇게 할 것이다."

주르단의 눈이 커다래지면서 얼굴이 새하얘졌다. 내가 보기에도 너무 가여운 표정이었다. 그러나 아빠의 차가운 말은 계속 이어졌다.

"즉, 나에게 있어서 넌 이 아이의 존재에 비하면 아무런 가치도 없는 존재일 뿐이다."

"그, 그런……."

주르단이 허물어지듯 의자에 주저앉았다.

'하아~ 슬슬 나서야겠군…….'

나는 주르단의 얼굴을 한번 힐끔 바라본 뒤 천천히 입을 열었다.

"웃기지 말아요, 아빠. 누가 아빠 재산에 관심있대요?"

그러자 아빠의 얼굴이 내 쪽으로 돌려지면서 그의 표정이 180도 바뀌었다.

"잉? 아니, 그게 무슨 소리냐? 내가 얼마나 심혈을 기울여서 이룩한 건데… 그렇게 가차없이 말하다니."

"심혈이 아니라 아빠 평생 공을 들여도 나는 관심없어요. 어차피 아빠도 알고 있으면서 뭘 그래요?"

"그래도 그렇게 말하면 섭하지이~"

"그건 그렇고 저애(?)가 말한 걸 보면 아빠 자식이라고 주장하며 찾아온 녀석들이 꽤 있나 보죠?"

"아아, 몇 명 있었지. 좀 놀았더니만 애를 낳으면 무조건 내 앤 줄 알더라고. 흥, 그렇게 믿고 싶은 거겠지."

"으이구, 하여간 남자들이란… 왜 부인 하나로 만족을 못해요?"

"흐음, 아린아… 이건 남자들 세계의 문제라 넌 이해 못한다."

"호오, 그래요? 아빠, 만약 이다음에 내가 결혼했는데 내 남편이 바람 피면 어쩔 건가요?"

"뭐시라? 아니, 그런 싸가지없는 놈을 가만 냅둬? 말만 해. 내가 단번에 죽여주마. 아니아니, 그건 너무 약해. 그냥 갖다 놓고 엄청난 고문을 해준 뒤에 죽여달라고 애원할 정도로 무자비한 고통 속에서 살아가게 해주지. 아냐, 그 정도로는 안 돼. 그 자식뿐만 아니라……"

"아이고, 됐어요, 됐어."

아빠의 말이 끝도 없자 나는 중간에서 잘라 버렸다.

"설마 내가 내 남편 하나 못 다룰까 봐서."

"이게이게, 도대체……"

거의 신음에 가까운 중얼거림에 나는 그 소리가 난 쪽으로 고개를 돌렸다. 거기서는 주르단이 새하얗게 질리다 못해 넋이 나간 표정으로 정답게 대화를 나누는 아빠와 나를 쳐다보고 있었다.

"쯧쯧, 불쌍해라. 아니, 애를 얼마나 못 먹였으면 저렇게 유령 같아요?"

"자기 몸은 자기가 챙겨야지. 이제 스물세 살씩이나 먹은 녀석을 왜 챙겨줘?"

"에? 그럼 나도 안 챙겨주겠네?"

"에이, 무슨 그런 말을……. 저 녀석이랑 너랑 같냐?"

그랬다.

주르단이란 녀석에게는 미안한 말이지만 아빠에게 나와 녀석은 차원이 다른 존재였다.

드래곤이 인간의 모습으로 폴리모프한 채로 인간과 관계를 가져 아이를 낳으면 그 아이는 인간이다. 만약 엘프로 폴리모프한 채로 인간과의 사이에서 아이를 낳는다면 그 아이는 하프엘프가 된다. 그리고 인간으로 폴리모프한 드래곤과 인간으로 폴리모프한 드래곤 사이에서 아이를 낳으면 그 아이는 인간이 된다.

즉, 드래곤이 자신의 진정한 혈육인 해츨링을 낳으려면 본체인 드래곤의 모습으로 관계를 가져야만 가능하다는 소리다. 만약 그렇지 않고 어떤 모습으로 폴리모프해도 해츨링을 낳을 수 있다면 이 세상은 아마 드래곤 천지가 되어 있을 것이다. 이것은 아마도 드래곤의 숫자를 적게 조절하기 위하여 신께서 만들어놓은 해츨링 조절 시스템일지도 모르겠다.

이렇게 태어난 아이들은 자신의 엄마, 혹은 아빠가 드래곤인지도 모르는 채 세상에서 살다가 죽는다. 그런 그들에게 드래곤인 부, 혹은 모는 적당한 애정을 주겠지만 그것은 그 드래곤들에게는 한순간의 꿈과 같은 것이다. 그렇기에 드래곤들이 인간 세상에 갔다 오는 것을 한순간의 유희라고 말하는 것이다.

냉정하게 말한다면 주르단은 꿈속의 자식이고 나는 현실의 자식이기 때문에 아빠에게 주르단과 나는 비교조차 할 수 없는 존재인 것이다. 하지만 보통 유희를 즐기는 드래곤에게 그의 친자식이 나타나거나, 설사 나타난다 해도 친자식이라고 밝히는 일은 극히 드문 일이므로—솔직히 이번에 아빠가 나를 친딸이라고 밝힌 것은 나에게도 상당히 당황스러운 일이었다—주르단 같은 가여운 상황에 처한 인간은 없을 것이다.

여기까지 생각이 미치자 주르단에게 물씬 또 다른 동정심이 인 나는 아빠를 향해 냉정하게 딱 잘라 말했다.

"난 아빠 딸로 머물러 있을 생각은 없어요. 이번에 바라치나까지 간 뒤에 또다시 내 동료들이랑 여행을 떠날 거니까."

"으잉? 아니, 그게 무슨 소리냐? 그렇게 냉정하게 떠나 버리면 난 어쩌라고? 그러지 말고 아비 곁에서 몇 년만 있으면 안 되냐? 그래도 상관은 없잖아? 내가 영영 여행을 못하게 막는 것도 아니고."

"싫어요. 솔직히 지금 여기 온 것도 아빠를 만나러 온 게 아니라 바라치나까지 쉽게 가기 위해 온 거잖아요. 아빠를 만난 건 순전히 우연이었다구요. 솔직히 아빠가 아펜젤러가의 가주인 걸 누가 알았나?"

"허걱! 아니, 아린아, 아빨 만난 게 반갑지 않니?"

"반갑기는 반갑죠. 그렇다고 아빠 곁에 계속 있을 수는 없잖아요. 난 내 길을 갈래요."

"아니, 그런 냉정한 말을……."

"배고파요. 밥 안 먹어요?"

나는 아빠의 애처로운 표정을 냉정하게 외면해 버리며 말하자 아빠가 풀 죽은 얼굴로 옆에서 놀랍다는 표정이 역력하게 드러나 있는 집사에게 손짓했다. 그러자 집사는 얼른 정신을 차리고 하인들에게 음식을 내오라고 지시했다.

아빠의 나에 대한 편애는 거기서 끝나지 않았다.

식사가 끝이 나고 곧바로 바라치나로 출발한 여행길에서 아빠는 나를 자신이 타고 가는 커다랗고 화려한 마차에 거의 반강제적으로 태웠다. 그리고는 내내 나를 자신의 곁에서 떼어놓지 않고 이것저것 챙겨주는 등 지극 정성을 다했다.

주르단은 그 아침 식사 이후 나에 대하여 더 이상 뭐라고 하지는 않았지만 내가 싫은 존재인 것만은 분명했다. 가끔 그와 마주칠 때마다 나를 죽일 듯이 노려보는 것으로 나에 대한 그의 감정을 정말 노골적이다시피 드러냈다. 아빠는 그런 주르단의 마음을 모르시는 건지 그에게는 너무 무관심하셨고, 오로지 나에게만 모든 관심을 집중하셨다.

그런 아빠의 관심을 받는 것이 기분 좋기는 하지만 아빠의 아들로 엄연히 옆에 존재하는 주르단의 존재 때문에 무조건 좋은 것만은 아니었다. 더욱이 아빠가 아예 그에게 너무 무관심하게 대하시니까 오히려 그에게 미안한 감정까지 생기게 되는 거였다.

게다가 나는 용병으로 고용되었다지만 모든 이들에게 아빠의 딸이라고 밝혀진 이상 어느 누구도 나에게 일하라고 강요하는 사람이 없었고, 오히려 모든 이들이 나를 아가씨 대접하는 바람에 한가함을 뛰어넘어 심심함을 느끼고 있었던 탓인지 매일 주르단 생각이 나 그에게 점점 더 미안해지고 있었다.

그러던 중 바라치나를 향해 출발한 지 어느덧 일주일이란 시간이 흘러간 때였다. 저녁때가 되어 어느 자그마한 도시에 도착한 우리는 일행 모두를 수용할 수 있는 여관이 없어 하는 수 없이 두 팀으로 나누어 따로 여관을 잡기로 결정이 되었다. 물론 나는 당연히 아빠 쪽으로 붙었고 다른 일행은 주르단이 통솔하게 되었다. 그런데 일행을 두 팀으로 막 가를 때 여관에 하릴없이 앉아 있던 나는 우연히도 주르단에게 이것저것 지시를 내리는 아빠를 보게 되었다. 행운인지 모르겠지만 하필 나는 내가 있는 곳에서는 아빠가 정면으로 잘 보이는데 아빠 쪽에서는 내가 보이지 않는 그런 위치에 있었다. 더욱이 아빠는 주르단에게 시선을 주고 있어 내가 보고 있다는 것을 모르는 상태였다. 그런데 아빠가 주르단을 바라보는 눈빛이 나를 바라보는 것인 양 너무나 부드럽고 따스했다. 게다가 그 눈길에는 나에게는 보여주지 않았던 신뢰라는 감정까지 담겨 있었다.

그 모습을 본 순간 나는 망치로 뒤통수를 한 대 얻어맞은 듯한 느낌이 들었다. 그리고 머리 속의 사고 회로가 완전히 엉망진창이 된 듯한 느낌이 들었다. 너무나 많은 생각이 한꺼번에 일어나서 실타래가 엉긴 것처럼 생각을 정리할 수도 없었고 또한 정리할 엄두도 나지 않았다.

멍하니 그 모습을 바라보던 난 누군가에게 이끌려—아마 류미르나 세이몬 둘 중 하나였겠지만—정신없이 저녁을 먹고 내 방으로 올라갔다.

머리 속이 너무 엉망인 상태여서 저녁으로 뭘 먹었는지도, 그리고 무슨 이야기가 오갔는지 전혀 생각이 나지 않았다.

그리고 그날 밤 나는 잠을 이룰 수가 없었다.

처음 아빠를 만났던 때가 생각이 나며 그 뒤 아빠와 있었던 시간들이 마치 영화를 보는 것처럼 내 머리를 스쳐 지나갔다.

처음에 내가 딸인 것을 알았을 때 너무나 놀란 아빠의 반응, 자신과 만난 것을 말하지 말라던 아빠의 신신당부, 너무나 노골적이

다시피 무관심하게 대하는 주르단, 그리고 그런 모습을 보며 은근히 기분 좋던 바보 같은 나까지……

왠지 모를 아빠에 대한 배신감과 서운함, 그리고 쓸쓸함이 내 가슴속에 물밀듯이 밀려오자 어느새 나도 모르게 내 뺨에 따뜻한 물 한줄기가 주르륵 흘러내렸다.

"너무해."

밤새도록 잠을 이루지 못하고 멍하니 침대에 앉아 있던 나는 다음날 새벽녘이 되어서야 겨우 마음을 진정시킬 수 있었다. 하지만 그래도 잠을 이룰 수가 없어서 나는 침대를 박차고 일어나 내가 묵고 있던 여관을 나서서 주르단이 묵고 있는 여관으로 향했다.

아침이 되려면 한참 있어야 할 시간이어서 여관의 문은 닫혀 있었고 모든 불은 꺼져 있었다. 그러나 그 모든 것이 내가 그 여관으로 들어가는 데 조금 귀찮게 만들지언정 방해가 될 수는 없었다.

그곳 여관으로 조심스레 들어간 나는 주르단이 어디 묵고 있는지 모르는 데다 또한 그것을 알기 위해 사람을 깨우기는 싫어서 실프를 불러내었다.

실프의 안내를 받아 찾아간 주르단은 역시 아펜젤러가의 장남답게 그 여관에서 제일 비싼 방을 혼자 사용하고 있었다.

살며시 문을 열고 들어가자 널따란 침대 위에 세상모르고 자고 있는 주르단의 모습이 보였다. 그의 곁으로 조용히 다가가 그를 깨우려고 침대 위쪽으로 몸을 수그렸을 때 뭔가가 번쩍하며 나에게 날아왔다. 재빨리 몸을 옆으로 비틀어 그것을 피해내자 주르단의 몸이 튕겨지듯 벌떡 일어났다. 그의 손에는 어느새 잡았는지 날카로워 보이는 단검이 들려 있었다.

그는 벌떡 일어난 채로 자신의 방을 침입한 자를 노려보았지만 어두워서인지 아직 누구인지는 파악을 못한 듯 긴장을 늦추지 않고 단검으로 곧바로 공격할 수 있게끔 자세를 잡았다.

그런 그의 모습에 나는 아빠가 교육을 잘 시켰음을 깨닫고 저절로 미소가 떠오르는 것을 느끼며 조용히 중얼거렸다.

"라이트."

갑작스레 내 손 위에서 어른 주먹보다 약간 큰 빛의 구체가 나타나면서 뿌린 빛 때문에 그는 얼른 단검을 들지 않은 손으로 눈가를 가리며 눈살을 찌푸렸다.

나는 빛의 구체를 천장으로 띄운 뒤 느긋한 태도로 근처에 있던 의자 하나를 끌고 와 앉아서 그의 눈이 빛에 익숙해질 때를 기다렸다.

얼마 안 있어 그의 눈가를 가렸던 손이 내려가고, 그의 눈과 내 눈이 마주치자 그의 눈이 놀라움을 표시하듯 크게 떠졌다. 그러더니 얼른 자신의 침대 옆에 있는 옷걸이로 다가가 그곳에 걸려 있는 셔츠를 벗겨내어 자신의 벌거벗은 상체를 가렸다.

"이게 무슨 짓이야?"

반가움이 전혀 담기지 않은 차가운 목소리로 그가 묻자 나는 다시 피식 웃음이 나오는 것을 느꼈다.

"갑자기 네가 보고 싶어서."

그러자 그의 표정이 얼떨떨해졌다.

"그게 무슨……?"

"너, 나 미워하지?"

그의 말을 자르고 불쑥 던진 나의 질문에 그의 눈이 다시 차가워졌다.

"당연한 걸 왜 묻지?"

"왜 미워하니?"

그는 나를 이상하다는 눈초리로 흘끗 보더니 침대 모서리에 걸터앉아 나를 똑바로 바라보았다.

"그럼 넌 생전 처음 보는 애가 아버지의 또 다른 자식이라고 하면서 나타나면 그애를 이뻐하겠냐? 더욱이 아버지는 엄연히 어머니라는 부인이 있는데."

"당연히 미워하겠지."

"그런데 뭘 물어?"

"예전에 아빠 자식이라고 주장하면서 찾아온 애들이 있다고 했지?"

그의 표정이 의아하다는 듯이 변했지만 순순히 대답해 주었다.

"그래."

"그때 아빠가 어떻게 했니?"

"내가 볼 때도 너무하다고 생각될 정도로 냉정히 그들을 쫓아냈지."

"왜? 그들 중 진짜 아빠의 자식도 있었을 거 아냐?"

"나도 그렇게 생각하지만… 아버지 말씀으론 절대 그럴 리 없다는 거야. 뭐, 어쩌면 어머니와의 약속 때문에 그렇게 하시는 건지도 모르지만. 아버진 한 번 약속하신 것은 꼭 지키셨거든."

그 말을 하는 녀석의 눈이 약간이지만 부드러워졌다. 그걸 보는 순간 아빠가 이 녀석을 많이 아끼고 이 녀석도 아빠를 사랑하고 있다는 것을 눈치 챌 수 있어 나는 좀 쓸쓸해졌지만 그걸 일부러 나타내지는 않았다.

"약속? 무슨 약속?"

"내가 알기론 아버지가 결혼하기 전에도 아버지 주위에는 많은 여자들이 있었다고 해. 뭐, 아버지를 보면 그럴 만도 하지만… 어머니는 그런 아버지에게 결혼하기 전에 한 가지 약속을 하셨다는군."

"무슨?"

"아펜젤러가의 모든 아이는 어머니한테서 태어난 아이일 것."

"호오, 네 어머니 참 현명하시구나?"

"맞아, 그리고 아버지는 여태껏 그 약속을 지키셨고… 하지만 지금은 아니지."

"나 때문에?"

그의 눈이 다시금 차가워졌다.

"당연한 거 아냐?"

"너한테 아빠는 어떤 분이셨니?"

그러자 그의 눈이 다시 당황스러움으로 물들면서 내가 질문한 의도를 파악하기 위함인지 그의 눈이 나를 똑바로 바라보며 찬찬히 살폈다. 그러나 결국 내 의도를 파악하지 못해 여전히 의아스러운 눈으로 이야기를 해야 할지 갈등을 느끼더니 잠시 후 순순히 입을 열었다.

"…예전에는 이 세상에서 가장 존경하는 아버지였다. 누구보다 현명하시고 어떤 일에도 흔들림이 없고, 우리 남매들을 차별없이 사랑해 주시고… 하긴 엄격하신 면이 있기도 했지."

그의 목소리는 예전의 행복했던 시절을 생각하는 듯 그리움에 젖어 있었다.

"거의 완벽한 아버지상이었군."

그러자 그의 생각이 현실로 돌아온 듯했다.

"그래, 네가 나타나기 전까지는. 너란 존재가 아버지를 그렇게 바꿔놓을 줄은 상상도 못했어. 게다가 아버진 네가 나타난 후론 나란 존재는 아예 잊어버리신 듯하지."

그의 음성은 분노로 인하여 날카로웠고 슬픔으로 인하여 파르르 떨렸다. 그러나 곧 이은 나의 말에 의하여 그는 당황해했다.

"하! 아빠의 연기력은 정말 뛰어나군. 너까지 완벽하게 속일 줄이야."

"그게 무슨 말이지?"

"아빠가 왜 나한테 그렇게 팔불출처럼 대하고 너한테는 무관심했는지 알아?"

"너 때문 아냐?"

"그래, 나 때문이지. 더 정확히 말하면 내 조부모님 때문이야."

그는 혼란스럽다는 표정으로 나를 바라보았다.

"무슨 말인지 모르겠어."

"쉽게 말하면 울 조부모님은 아빠가 꼼짝도 못하실 정도로 대단한 분들이라는 거야. 내가 그 대단하다는 아펜젤러가 재산을 거들떠보지도 않는 거 보면 모르겠어? 그런데 그분들은 내 엄마가 어떤 놈팽이에게 홀려 나를 낳은 것까지는 알고 계시지만 그 놈팽이가 누군지는 모르시거든. 덕분에 나도 네 아빠를 만나고 나서야 그가 내 아빠도 된다는 걸 안 거고."

"그렇다는 건 설마……."

"네가 뭘 생각한 건지는 모르겠지만 내 생각은 이래. 아빤 일부러 나를 편애해서 내가 너와 네 남매, 그리고 네 엄마에게 나쁜 감정을 갖지 않게 만들려고 한 거야. 아니, 오히려 동정심까지 갖

게 만들려고 한 건지도 모르지. 그러면 내가 아빨 만났다는 것과
내 아빠가 누구라는 걸 내 조부모님께 말하지 않을 테니까. 아빠
는 만약 내 조부모님이 아빠를 알게 된다면 아펜젤러가 자체가
완전히 풍비박산 날 거란 걸 누구보다 잘 알고 계시니까 말야."

주르단은 이젠 아예 얼이 빠진 표정으로 나를 바라보았다.

"그런……."

"나도 어제 안 거야. 아빤 그만큼 너와 네 가족을 사랑하신 거
라고."

주르단의 표정이 점점 환해지더니 그의 입가에 미소가 어렸다.
그런 그의 표정으로 보자니 나는 밸이 꼬였지만 그냥 잠자코 있
었다. 그러나 얼마지 않아 그의 표정이 급속도로 냉각되면서 그가
다급하게 나를 바라보았다.

"너, 이제 어쩔 거야?"

"뭘?"

"설마 이제 와서 아버지를 네 조부모께 말씀드릴 건……."

"말 안 해. 약속했으니까. 아빠한테 넘어간 건 분하지만 약속은
약속이니까."

그러자 그의 표정에 나를 향한 동정심이 어렸다.

"그런 눈으로 보지 마. 난 아빠가 아니래도 엄마랑 할머니, 할아
버지께 사랑을 듬뿍 받고 자랐어. 솔직히 아빠를 만날 때까지만
해도 아빠란 존재를 필요해하기는커녕 보고 싶다고 생각한 적도
없었단 말야."

"그래도 아버지의 집중적인 사랑을 받으니까 기분은 좋았지?"

그의 목소리가 철부지 동생을 달래는 것 마냥 부드러웠다.

"부인은 안 해. 덕분에 널 가엾다고 생각했으니까."

"고마워."

그의 목소리가 부드러워지고 그의 눈이 다정해지면. 다정해질수록 왜인지는 모르겠지만 내 목소리는 냉담해지고 꼬여져만 갔다.

"뭐가?"

"이 시간 나한테 온 걸 보면, 아버지께 말씀 안 드리고 그분이 의도하신 대로 해주려는 거잖아. 안 그래?"

"모르지. 내일 아침이 되면 따지게 될지."

"그래도 아버지를 많이 생각해 준 거 아냐?"

"별로 생각 안 했어."

"그래그래, 그럼 날 생각해서 와줬다고 생각해도 될까?"

"니 맘대로 생각해. 착각은 자유니까."

'젠장, 왜 이렇게 됐지? 내 의도는 이게 아니었는데…….'

첨에는 진짜 딸인 내가 그나마 아빠가 생각해 주는 녀석에게 나의 넓은 마음을 보여주려고 온 거였는데, 어떻게 된 상황이 녀석이 넓은 맘으로 날 지 동생으로 받아들인 것처럼 되어버렸다.

"본가에 한번 들러보지 않을래? 그래도 남매들인데 한번 만나보지 그래? 걔네들도 예쁜 동생을 만나서 좋아할 거야."

"생각없어."

"그럼 지금부터라도 생각해 봐. 나 말고도 내 밑으로 남동생 하나, 여동생 하나가 있거든. 너한테는 언니하고 오빠가 되겠구나."

"누가 인정한대?"

"그러지 말고 한번 들려. 너, 여행 중이라며? 에스라 왕국을 여행하는데 아펜젤러가 사람이라면 더욱더 편하게 할 수 있을 거야."

"아펜젤러가 사람이 아니더라도 편하게 여행해 왔어."

"그래그래, 알았어. 그럼 한번 구경이라도 할 겸 놀러가는 건 어때? 아펜젤러가 본가는 꽤 멋있는 저택이라고. 남들은 와보고 싶어서 안달이란 말야."

이제는 너무나 다정해진 목소리와 태도에 은근히 더욱더 부아가 났다.

"생각해 볼게."

그 말을 퉁명스럽게 던진 나는 자리에서 벌떡 일어났다. 의아한 눈으로 따라 일어서면서 날 바라보는 그를 향해 다시 한 번 퉁명스럽게 입을 열었다.

"해가 뜨려고 하잖아. 이제 갈래."

"그래그래, 나중에 보자."

"보든지 말든지."

"아, 아린이라고 불러도 돼? 아버지는 그렇게 부르시던데… 참, 난 그냥 주르단이라고 불러. 오빠라고 불러주면 더 좋겠지만."

"누가 오빠란 거야?"

내가 눈에 쌍심지를 켜며 날카롭게 묻자 그는 재빨리 한 발 뒤로 물러났다.

"아니, 그냥 내 희망 사항이야."

"흥."

나는 거친 발걸음으로 방 안에 나 있는 창가로 걸어가서는 창문을 열어젖혔다. 그리고 놀라 달려오는 그를 무시해 버리고 이제 해가 뜨려고 밝아오는 하늘 쪽으로 날아올랐다.

그날 아침, 일행들이 잠자리에서 일어나 식사를 마치고 다시 여행을 시작할 때였다.

내 주위에 있었던 이들, 즉 나와 주르단, 그리고 아빠 사이의 미묘한 관계를 눈치 채고 있던 사람들이 내 쪽을 향해 의아한 시선을 보내고 있었다.

정확히 말한다면 예전과는 달리 내 마차 옆에서 말을 몰며 틱틱대는 나에게 다정하게 말을 걸고 묻지도 않았는데 이것저것 이야기해 주는 주르단과 나를 이상한 눈초리로 보고 있었다.

전 같으면 주르단은 나와 아빠가 타고 가는 마차와 멀리 떨어져 말을 타고 갔었고 어쩌다 나와 눈이 마주치기라도 하면 살기를 담아 나를 쏘아보았을 거였다. 그런데 그런 인간이 하루밤 새에 180도 달라져 있었으니 사람들이 의아하게 생각하는 것도 무리는 아니었다.

영문을 모르기는 아빠도 마찬가지였으므로 의아한 시선으로 나를 바라보았지만 이미 아빠에게 삐쳐 있던 나로서는 아빠의 시선을 무시해 버리고는 아무런 말도 하지 않았다.

"왜 그래, 아린아? 누가 기분 나쁘게 했어? 누구야? 누가 내 딸내미를 이렇게 기분 나쁘게 만든 거야?"

"글쎄 말예요. 누구죠? 감히 내 동생을 이렇게 기분 나쁘게 만들다니 말예요. 아린아, 말만 해. 이 오빠가 혼내주마."

아빠의 팔불출 같은 말을 이어받은 것이 의외로 주르단이었고, 주르단 또한 아빠와 비슷한 말투로 말을 한 데다 나를 자신의 동생으로 지칭하자 아빠는 놀란 눈초리로 주르단을 바라보았다. 그러나 주르단은 아빠에게 싱긋 웃어 보일 뿐 아무런 말도 하지 않았다. 아마 내가 말하기 전까지는 자신도 입을 다물고 있어줄 생각인 모양이었다.

'웃기지도 않아. 누가 내 생각 해달라고 했나?'

아빠는 무슨 생각을 했는지 더 이상 나에게 말을 걸지 않고 그대로 가만히 있었다. 그 대신 주르단이 계속 이것저것, 특히 아펜젤러가에 대하여 이야기해 주는 동안 우리는 어느 숲을 통과하게 되었다.

이 숲은 몬스터가 많이 출몰하는 지역이라서 빠른 속도로 통과할 거라며 마차 밖으로 몸을 내밀지 말라는 친절한 충고를 마지막으로 주르단이 긴장된 눈으로 주위를 살피느라 더 이상 말을 걸지 않을 때였다. 갑자기 앞쪽에서 소란스러운 소리가 들리며 누군가가 외치는 소리가 들렸다.

"몬스터가 나타났다!"

내 생각에 빠져 있느라 미처 그들의 기척을 감지 못하였던 나는 크게 당황하며 마차에서 내리려고 했다. 그러나 그전에 주르단이 다급하게 마차 문을 막으며 나를 돌아보았다.

"여기서 꼼짝 말고 있어. 알았지? 마차에서 내리면 안 된다!!"

'웃겨, 지가 내 보호자라도 되나?'

그러나 뭐 가만히 있으라는데 귀찮게 일부러 나서기는 싫었으므로 나는 마차에 가만히 앉아 있었다. 그러자 그때 내 머리 속으로 아빠의 음성이 울렸다. 용언이었다.

"왜 그래?"

나만 따로 입으로 말하기는 이상했으므로 나도 아빠처럼 의지로 말을 전달했다.

"뭐가요?"

"너답지 않아. 내가 뭐 서운하게 한 거라도 있어?"

"하, 날 서운하게 할 일을 하긴 하신 모양이죠"

그러자 아빠가 갑작스레 침묵을 지키셨다. 그리고는 조용히, 진지한 눈으로 한참 동안 나를 찬찬히 살펴보시더니 다시 진지하게 말을 건네셨다.

"없는 거 같은데?"

순간 나는 몸에 힘이 빠지면서 앉아 있는 상태에서도 몸이 휘청일 수 있다는 사실을 처음으로 경험했다. 너무나 화가 난 나머지 아빠를 매섭게 노려봤지만 아빠는 눈썹 하나 꿈쩍 안 하시고는 뻔뻔스런 얼굴로 정말 영문을 모르겠다는 듯이 나를 바라보셨다.

아빠의 그 얼굴을 바라보자 그래도 그냥 참고 넘어가려던 내 생각이 확 바뀌어 버렸다. 어떻게 해서든 저 뻔뻔스런 얼굴이 당혹감과 걱정스러움으로 물들게 만들고 싶어졌다.

"그래요? 하긴, 그럴지도 모르겠네요. 솔직히 말하면 아빠의 제안을 받아들여 그냥 아펜젤러가의 후계자로 눌러앉을까 진지하게 고민 중이에요. 그것도 꽤 재밌을 것 같거든요."

그리고는 조심스럽게 아빠의 얼굴을 살폈지만 아빠의 얼굴 어디에도 당혹스러움 같은 건 보이지 않았다. 오히려 아빠의 얼굴이 활짝 펴지면서 진심으로 기뻐하는 것처럼 보였다.

"드디어 네가 내 정성에 감동했구나… 이제야 이 아비 곁에 있고 싶은 마음이 생겼니?"

'이게 아닌데……'

나는 순간 혼란스러움을 느꼈지만 내색 안 하고 다시 다음 편치를 날렸다.

"아빠의 인간 부인은 뭐라고 할까요?"

"흥, 그 인간들이 뭐라 하든 무슨 상관이냐? 나에게는 네가 제일이야!"

'이거 진심으로 하는 말이야?'

물론 정상적인 드래곤 부녀 사이라면 이 말이 지극히 당연한 거겠지만 아무래도 아빠이다 보니 모든 게 의심스러웠다.

"그럼 이 길로 당장 가서 내가 모든 걸 차지해도 괜찮죠?"

"물론이지. 당연한 걸 왜 물어보냐?"

'이 용은 얼마나 얼굴이 두꺼운 거야? 하긴, 그러니까 엄마도 넘어간 거겠지.'

나는 잘하지도 못하는 말발 승부는 그만둬 버리고 본심을 말하기로 했다.

"됐어요. 그만둬요. 이제 연극은 그만 하고 솔직해지시라구요. 내가 뭐 눈치 못 챈 줄 알아요?"

그러나 아빠의 뻔뻔스런 얼굴은 여전했다.

"아니, 그게 무슨 말이냐? 연극이라니?"

"하, 정말 그만두시지 못해요? 아빠가 인간들에게 나를 딸이라고 밝히고 공주 대접해 주면서 주르단에게는 냉담했던 건, 아빠의 인간 자식들이 내 분노에 당하지 않게 하려고 일부러 그런 거 아녜요?"

그러자 그제야 아빠의 얼굴이 약간 굳어졌다. 아빠의 얼굴이 약간 굳어지자 의기양양해진 나는 한번 더 펀치를 먹이고 싶어졌다.

"그거 알아요, 아빠? 할아버지랑 할머니께 말씀 안 드리겠다고 약속했지만 엄마한테 말씀드리지 않겠다고 약속한 적이 없다는 거요."

그러자 아빠가 묘한 표정으로 한동안 나를 가만히 바라보고 계시더니 부드럽게 말씀하셨다. 그러나 그 목소리는 이제까지와는 달리 진지했다.

"화가 많이 난 모양이구나?"

"아빠 같으면 화 안 나요?"

"그래, 네가 어떤 심정인지 짐작하겠다. 하지만 아린아, 나도 좀 이해해 주렴. 난 네가 나와 세르니안의 딸인 걸 알자마자 걱정부터 되었단 말이다."

"반가움보다도요?"

"정말 미안하구나. 하지만 너도 알다시피 네 엄마의 성격이 보통 성격이냐? 그래서 내가 그냥 있다간 모든 게 다 풍비박산 날 것만 같았단다. 네가 내 성격을 물려받았다는 생각은 정말 못했어."

아빠의 표정에는 정말 미안해하는 감정이 깃들어 있었지만 이제는 그것도 연극이 아닌가 의심이 되었다.

"후후, 내가 너에게 정말 좋지 못한 일을 한 것 같구나… 지금 한 말도 의심될 정도이니……."

"……."

나는 아빠의 시선을 무시해 버리고 딴 곳을 보는 척했다.

"아린아, 하지만 널 만나서 반가웠던 건 정말 진심이란다. 네가 분노할까 봐 걱정이 되는 순간에도 마음 한구석에서는 정말 기뻐서 어쩔 줄 몰랐다면 믿겠니?"

"못 믿어요."

"내 이름을 걸고 맹세할 수 있어."

그제야 나는 아빠의 진지해진 얼굴을 돌아보았다. 드래곤이 자신의 이름을 걸고 맹세한다는 것은 약속과도 같은 효력을 나타낸다. 그것은 즉, 진실을 말한다는 것과 같다.

"정말이야, 널 만나서 기뻤다. 그리고 미안한 것도 사실이야. 지금 내 심정 같아선 시간을 되돌릴 수 있다면 네가 해츨링일 때로 돌아가서 네가 자라는 모습을 보고 싶어."

"하지만 내 분노를 받게 하고 싶지 않을 만큼 주르단을 아낀 것도 사실이죠?"

"부인하지는 않아. 하지만 지금 내가 녀석들에게 진지한 것을 이해해 줄 수는 있지 않겠니? 난 지금 유희 중이고 그럴 때는 항상 그 시간에 충실했으니까… 더욱이 그 녀석은 내가 어렸을 때부터 키워온 녀석이야."

"진작 그렇게 진실하게 말하면 좀 좋아요? 아빤 나에게 정말 너무하신 거라구요. 아빠한테 배신감까지 느낀 거 알아요?"

"정말 미안해. 너에게 진심으로 사죄한다."

"말로만?"

그러자 아빠가 피식 웃었다.

"이러면 어떠니? 내가 죽는 날까지 어떤 상황에서건 내가 할 수 있는 일이라면 네가 부탁하는 건 뭐든 들어주마."

이건 솔직히 파격적인 제안이었다. 한 가지도 아니고 아빠가 죽을 때까지라면 아빠가 아직 고룡이 안 되었으니 앞으로도 몇 천 년이란 세월이 있는데…….

특히 드래곤은 개인주의적인 성격이 강한 종족, 해츨링이나 성룡이 된 지 얼마 안 된 자식이라면 몰라도 아무리 자신의 혈육이라지만 자신의 인생을 충분히 책임질 나이가 된 자식에게 얽매이는 것을 좋아하지 않는다.

물론 아빠의 제안이 나에게 얽매이는 것은 아니지만 언제 어느 때고 부탁을 들어준다는 것은 드래곤으로서는 대단히 파격적인 제안인 것이다.

"좋아요. 아빠 이름을 걸고 약속하신 거예요? 물론 내가 다급할 때를 제외하고 아빠에게 부탁하지는 않겠지만……"

"그래, 약속했다. 그리고 나도 네가 쓸데없는 부탁을 하리라고는 생각지 않아. 넌 날 닮았으니까."

"흥, 처음에는 엄마를 닮았다고 생각하셨으면서……"

그러자 아빠가 미안한 듯이 웃으시며 변명하셨다.

"아, 그거야 너도 레드 일족이니까 그렇게 생각했지."

"헹, 그래도 그날 밤에 이야기할 때 아빠를 닮았다고 주장하셨잖아요?"

"날 닮은 면도 있다는 거지."

아빠의 궁색한 변명에 나는 나도 모르게 피식 웃음을 흘렸다. 그러자 아빠의 얼굴에 안도감이 흘렀고, 그걸 본 나는 다시 뱃이 꼬였다.

"지금은 이걸로 그냥 넘어가겠지만 아직 화가 완전히 풀린 건 아녀요."

"그래그래."

그때쯤 되자 바깥쪽에서도 모든 일이 해결되었는지 조용해졌고, 잠시 후 주르단이 약간 피곤한 얼굴로 몸 곳곳에 피를 묻힌 채로 돌아왔다. 하지만 그의 표정에는 안도감이 가득했다.

"몬스터들이 물러갔습니다. 이제 다시 출발하겠습니다."

그러자 아빠가 주르단을 기특하다는 표정으로 바라보며 대답했다.

"그래, 수고했다. 빨리 이 숲을 빠져나가자꾸나."

다시 출발하는 마차 속에서 나는 슬쩍 아빠에게 말을 걸었다.

"궁금한 게 있는데… 아빠, 여기서 그냥 머리만 좋은 사람으로 있는 거예요? 마법을 쓸 수 없는?"

"사람들 눈앞에서는 마법을 사용하지 않았지. 하지만 대신 검술 실력이 꽤 높은 걸 보여줬어."

"그럼 아까 왜 안 싸웠어요?"

"내가 아니라도 충분히 해결하는데 뭐 하러 힘 빠지게 나가서 싸워?"

순간적으로 나의 게으른 경향은 혹시 아빠를 닮은 게 아닌가 하는 생각이 들었다.

아빠와 대화를 하면서 그에 대한 감정이 아주 약간이나마 스러졌지만 그렇다고 해서 아빠를 완전히 용서한 것은 아니었다. 그래서 그 뒤로도 나는 아빠와 예전처럼 웃으며 대화하지는 않았다.

아빠도 예전처럼 팔불출같이 행동하지는 않으셨지만 그래도 미안한 감은 있으신지 틈만 있으면 내 화를 풀어주려고 애쓰셨다. 그래도 그런 아빠를 무시해 버리고 틱틱대는 나를 달래주는 것은 주르단이었다.

그날 저녁 식사를 마치고 모두와 헤어져 내 방으로 와서 누워 있는데 주르단이 내 방으로 찾아왔다.

"아직도 화 나 있어?"

"응."

"아버진 너도 사랑하시는 거야."

"몰라, 나랑 그게 무슨 상관이야?"

"아버지께 말씀드린 거야?"

"뭘?"

"너가 눈치 챘다는걸."

"응, 어쩌다 보니……."

"많이 미안해하셨겠네?"

"사과는 하시더라."

"이왕 이렇게 된 거 아버지께 뜯어낼 수 있는 만큼 왕창 뜯어내 버려."

"너, 지금 본가에 같이 가자고 하는 거지?"

"아하하하, 들켰네."

"너한테 안 어울리는 짓을 하니까 그렇지."

주르단은 장난하다 들킨 애가 얼렁뚱땅 넘어가려 할 때 짓는 웃음을 보여주다가 다시 진지 모드로 돌입했다.

"본가에 가자. 모두들 반가워할 거야. 너도 가족이 생기니까 좋 잖아?"

"너 말야, 나 동정하는가 본데? 내가 얘기했듯이 우리 집안은 아빠까지 쩔쩔맬 정도로 대단한 집안이야."

"알아, 하지만 너, 외동딸이지? 그러니 형제나 자매가 있는 걸 원했을 거 아냐? 네 바램이 이루어지는 거야."

"흥, 너도 첨에 나한테 냉담했잖아. 그런데 네 동생들이라고 나 한테 잘해준다는 보장이 어딨어?"

그러자 주르단은 어색한 웃음을 지으며 머뭇대는 것이 내 말을 부정하지 못하는 듯했다.

나는 그런 그에게 마음껏 비웃음을 보내며 말을 이었다.

"지금 기분 같아선 네 동생들이 그렇게 나왔다간 다 뒤집어엎 을 것 같단 말야. 그래서 일부러 안 가는 거야."

"처음에는 그럴지 몰라도 나중에는……"

"나중은 무슨 나중. 첨에 그렇게 했다간 내가 다 뒤집어엎는다 니까."

"그래, 알았어. 피곤할 테니 오늘은 그만 자라. 내일 보자."

내 결심이 너무 굳어 있어서 그런지 주르단은 더 이상 설득하 는 것을 포기하고는 다정하게 밤 인사를 하고 방을 나갔다. 하지 만 그 다음날에도 그리고 또 그 다음날에도… 주르단은 틈만 있 으면 나를 설득했다.

그러나 아빠에게 받은 상처가 너무 깊다 보니 더 이상 아빠 곁 에 머무르고 싶은 맘이 사라져 버린 나는 그의 설득에 넘어가지 않고 고개만 가로저었다.

결국 그렇게 우리는 바라치나 도시에 도착하고 말았다. 우리는 도시에 도착하는 즉시 바라치나에 있는 아펜젤러가 지부로 향했다. 거기서 나는 주르단의 지시에 의하여 류미르와 세이몬과 함께 어떤 화려한 방에 안내되었다.

그동안 내 기분이 좋지 않은 데다 주르단이 항상 내 곁에 머물러 있었기 때문에 제대로 이야기를 해보지 못한 류미르와 세이몬이 이제는 단 셋만 같이 있게 되자 조심스레 내 얼굴을 살폈다.

"왜?"

내가 그들을 바라보며 퉁명스럽게 묻자 류미르가 고개를 절레절레 저으며 어깨를 으쓱해 보였다.

"아니, 아직도 기분이 안 좋아 보이네?"

"그럴 일이 있어."

그러자 이번에는 세이몬이 끼어들었다.

"무슨 일인데?"

"집안일이야. 그러니 묻지 마."

세이몬은 나의 냉담하다시피 한 대꾸에 풀이 죽어 뒤로 물러나 앉았다. 그러자 류미르가 분위기를 바꾸려는지 활달한 어조로 화제를 바꿨다.

"그나저나 이제 어떻게 할 거야?"

"온천으로 가야지. 더 이상 이곳에 머물고 싶지 않아. 오늘은 그냥 머물러 주지만 내일 아침 일찍 떠날 거야."

"그런 상태로? 이렇게 아무런 해결도 안 된 채 여행을 떠나면 그 여행이 즐겁겠어?"

류미르의 걱정스러운 어조에 나는 그를 흘끗 쳐다보다가 세이몬에게로 시선을 돌렸다.

그 둘은 나의 냉담한 반응에 조심스러운 표정들이었지만 그 뒤에는 나를 걱정하는 기색들이 완연했다. 나는 크게 한번 심호흡을 한 뒤 이제까지 단단하게 끼고 있던 팔짱을 풀었다. 그리고 애써 그들에게 미소를 지어 보였다.

"미안, 너희들 때문이 아닌데 말야. 괜히 나 때문에 너희들까지 기분이 엉망이 되었네."

"그래그래, 그렇게 나와야지. 이제야 너답다."

"이 여행을 제의한 녀석이 그렇게 기분이 저조해 있으면 어떻게 하나? 하마터면 우울한 여행이 될 뻔했잖아?"

류미르와 세이몬이 안도감으로 얼굴이 풀어지면서 한마디씩 중얼거렸다.

"그래, 어차피 처음부터 아빠는 나한테 필요없는 존재였으니까. 지금에 와서 이러는 건 웃긴 일이야. 이제 나도 어엿한 성룡인데 말야."

내가 천천히 고개를 저으며 중얼거린 말에 류미르와 세이몬이 의아한 얼굴로 나를 바라보았다.

"뭐?"

"무슨 말이야?"

"아냐, 혼잣말이었어. 이제 정리해야지. 이번 여행은 너무 머리가 혼란스러웠어. 아, 그건 그렇고 우리는 내일 아침 먹고 떠나는 거다. 알았지?"

나의 활기찬 어조에 류미르와 세이몬이 시원스럽게 고개를 끄덕였다.

"그래그래."

"기다리던 바야."

다음날 아침 우리 셋이서 식사를 마친 후, 나는 그 둘에게 짐을 싸놓으라고 일러놓고 사람들에게 아빠가 있는 곳을 물었다. 그들은 무슨 소리를 들었는지 몰라도 나에게 아무런 거리낌 없이 아빠가 있는 곳을 안내해 주었다.

아빠가 지금 있다는 방문을 활짝 열고 들어가자 사방이 온갖 책들과 서류 더미들로 빽빽하게 도배되어 있는 방 중앙에서 아빠와 주르단이 또 다른 두 사람과 열심히 서류들을 들여다보고 있다가 놀란 눈으로 나를 바라보았다.

"아린이구나."

주르단이 제일 먼저 벌떡 일어나서 다정한 표정으로 나를 맞았다. 나는 그에게 살짝 고개를 끄덕여 보이고는 곧장 아빠 앞으로 씩씩하게 걸어갔다.

"무슨 일이니?"

당황과 의아함이 섞인 아빠의 질문에 나는 아무런 말 없이 다짜고짜로 오른손을 내밀었다. 아빠가 더욱더 황당해하며 눈만 껌뻑껌뻑 대자 그제야 나는 한마디했다.

"줘요."

"뭘?"

"류미르하고 나하고 세이몬에게 지급될 돈."

그러자 옆에 있던 주르단이 다급하게 외쳤다.

"그게 무슨 소리야? 떠날 생각이니?"

그런 그에게 나는 아빠에게 오른손을 내민 채로 고개만 돌려 그를 바라보았다.

"간다고 했잖아."

"그래도 본가에는 한번 가봐. 거기 가면 돈은 얼마든지 줄게. 아니, 네가 원하는 곳은 어디든지 데려가 줄게."

주르단의 다급함이 섞인 말에 나는 빙그레 웃어 보였다.

"됐어, 지금은 가고 싶지 않아. 아직 아빠에 대한 화가 풀린 게 아니라서 말야. 나중에… 그래, 어쩌면 나중에 화가 풀릴 때 한번 들를게. 그게 언제가 될지 모르지만 말야. 뭐, 영영 안 들를 수도 있고."

그리고 아빠에게로 다시 고개를 돌렸다.

"안 줘요?"

아빠는 아무런 말 없이 피식 웃어 보이시더니 천천히 자리에서 몸을 일으켰다. 그리고는 아빠 뒤에 있는 커다란 책상으로 돌아가서는 서랍을 열어 미리 준비한 듯한 어른 주먹만한 가죽 주머니를 꺼내셨다.

"아버지."

그 모습을 본 주르단은 다급하게 아빠를 부르며 그의 곁으로 가려 했지만 아빠는 손을 들어 그런 그를 제지했다. 그리고는 내 앞으로 다가와 가죽 주머니를 내미셨다.

"자."

그의 얼굴에는 체념감과 함께 다정함이 어려 있었다. 그러나 나는 무뚝뚝하게 그의 손에서 가죽 주머니를 잡아채고는 다른 손을 또 내밀었다.

"줘요."

그러자 아빠의 얼굴이 다시 어리둥절해졌다.

"이번엔 뭘?"

그런 그에게 나는 사악한 미소를 띠어 보이며 대답했다.

"선물."

"아~!"

아빠는 알겠다는 듯 고개를 끄덕이시더니 심각하게 고민하는 얼굴이 되셨다.

"뭘 주지? 생각 안 해봤는데."

그런 그에게 나는 간략하게 대답해 주었다.

"부피는 적고 비싼 것."

주르단이 황당한 표정으로 쳐다보는 것이 느껴졌지만 일부러 무시하고는 아빠만 계속 쳐다보았다. 아빠는 더욱더 심각한 표정으로 이제는 아예 자리에 앉아서 고민하기 시작하셨다.

"음… 비싼 거라… 부피는 적고……."

그렇게 한참을 고민하시던 아빠는 슬그머니 고개를 들어 나를 바라보셨다.

"어쩌지? 마땅한 게 생각이 안 나네."

"쳇."

나는 가능한 한 최대한 과장되게 실망했다는 표정을 지어 보이며 몸을 획 돌렸다. 그러자 그때 아빠의 목소리가 들렸다.

"잠깐만 기다려."

나는 속으로 역시… 란 생각이 들었지만 겉으로는 무표정하게 천천히 몸을 돌렸다.

"왜요?"

그러자 아빠는 자신의 팔에 차고 있던 새하얀 팔찌를 꺼내셨다.

"이걸 주마."

은보다 더 하얗게 빛나는 그 팔찌는 아무런 무늬도 없이 매끈한 링 형태의 팔찌였는데 오히려 그런 그 모습이 너무나 고귀하고 순결해 보였다.

"이거 비싸요?"

내가 그걸 들고는 무심하게 묻자 아빠가 씨익 웃으셨다. 그리고
는 내 머리 속으로 곧장 아빠의 음성이 들려 왔다.

"당연하지. 내 발톱을 가공한 건데……."

"근데 이걸 가지고 뭘 하지?"

내가 심각하게 그 팔찌를 바라보며 중얼거리자 다시 아빠의 음
성이 들려왔다.

"거기다 내 힘을 좀 불어넣었다. 그러니 약간의 마나를 가하면 넌 눈보라
와 얼음 덩어리를 마음껏 만들어낼 수 있을 거야. 아, 그리고 바리어 기능도
넣었다."

"헤에, 그러니까 마법의 팔찌군."

"그렇지, 단지 시동어를 외쳐야 하긴 하지만… 일반 마법사라면 무척 탐
낼 만한 물건이라고. 위력이 좀 크거든."

아빠의 뒤이은 설명에 나는 만족한 얼굴로 아빠를 바라보았다.

"좋아요. 뭐, 이 정도로 만족해 드리죠."

그리고는 그에게 살짝 고개를 숙여 인사를 대신하고는 곧장 그
방을 나와 기다리고 있는 류미르와 세이몬을 데리고 그 저택을
나왔다. 정문을 나서려는데 주르단이 헐레벌떡 쫓아왔다.

"조심해서 가. 나중에 정말 한번쯤 본가에 들러주고."

"알았어. 생각해 볼게."

나는 그에게 싱긋 웃어 보이고는 류미르와 세이몬과 함께 몸을
돌려 그곳을 떠났다. 정문이 보이지 않을 만큼 그 저택에서 멀어
질 때까지 주르단이 계속 바라보고 있다는 것을 알고 있었지만
뒤돌아보지는 않았다.

"흠, 꽤 괜찮은 녀석인데?"

"맞아, 성격도 좋아 보이고, 얼굴도 잘생겼고."

류미르와 세이몬의 말에 나는 피식 웃었다.

"그럼 우리 의적단에 끼워줄 걸 그랬나?"

"무슨 말씀을… 우리로 충분하다고. 안 그래, 세이몬?"

"맞아맞아."

〈 5권에 계속 〉

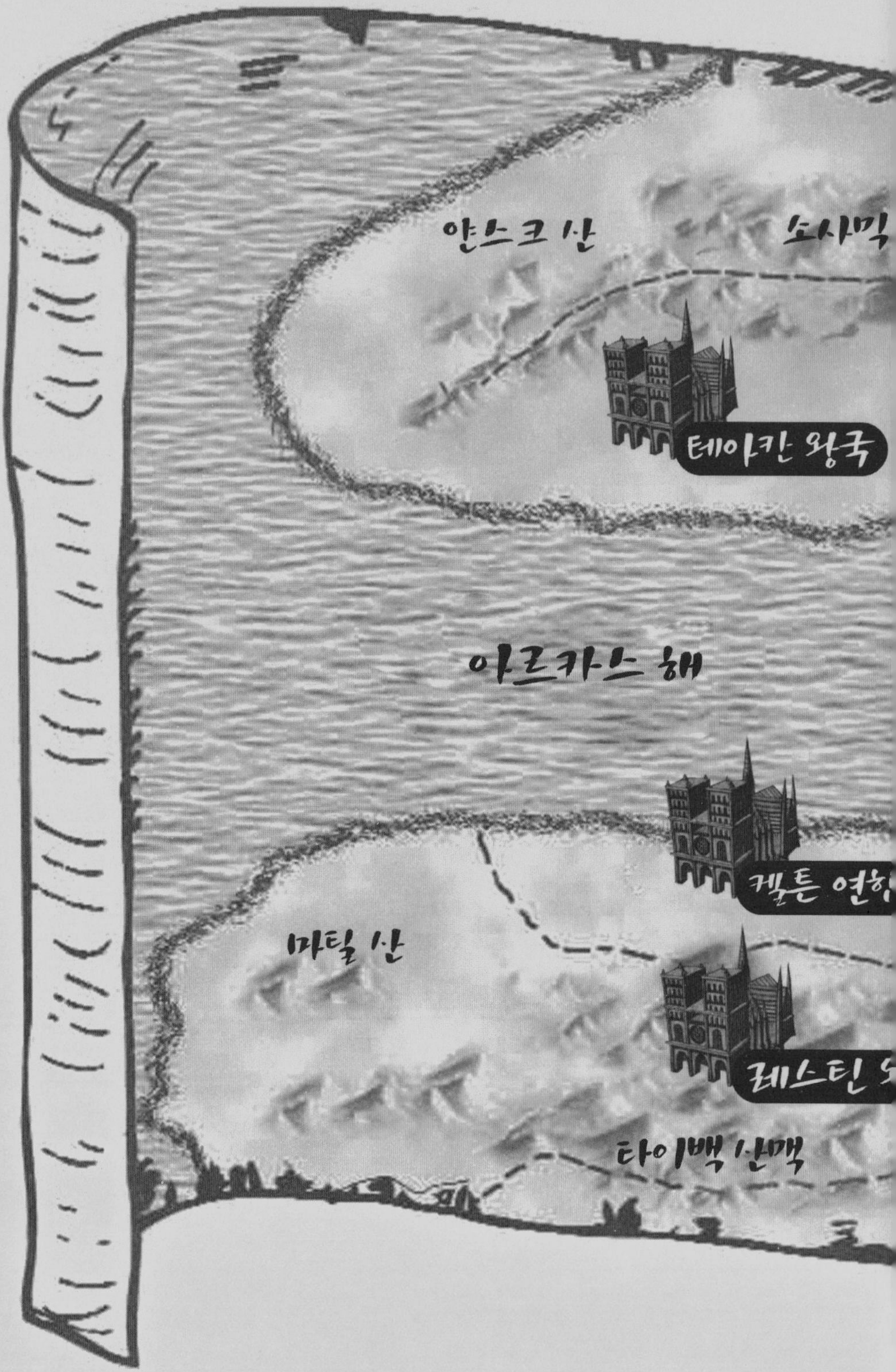
얀스크 산
소사막
테아칸 왕국
아르카스 해
켈튼 연합
마틸 산
레스틴 왕
타이백 산맥

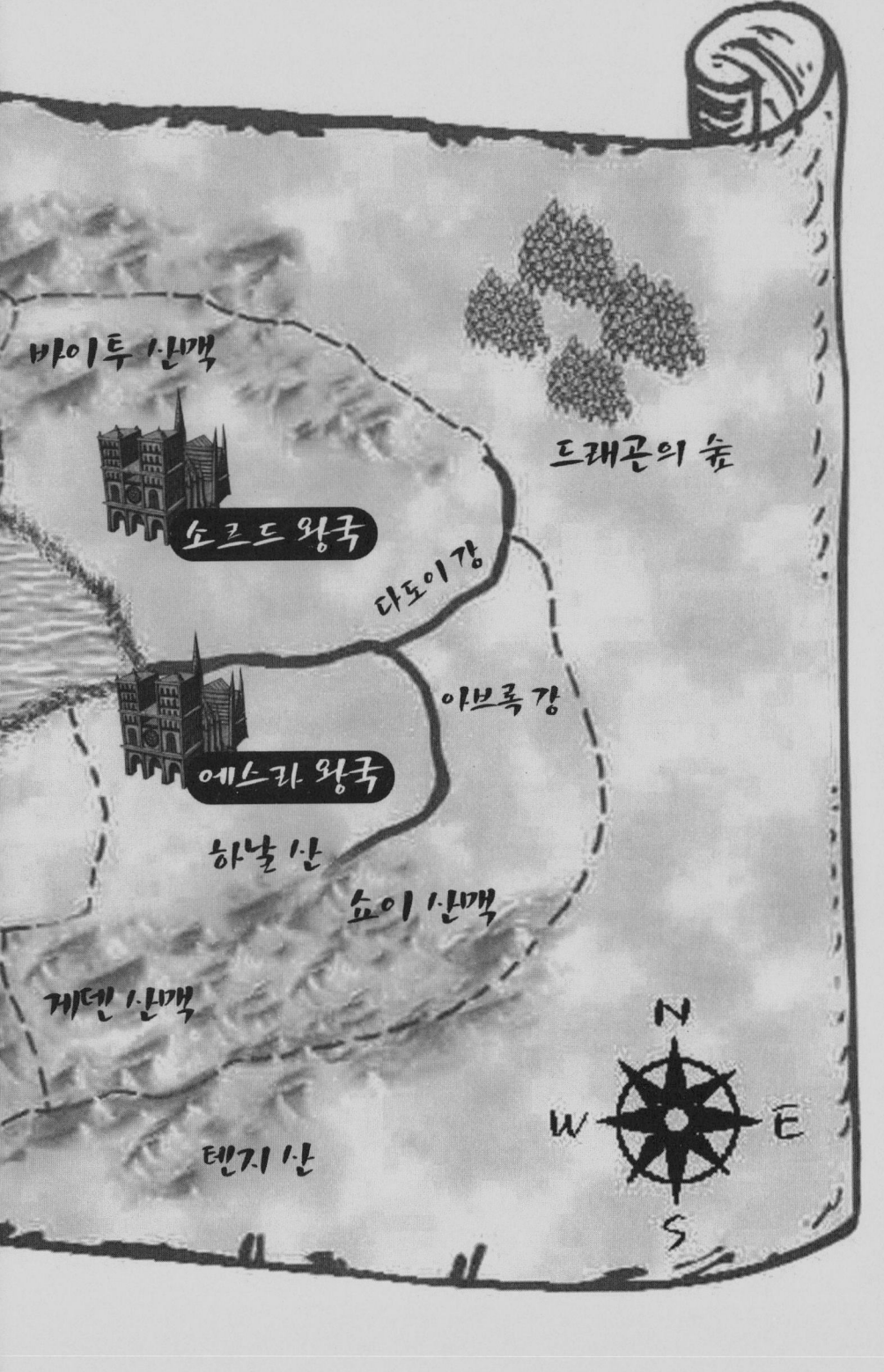